U0046612

# 越境與譯徑
## 當代台灣推理小說的身體翻譯與跨國生成

Cross the Line:
Translation and Transnational Establishment of Body
in Contemporary Taiwan's Mystery Novels

陳國偉／著
Chen, Kuo-Wei

當代觀典 027

# 目次

# 導論 身體作為方法
## ──台灣推理小說的理論化可能

# 1

　　2000年以前，在台灣談論到推理小說，大多數的基本認知都是從1980年代《推理》雜誌開始，在當時曾獲得「台灣推理第一人」美譽的主編林佛兒，主導了1980年代台灣推理小說的發展，在本土知識尚未進入台灣學術場域之前，推理小說的歷史，多半是從這個時間點開始。

　　然而隨著台灣文學的研究與教育逐漸體制化：中島利郎主編的《台灣偵探小說集》（台湾探偵小説集）於2002年出版，黃美娥對台灣古典文人的偵探書寫的討論（黃美娥，2004），以及呂淳鈺關於日治時期偵探敘事的研究相繼在2004年問世，推理／偵探小說在台灣的源頭漸次清晰起來。在日治時期，至少出現日文、古典漢文、白話文三種語言的書寫，不但有對福爾摩斯（Sherlock Holmes）探案的擬仿之作，更有成熟的獨立創作。[1] 而台灣推理小說的歷史，便往前

---

1 黃美娥、呂淳鈺的發現，最大的意義在於改寫了中島利郎在《台湾探偵小説集》書後解說〈日本統治期台湾探偵小説史稿〉一文中，將台灣偵探小說的源流界定

延伸，越過了數十年的時差，從日治時期開始。

在這些前行者的研究基礎上，2007年我首度在〈一個南方觀點的可能：台灣推理小說的在地化考察〉一文中，根據呂淳鈺的整理，以さんぽん於1898年1月7日開始在《臺灣新報》開始連載以日文所寫的〈艋舺謀殺事件〉作為目前可考的、出現於台灣的第一篇推理／偵探小說。並提出台灣推理小說創作日治時期、1980年代、2004年以後的三階段發展之說，試圖梳理出台灣推理小說的發展軌跡以及場域化過程。繼而2008年《文訊》籌備「台灣推理文學的天空」專題時，我也協助策劃，並在導論〈本土推理・百年孤寂——台灣推理小說發展概論〉中，首度提出台灣推理小說的發展史觀，並且認為台灣推理小說的發展，由於與西方、日本互動密切，因此必須放在跨國的脈絡下思考（陳國偉，2008：53-61）。

然而在當時，我也已經意識到，若要朝向建構一個台灣推理小說的本體論，或是本土的系譜學，那麼楊照所提出的代表性問題，便必須被面對：

> 台灣的本土推理小說到目前為止成就還相當有限，尚未脫離觀摩學步的階段，既不會形成鮮明的文類性

為受日本影響之單一觀點。台灣古典文人的偵探書寫，實一方面受到中國古典公案小說的影響，二方面同時閱讀並學習當時民間書局所引進、來自中國的西方偵探小說譯本所致。（中島利郎，2002a：351-399）。

　格，也缺乏可辨認的流派承傳。……現有的本土推理
　作品幾乎完全接受了日本、歐美推理文學的典範模
　式，而汲汲想在人家舖好的跑道上，人家訂好的遊戲
　規則裡求贏爭勝。（楊照，1995：142-144）

這個在1990年代中期提出的批評，並非針對日治時期台灣首
度接受推理小說洗禮的在地發展，而是指1980年代以後，公
認頗有成績的《推理》雜誌所培育出來的一批本土作家。這
樣的觀點之所以極具代表性，因為它常常是一般讀者用來檢
驗台灣推理作家書寫風格的標準，也就是既然台灣與歐美、
日本共享的是一個類型傳統，而台灣作家有意識地向外國推
理小說學習時，那麼他們的創作因為是在「人家訂好的遊戲
規則裡求贏爭勝」，想當然爾地只能作為一個「複本／副
本」。

　　對此，我在2010年發表的〈被翻譯的身體——臺灣新
世代推理小說中的身體錯位與文體秩序〉一文中，試圖透過
「翻譯」的角度提出解釋。推理小說在台灣的發展，由於受
到政治與歷史不斷轉換的影響，長期以來無法累積出這個類
型的敘事傳統，因此其實是在一再重複的「斷裂」中，不斷
向西方與日本等發展成熟母體進行「正宗／本格」型態探尋
與譯寫的過程。對台灣的推理小說創作者而言，類型形式上
的忠實與完整，是寫作的第一要務，唯有在此前提被滿足的
情況下，才可能作到創新與發展出在地性，也因此，這成為

每個歷史階段被台灣創作者重複再現的「翻譯者的任務」，
也形塑出他們主要的譯寫策略。所以弔詭的是，被楊照認為
「太過歐美、日本」的本土推理，反而被2000年以後蜂起的
新世代創作者，認為脫離了歐美與日本的語境，因此不夠
「本格」（陳國偉，2010）。

　　所謂的「本格」，其實是向歐美的「古典」（classic）
推理借鏡，所試圖發展出來的一種推理小說「正宗」的規
範，日本推理作家甲賀三郎於1930年所下的定義，其實相當
具有代表性：

> 所謂的本格偵探小說，就是不注重犯罪動機與犯人性
> 格的描寫，主要關注於不可思議或經過精巧計畫的犯
> 罪，其中科學的解答是閱讀樂趣的核心，柯南・道爾
> 的夏洛克・福爾摩斯故事便是這類的代表作品。本格
> 偵探小說當然是「小說」的其中一種類型，具有大部
> 分的文學要素，只是作為文學中的特殊小說類型，如
> 前面所說明的，本格偵探小說是以「頭腦」（Brain）
> 為對象的文學，而與強調「心臟」（Heart）的大多數
> 文學立場相反。也就是說，這種我們稱之為「謎團的
> 文學」，所能帶給讀者的樂趣，與下將棋或是解答幾
> 何學是完全一致的。（甲賀三郎，1930）[2]

2 甲賀三郎的〈探偵小説界の現状〉原刊載於《文学時代》昭和5年4月（1930年4
　月），本書引述的版本為刊載於「甲賀三郎の世界」網站的全文。

在甲賀三郎的觀點中，「科學」是推理小說的核心，這個類型的價值不在於訴諸情感的動人，而是知性的樂趣。因此推理小說的結局，必須有著根基於科學的解謎，而讀者透過解謎得到的樂趣，是跟解答幾何學非常類似的。

推理小說等於幾何學？這並非甲賀三郎的想像，因為寫出被譽為推理小說開山之作〈莫爾格街兇殺案〉（The Murders in the Rue Morgue，1842）的愛倫坡（Edgar Allan Poe），他最初的創作宗旨，其實是希望有如他的詩作般，能寫出符合數學公式的小說，因此當時他並不稱〈莫爾格街兇殺案〉是推理小說，而是「邏輯推論的小說」（tale of ratiocination）（Symons，1993：37）。但對於後世而言，愛倫坡的最大貢獻，是他讓科學位居推理小說的核心，作為偵探邏輯推理的重要支撐。因此在歐美，柯南‧道爾（Sir Arthur Conan Doyle）與阿嘉莎‧克莉絲蒂（Agatha Christie），之所以被視為愛倫坡的繼承者，就是因為他們筆下的偵探福爾摩斯與白羅（Hercule Poirot），其實都是脫胎自愛倫坡筆下那個具有科學精神、卻又能夠以邏輯演繹的方式推理出真相的偵探杜邦（C. Auguste Dupin）。福爾摩斯在《巴斯克維爾的獵犬》（*The Hound of the Baskervilles*，1902）裡的名言：「一件小事越是反常奇特，就越值得細心研究，而且似乎使某一案件複雜化之點，在適當地思考和科學地處理之後，就最可能得到闡明。」以及克莉絲蒂筆下的名探白羅在《高爾夫球場命案》（*The Murder on the Links*，

1923）裡的名言：「真正的工作，總在這裏頭進行。小小的灰色腦細胞，切記切記，都是靠小小的灰色腦細胞啊，我的朋友。」就是最好的證明。

正如Jon Thompson所注意到的，愛倫坡在〈莫爾格街兇殺案〉中有意識的承接了當時的科學理性風潮，將魔法般的謎團與理性的解謎結合在一起，產生了推理小說這個文類。而後19世紀末的英國，因為工業化帶來的大都市快速成長，為推理小說打造了進一步發展的可能，一方面承襲科學理性思想，二方面解決現代都市的問題，現代性（modernity）的雙面性在此文類上達到了融合。但後來經歷了經濟大蕭條、第二次世界大戰、冷戰時期，現代性發展極致所帶來的問題逐漸浮現，於是，推理小說也從展現理性的秩序轉而成為對於人性、心理的探求，關注的重點也從謎團轉向犯罪本身（1993）。但不論是哪一個階段，科學知識體系所支撐的智性與邏輯，仍是推理小說解決最終問題（謎底）的不二法門。當然，更遑論2000年以後風行於歐美的鑑識科學（forensic science）類型，更是讓科學恍若成為推理類型的上帝。

但這樣的「發展秩序」，其實是西方的範本，當推理小說進行跨國傳播時，它將遭遇到不同的國家秩序與文化體，因此這些現代性思維會透過不同的載體與譯寫方式，被再現在新的在地書寫中。以日本的例子來說，被認為是第一篇推理小說的黑岩淚香〈悽慘〉（無慘，1889），便是對愛

倫坡〈莫爾格街兇殺案〉的譯寫，小說中被創造出來與傳統
刑警谷間田對決的新型態刑警大鞆，最後便是靠著受到歐洲
科學啟蒙的邏輯推理方式，以及如同杜邦一樣對於現場所留
「毛髮」的注意，經由科學的驗證方式而破案。但晚於〈莫
爾格街兇殺案〉67年的〈悽慘〉，卻仍然無法像愛倫坡讓杜
邦所具有的科學理性精神大獲全勝；〈悽慘〉中最後安排大
鞆跟靠著線民與逼供等傳統警察手法的谷間田，找出了同樣
的真兇。這種結局上的妥協指向的是日本當時現實社會中對
於科學的曖昧態度，以及尚未完全接受新式偵察技術。因此
相對於歐美在進入1920年代後，推理小說便已掙脫歌德小說
（gothic）的奇想風格，而完全統御在科學的大麾之下；1920
年代陸續寫出〈二分銅幣〉（二銭銅貨，1923）、〈心理測
驗〉（心理試驗，1925）等具有科學理性精神支撐、奠定日
本「本格」推理型態的江戶川亂步（江戸川乱歩），卻也在
同一時期寫出〈人椅〉（人間椅子，1925）、〈芋蟲〉（芋
虫，1929）等充滿幻想性，而非以理性解謎卻仍名之為「偵
探小說」的作品。

　　1889年的日本猶是如此，而1895年開始被納入日本帝
國版圖而開始接受現代性的台灣，在推理小說出現的初期，
其實是更不具備科學理性發展的基礎。再加上創作者身份與
書寫語言上的混雜（在台日人／日文、古典文人／古典漢
文、新文人／白話文），以及譯寫母體上的差異，雖然理性
與邏輯帶來的「推理程序」是可以被實踐的，但理應在背後

作為支撐的「科學知識」，卻無法被真正的翻譯過來，往往只能象徵性地「在場」，透過一種映照的方式，反射在偵探的「身體塑造」上。同樣的情形，在戰後的1980年代階段，《推理》雜誌所培育出來的一批本土推理作家作品中，也有著類似的情形。不論是犯罪或是偵探，科學知識都沒有扮演太重要的角色；反而是受到日本松本清張式社會派推理小說的影響，犯罪者的動機與所凸顯的社會扭曲，才是書寫者最後要揭示的重點。

也因此，台灣推理小說的發展脈絡與複雜的現代性問題，既非楊照曾經批判的只是模仿西方與日本那麼簡單，且在研究取徑上顯然無法套上西方既定的研究架構；又或者說，以西方目前可想像的論述架構，仍無法擺脫科學理性中心的視角，而照應到其他「非西方」區域的推理小說發展。所以從西方的角度來看，台灣的發展脈絡勢必是「不純粹」、「不合法」的，甚至無法被想像其內裡存在著一個「系譜」。台灣推理小說作為曾經是殖民母國現代性的文學晶體，在戰後一度作為具有日本象徵的敵性文學代表，而在解嚴前後成為純文學與大眾文學協商的文學空間，直到進入21世紀後成為閱讀市場的新時尚。這種種因於台灣歷史與文學史驅力交錯而再現的「斷裂」，致使推理小說的美學不斷重層與複寫，在每個階段不斷被壓抑與重構的「在地傳統」；對於講究創作、出版與翻譯以建構文本現身的現象與歷史，進而序列化為文學發展軌跡的傳統文學史而言，台灣

的斷裂與重構實無法提供一個連續的史觀。

　　因此，我們必須回到台灣推理小說發展過程中，最關鍵的「斷裂」著手。

　　不論是日治時期以愛倫坡或柯南・道爾科學精神導向的偵探敘事，或是1980年代《推理》雜誌階段的寫實主義導向社會派，還是2000年以後開始的本格復興，台灣推理小說在這百年的發展過程中，正因為處於「重複的斷裂」，因此對於世界推理小說的源頭與輻輳點——歐美與日本的典範，進行不斷重複的召喚，造成西方與日本不斷地被「重複譯寫」，且譯寫典範斷裂而不斷轉移。

　　然而在此「異質典範」的「同質取徑」過程中，重複出現於在地鏡象中的，其實是小說家們選擇的最關鍵譯寫對象：無所不在的「身體」。因為，九成以上的推理小說，故事必然是「從一具屍體出發」。屍體（死者身體）是犯罪者身體施為的結果，從而帶出另一個身體——偵探。當偵探登場，故事便開始隨之進入力的交會，死者身體被空間化為犯罪者身體與偵探身體對決的力場，犯罪者身體銘刻在死者身體上的痕跡，成為犯罪者隱蔽自己身體的偽飾，同時也是偵探必須破解的謎團，試圖回復「前」死亡身體的狀態。而隨後展開的偵察過程，以及犯罪者隨時可能的「加碼」，便成為推動推理小說情節的重要動能，從發展到結束，必須依循著環環相扣的各種秩序。對於這整體結構甚至涉及美學標準的敘事，我將其稱之為「文體秩序」。

　　的確，台灣推理小說的在地生產，真正透過的是各種身體譯寫所帶來的多重跨國語境。不論是推理小說中的身體衝突，創造出殖民性、現代性、科學理性的話語挪移；或是身體秩序所映照的地理學意義，不僅帶來地方感，更創造出庶民文化與現代性新的協商空間，都是進一步促成此類型文體秩序在地生成的關鍵。尤其本書所聚焦的2000年以後的在地實踐，其中充滿著對於歐美與日本推理小說中身體秩序的譯寫，特別是以實踐「本格推理」為職志的新世代作家，透過對「死亡身體」與「偵探身體」背後所隱藏的「身體秩序」的譯寫，以達到「本格」解謎需要的「文體秩序」，成為他們思考這個類型敘事如何被忠實完成的重要取徑。

　　而這樣的一個論述框架，不僅能夠呈現台灣當代推理小說場域生成的特殊性，更讓台灣的脈絡能夠連結上世界推理小說的傳統，重啟西方跟日本推理小說研究對於「身體」的再思考。因為這理當無所不在的身體，在過去的推理小說研究與論述中其實是長期缺席的。

# 2

　　在過去西方與日本權威性的推理小說論述中，基本上有兩個脈絡，其一是從類型的角度出發，論述這個類型如何發展，在哪些作家手上開創出新的形式與美學。其二是從社會的角度來觀察推理小說如何回應現實，作家又如何藉由推理

小說這個載體，去實踐對於社會的想像。

　　第一個脈絡最具代表性的，便是像黑克拉福（Howard Haycraft）的 *Murder for Pleasure*（1984）與西蒙斯（Julian Symons）的 *Bloody Murder: From the Detective Story to the Crime Novel*（1993），他們都透過自己的歷史分期來論述西方推理小說的演化，西蒙斯比較特別的是比對了各種推理小說的發展途徑，強調不同的來源產生了不同的推理小說形式，並針對後期人們經常混淆的推理小說（detective story）與犯罪小說（crime novel）做出詳細的比對與參照。另外，Warren Chernaik的 *The Art of Detective Fiction*（2000）雖不以推理文學的轉變為焦點，但從「偵探」入手，強調偵探的形象如何隨著時代的變遷而演變，特別著墨於世界大戰後冒出頭的冷硬派偵探（hard-boiled detective），探討這種具有強烈浪漫性格卻又高度寫實的人物如何產生，並帶起之後的犯罪小說熱潮。而在日本，中島河太郎所著的《日本推理小説史》三冊（1993、1994、1996），則是論述自明治時期以來的日本推理小說軌跡，特別著重於歐美的輸入與日本如何建構出自己的推理主體。同樣的，小鷹信光《私のハードボイルド──固茹で玉子の戰後史》（2006）則專論美國冷硬派（hard-boiled）偵探如何進入日本文壇，以及日本的在地化過程。這些可以說是從較傳統的文學史觀點，來建構歐美與日本推理小說史的論述，當然背後隱含著某種「正統與流變」的進化觀點，雖然中島河太郎與小鷹信光都論及日本的在地

發展，但隱然還是將歐美視為一個不可遺忘的源頭，並且無法擺脫歐美中心與優先性的美學判準。

在此之中，比較特殊的是Mark Silver的*Purloined Letters: Cultural Borrowing and Japanese Crime Literature,1868-1937*（2008），Silver企圖處理關於文類變形脈絡的議題，他從日本接受西方推理小說的起源開始，分析何以在初期會產生「本格派」（classic puzzle story）與「變格派」（inauthentic detective fiction）兩種歧異的路線。Silver認為，推理小說傳入日本前，江戶時代就有類似的文類（如類似包公案的《大岡政談》）與描述犯罪行為的毒婦小說（如《高橋阿伝夜叉譚》），明治維新之後推理小說則由有目的的作家引進日本，造成某種「文化借用」（cultural borrowing）的效果，而在二次大戰前，強調日本在地特色的變格派較佔優勢，但在戰後因為文化權力的改變，本格派反而成為了主角。透過這樣的觀看，Silver認為1937年前的日本推理小說，其實是一直不斷地在國際化與在地化之間擺盪、努力尋找自我形象與定位的過程。

而第二個脈絡的代表，便是以Jon Thompson為代表的*Fiction, Crime, and Empire: Clues to Modernity and Postmodernism*（1993），他將歐美推理小說的發展與科學理性及歷史脈絡進行結合，從19世紀大英帝國的工業化與都市化，論述到經濟大蕭條、第二次世界大戰、冷戰時期的影響。同樣的觀照視域，Sari Kawana則聚焦於日本戰前到戰後

初期的作品，她在*Murder Most Modern: Detective Fiction and Japanese Culture*（2008）中，以此階段的推理文本為主，探討日本文化在當時的轉向以及現代性在其中的標誌。特別值得注意的是，作者從「犯罪反映當時人們的欲求」為基準，提出推理小說其實暗示了當時的讀者，如何透過現代主體的建立去追求自身的生活目標，並讓小說家得以對當時的法西斯體制表達不滿。Kawana相信日本的推理小說作為一個重要的世界性文類，可以提供研究者去理解現代主體在當時是如何建立的。無獨有偶的，繼承了左派思想的笠井潔，在他的多部論著包括《模倣における逸脱──現代探偵小説論》（1996）、《探偵小説論〈1〉氾濫の形式》（1998a）、《探偵小説論〈2〉虚空の螺旋》（1998b）、《ミネルヴァの梟は黄昏に飛びたつか？──探偵小説の再定義》（2001）、《徴候としての妄想的暴力──新世紀小説論》（2003）、《探偵小説と二〇世紀精神──ミネルヴァの梟は黄昏に飛びたつか？》（2005）、《探偵小説と記号的人物》（2006）中，也提出小說背後其實隱含著社會結構與歷史內涵的觀點，因此他以推理小說的「涵化」與「去化」為核心，探討日本現代推理小說的形式變遷，其背後的兩條發展主線，一是遵循市場規則的模擬與仿效、一是違逆必然發展的突破與創新。

　　當然，在這些論者的論述框架中，推理小說的演化若非是純粹文學類型的內在「進化」，便是必然與國際政治、在

地社會、文化轉型、資本主義流動息息相關。此類研究取徑
對於詮釋推理小說的跨國輸入及在地演化,尤其是面對單一
或連續性的政治社會語境,特別像西方與日本這種不存在著
明確的「斷裂」的推理小說發展脈絡時,的確有其效度,可
以提供重要的論述框架。但對於台灣這種不僅是斷裂,並且
是在不同歷史階段重複召喚母體、透過翻譯進行在地實踐的
發展軌跡來說,這樣的框架便有其嚴重的侷限。

　　然而除上述兩種研究脈絡外,亦有學者從性別與身體的
關係入手,其中Priscilla L. Walton、Manina Jones與Amanda
C. Seaman就分別關注到歐美與日本不同的面向與問題。像是
Priscilla L. Walton與Manina Jones在*Detective Agency: Women
Rewriting The Hard-boiled Tradition*(1999)中從冷硬派的發
展軌跡著手,針對1980、1990年代的冷硬派女性浪潮進行分
析,認為女性作家透過對冷硬派傳統的「重寫」,發揚了女
性自身的能動性。其中,特別在第五章 "Private I: Viewing
(through) the (female) body" 討論了女性作家從偵探的身體
出發,重新置放偵探的聲腔以及行動,在這邊,女性的身體
成為一種中介,透過「我」的第一人稱敘事,將陽性的犯罪
場景(scene)與陰性的女性視域(seen)結合起來。從這中
間,女性則以一種性別扮裝的姿態重新定義身份以及角色
的關係。而Amanda C. Seaman的*Bodies of Evidence: Women,
Society, and Detective Fiction in 1990s Japan*(2004)將推理小
說視為一個社會型態的變形載體,會在化約、容受外國文學

的同時，改變自身以符合當代的需求，藉此來探討日本1990年代的女性推理作家，如何從英美（Anglo-American）傳來的推理小說形式中找到屬於日本的可能性。作者注意到，在日本女性作家創作的推理小說中，經常可以看到女性警察與司法環境抗衡的狀態，特別是女性軟弱的身體與硬邦邦的司法情景往往會以「暴力」的方式展開宣洩。即便是業餘偵探，也需要面對女性身體的諸多不便與痛苦，以強調這是一個女性書寫的推理小說。

身體的取徑提供我們回到推理小說的本質，但也開啟了新的框架可能，尤其Walton與Jones所特別注意到推理小說中的身體的「中介」性質，能夠提供作者、小說敘事者、偵探、犯罪者的一個協商空間，各種跨國文化、國家權力、意識型態、社會資本、多元性別、慾望驅力都可在此交會，也必然在此交匯。而從不同的主體位置出發，在此中介空間的交會／匯，就必然會產生翻譯的問題。因此，身體不僅能夠成為重探推理小說類型的一個取徑，更重要的是，它提供的是一套突破「正統與流變」連續性史觀的詮釋框架，能夠在不同的斷裂中各自匯聚成不同關係網絡的翻譯身體話語，我們的任務則是，觀看這些台灣推理小說創作者，在不同的斷裂中，如何透過翻譯身體引渡對推理小說的想像，這些想像與在地實踐的背後，怎樣交織互構出一套翻譯身體驅力的方法，而這也是本書期待能夠開啟的一項學術工程。

# 3

在這本書中，我主要藉由法國社會學家布迪厄（Pierre Bourdieu）的場域（field）概念，將台灣推理文學的發展，定位為一個朝向「場域化」的過程。布迪厄在《藝術的法則》（*The Rules of Art*）一書中提出「場域」的概念，強調「權力場」的無所不在，認為在場域中，眾人不斷的透過經濟、社會與文化這三種資本的轉換與分配，以獲取場域最中心的位置。經濟資本（economic capital）就是我們最普遍的資本認知，也就是我們擁有的經濟資源；所謂的社會資本（social capital），則是人在社會佔據的位置，以及這個位置能夠帶來哪些關係網路施予的權力；而文化資本（cultural capital），也就是知識的資本，經由教育、訓練等過程獲得學歷，甚至是透過藝術收藏與文化資產的擁有，去積累自身的文化資本。這三種資本都可以重新分配、相互轉換，並累積成象徵資本（symbolic capital），經由社會或某一種信度的認可，而形成一種正當性與權威性。換言之，布迪厄提出了一個以「資本分配與轉換的關係」界定為主要研究方法的理論體系（Bourdieu，1986：241-258）。而文學場也受到類似的規則支配，同時也為那些佔據優位的權力場（如政治、文化）所影響。除此之外，文學場內其實還有著許多的「次場」，而這些次場透過權力的交互關係爭奪主要的資本位置，但值得注意的部分是，儘管在大方向上文學場受到權力場與其他優

位場域的影響，但同時，它也具有獨立、異於其他場域的運作邏輯（Bourdieu，1993：32-37）。

布迪厄雖然提供了一個文學生產原則的切入點，卻未論及跨文化／國家的場域如何互動。因此在布迪厄的基礎上，我再借用劉禾在 *Translingual Practice: Literature, National Culture, and Translated Modernity China, 1900-1937* 中提出的「跨語際實踐」（translingual practice）來作為補足論述的重要框架。她認為語言在進行翻譯的過程中，會有著鬥爭、妥協的過程，歧異性會在這個過程中解決或被製造出來（或同時出現），「直到」（until）新的詞語和意義在主方語言（host language）內部浮現出來，也因此，翻譯並不侷限在單向的接收，而具有主動改寫或挪用以符合自身歷史發展的情境的能動性。劉禾其實提供了一個適切於東亞國家的觀看方法，尤其是這些國家如何透過翻譯來移植屬於西方的現代性，並蘊含出屬於自身的意義（1995：25-27）。而透過這樣的理論觀照，方能釐清台灣推理文學從日治時期初具場域的規模，歷經戰後的沉寂與1980年代的再興，一直到1990年代後期開始發展出在地脈絡，出版者、中介者、翻譯者與作家如何引進國外推理小說類型的場域邏輯，加以涵化與改造，終至在自身文學場域內交匯並建立一套屬於台灣自己的推理文學次場的過程。

對於台灣的推理小說家來說，這個「跨國／**越境**」交匯的媒介，就是「身體」。我透過德勒茲（Gilles Deleuze）

對尼采（Friedrich Wilhelm Nietzsche）的詮釋，將「身體」理解成是一種「力的關係」，是由「多元的不可化簡的力構成的」，「每一種力的關係都會構成一個身體——無論是化學的、生物的、社會的還是政治的身體。任何兩種不平衡的力，只要形成關係，就構成一個身體。」（德勒茲，2001：59-60）因此推理小說在跨國傳播與場域化的過程中，不論是西方與日本推理文學體系中的類型知識，或是在地現實語境中的政治、文化、社會秩序，都成為形構推理小說中「死者身體」與「偵探身體」的各種「力的關係」。是故，這些「身體」不僅是作家有意識的構成，更是透過不同歷史階段對於文體秩序的欲求，以及書寫典律與美學意識等各種「翻譯驅力」在其中交會、折衝與協商所形成的「譯徑」，因此勢必會反映出各種在地文化干預後的再生產動能。

在這樣的方法論基礎上，我將在本書中先對台灣推理文學場域的發展，進行歷史性的梳理，希望能在此基礎上，建構出其形成、斷裂與重構的進程。雖然在經過日治時期與1980年代的兩次發展與斷裂，台灣推理文學場域早已建構出它的基本型態，但在進入1990年代後，產生更為劇烈的震盪。原來在1980年代具有主導力量的林佛兒與林白出版社，被詹宏志與其規劃的「謀殺專門店」書系所置換，在推理敘事典範上也產生更迭，並由日本轉向西方。而隨著1998年第三屆時報文學百萬小說獎的舉辦，推理小說場域不僅與主流文壇逐漸疊合，更引發主流媒體與網路推理讀者對於推理小

說類型定義的角力，繼而催生了2002年自網路崛起的「人狼城推理文學獎／台灣推理作家協會徵文獎」的舉辦，形成新一波意圖另立場域規則的主導權力爭奪，並進行日本敘事典範的在地生產。

可以說1990年晚期迄今的這段時間，是台灣推理文學場域最為成熟，跨國翻譯與在地實踐等各種驅力相互交織且激烈震盪的階段，這個階段所展現出來的爆炸性能量與豐富性，足以提供台灣推理小說研究方法論的建構。本書選擇此一時間區塊切入，正是希望能以此為起點，透過以下的不同章節，展開關於「身體翻譯」所能折射出的台灣推理小說多樣性思考，以及理論性的各種可能。

因此第一章〈跨國移動與知識譯寫──台灣推理文學場域的形塑與世紀之交的重構〉，便是一方面重新梳理台灣推理文學的發展歷程，以及其間種種跨國翻譯驅力的交織、抗拮與交替，透過法國社會學家布迪厄關於文學場域（literary field）論述的啟發，呈現台灣推理文學的場域化軌跡。二方面則深入探討1990年代前後十多年間，從1980年代林佛兒《推理》雜誌到1990年代詹宏志「謀殺專門店」的兩個重大轉折，如何促成台灣推理文學場域的重構，以及在新的場域運作規則下，如何生產出新的知識權力關係與分配，形塑出如今我們所見獨立的台灣推理文學場域。

第二章〈被翻譯的身體──跨語際實踐下的身體錯位敘事與文體秩序〉，則是試圖提出推理小說研究的新觀點，

以「身體秩序」與「文體秩序」之間敘寫的對應關係作為論述概念，透過對台灣新世代推理作家冷言作品《上帝禁區》的討論，分析其如何以日本為原典，挪用日本推理作家島田莊司《占星術殺人魔法》（占星術殺人事件，1981）中的屍體錯位形式，呈現出推理小說美學本位的身體譯寫。並透過「文化翻譯」的思考取徑，論述推理小說作為一種大眾文學類型，在以外來推理小說為典範，「翻譯」為在地書寫形式的過程中，如何因為「身體秩序」的敘事實踐，而完成推理小說「文體秩序」的需求。進而探討在這樣的譯寫策略下，翻譯者的能動性如何帶來這樣的選擇，致使身體形式所隱喻的國體與歷史被捨棄，以達到推理形式的「本格」譯寫，延續推理文類的古典（本格）美學。最後並透過推理小說在地譯寫過程中，在翻譯中所應生成的現代性意義，反思冷言在譯寫典範上的選擇及有意的組合，可能引發的內在衝突，以及對其意圖維護的「文體秩序」譯寫可能造成的根本性危機。本章中所建構的論述框架，可說是本書最關鍵的方法論之開展，也是到目前為止在台灣推理小說研究領域，甚至是大眾文學類型的研究中，最創新的學術觀點之一。

　　在前一章的論述基礎上，**第三章〈力的曲線──邁向無限透明的偵探身體〉**則是將「身體翻譯」的概念延伸到推理小說中的核心角色──偵探身上。先是回顧台灣戰後推理小說發展過程中，「偵探身體」是如何透過跨國的譯寫而形成？作家如何將歐美與日本推理小說敘事典範中的偵探，其

所具備的科學理性、文化知識、法律正義、社會知識等多元
的知識體系，「銘刻」在他們筆下的偵探身體上，來開展小
說的情節，完成推理小說所應具有的文體秩序，以及台灣推
理小說的「本格」譯寫。進而探討究竟是怎樣的歐美與日本
偵探身體典型，透過翻譯驅力交織在本土偵探的身體上？並
且讓當代推理小說中的偵探身體，逐漸走向透明與虛化，在
此發展下，究竟會把台灣推理小說帶往怎樣的方向？透過這
些問題的討論，思考在這樣的跨國知識譯寫的不斷生產中，
台灣推理小說的在地化如何可能。

第四章〈典律的生成──從「島田的孩子」到「東亞
的萬次郎」〉其實便是將前面兩章關於身體翻譯的思考，匯
聚於本書最主要關懷的當代台灣推理小說創作。由於2000年
之後新世代推理作家對於1980年代社會派寫實主義導向的
書寫路線不滿，因而產生對「本格」的渴望與追求，選擇日
本作家島田莊司的書寫美學建構為「典律」，並在自己的作
品中，透過譯寫的方式實踐，來尋求他們心目中本格推理的
「復興」之道，以致於他們都成為「Shimada Children／島田
的孩子」、「21世紀的萬次郎」，在台灣的推理文學場域，
進行對島田的再生產。因此本章試圖釐清島田莊司的作品，
究竟在怎樣的時間點，開始介入台灣推理文學場域的重構過
程，並促使台灣創作者進行怎樣的再生產？而在台灣早期所
出版他的小說中，「本格」的特質為何，多少成分來自他的
理論，又如何被台灣的新世代作家實踐，而形成島田在台系

譜的生成？而在2009年開始，由於島田莊司在日本規劃的
「亞洲本格聯盟」書系將藍霄《錯置體》選入，並且台灣也
與日本合辦「島田莊司推理小說獎」，島田莊司因而直接介
入台灣推理文學場域的運作。因此本章也將深入探討在新一
階段的跨國譯寫中，台灣作家如何想像與嘗試島田莊司所提
倡的「21世紀本格」理論，進而探究在這樣的過程中，台灣
的創作將產生怎樣的質變，作家們有意識的選擇，將如何在
新書寫理論的想像與落差之中，造成島田莊司在台系譜內部
的矛盾與危機；然而卻也在同時，尋覓出一條可能的超越道
路，發展出具有挑戰類型秩序的前衛在地敘事。

　　最後，台灣推理小說的跨國譯寫，雖然長期隱含著與
母體的連結，但透過在地的干預，以及不同模式空間的結
合，進行了地理秩序的創造性再生產。推理這個小說類型
（genre）的發展其實自一開始便和空間與地理息息相關，正
如G・K・卻斯特頓（Gilbert Keith Chesterton）所指出的，
這個類型其實是最能夠召喚出那些隱藏在都市一磚一瓦的現
代文明意象與感受（2004：6-7）。但隨著推理類型在20世
紀的發展，不僅都市成為犯罪者馳騁的失樂園，與自然共存
的鄉村也成為各種神秘氣息交織的死亡地景，不僅再現傳統
社群中既單純卻又暗影重重的人際網絡，更常常連結文明傳
統遺留的神話傳說。因此，**第五章〈翻譯的在地驅力——身
體劃界與空間的再生產〉**便是討論21世紀00年代開始的台灣
推理小說書寫中，由於有意識地向日本與西方的母體進行譯

寫，因而在空間與地理秩序上，產生兩種極為不同的文本敘
事。一種是以藍霄、既晴、冷言、林斯諺、陳嘉振等人為代
表的本格推理創作：犯罪往往連結的是具有奇幻感的鄉野傳
說、或是遺世獨立的荒野地景，死亡彷彿是由於遠離文明空
間所帶來的懲罰，透過死者身體在鄉野空間中的配置，以及
偵探現代身體的介入軌跡，將自然反覆建構為個體恐懼的對
象物，鞏固鄉野（自然）與文明對立的意識型態。另一種則
是如鄭寶娟、紀蔚然、張國立筆下較具冷硬派風味的推理小
說，在其中犯罪往往呈現出無機質的暴力，流竄與散布在都
市的各種重層秩序中，偵探透過記憶將地理空間轉換為可追
索犯罪的動力曲線，並透過他們的身體建構出城市空間中文
明與蠻荒的多重辯證。這兩種文本中的空間生產模式幾乎
「共時」地出現在台灣，凸顯了台灣在實踐推理這個類型的
在地化過程中，顯然是接受與再鞏固了對於文明與自然牢
不可破的對立意識型態，因而在兩種空間文本的生產中，存
在著對種種身體劃界與地理秩序的再現與想像。而這些問題
共同指向的是——殖民現代性暴力的魅影在台灣仍然驅之不
去，因而大眾文學類型在翻譯與跨越國境時，勢必造成的與
本土現實條件之間的種種拉扯與協商——這樣一個在處理台
灣大眾類型小說在地實踐學術議題過程中，必然無可迴避的
的歷史問題。

　　由於本書是透過跨國視角的比較研究來進行論述，因
此勢必援引到許多外國作品及論述，然而就本書的問題意識

而言，正是要透過觀察西方及日本推理文學知識體系的「跨國傳播」與「在地接受」，來思考台灣推理文學場域的生成問題，因此外國知識體系如何被翻譯、想像與再現，至關重要。為了貼近並忠實呈現台灣創作者與讀者的「翻譯視界／識界」，因此在作家、作品、專有名詞之名稱，還有文本內容上，本書盡量採用本地已有之慣用譯名與譯本，以求與討論之對象——台灣推理文學場域「同步」；若台灣未有相關之譯名與譯本，則由我再另行翻譯。

另外，在所有的大眾文學類型中，「推理小說」其實有著與其他類型極為不同的倫理傳統，那就是在討論時不應透露太多情節或謎底，也就是如今俗稱的「爆雷」，以免破壞這個類型的核心閱讀樂趣。然而在本書的討論議題中，有時仍必須透過對於關鍵情節、真相、兇手身分之論述，來釐清書寫意圖與策略，建構其文化翻譯之意義。在大多數的情況下，本書盡量做到不爆雷，以尊重讀者權益，但在少數不得已的狀況下，還是必須冒犯這個倫理禁忌。因此為求周延，我在每一章的開始，以註腳的方式說明該章涉及哪些小說文本的關鍵情節與謎底，以供閱讀者參照。

# 第一章 跨國移動與知識譯寫
## ——台灣推理文學場域的形成與世紀之交的重構

## 一、在帝國的注視下：台灣推理文學場域的形成[3]

　　台灣由於具有複雜的跨國移民歷史，因此在文學的發展上，產生高度的異質性與多元性，不僅在純文學場域如此，在大眾文學場域更是如此。根據黃英哲與下村作次郎的研究指出，「大眾文學」在台灣被當作一個概念思考，應是從日治時期開始（1999）。而根據黃英哲與黃美娥的研究，1896年就已經有署名黑蛟子的作者，以鄭成功事蹟為內容，用日文撰寫〈東寧王〉連載於《台灣新報》上（2007：479），可說是台灣大眾小說的先聲，從這個作品在題材、語言、發表媒體的語言與文化跨越性上，可以看出大眾小說在台灣一開始就展現出強烈的跨國性。

　　這個時期大眾文學的概念是否已經完備？是否已經形成如法國社會學家布迪厄（Pierre Bourdieu）定義下的「文學場

---

3 本章將涉及包括既晴《魔法妄想》（2000a）、《魔法妄想症》（2004）的謎底，特此說明。

域」（literary field）？其實在日治時期仍有許多的辯論。[4]但若以推理小說這個文學類型來說，當時已經隱然形成屬於它自身的文學場域。以目前可見的資料來看，在當時不僅已出現了推理小說的作者，甚至因為書寫語言主體的差異，至少可區分出用日文書寫的「在台日人」，以及用古典漢文與白話文書寫的「本土文人」。

最早整理並討論台灣推理小說的中島利郎，在他為其編選的《台湾探偵小説集》所撰寫的解說〈日本統治期台湾探偵小説史稿〉中，顯示出日治時期台灣在日本的影響下，也開始摹寫當時在日本所流行的「偵探小說」與「偵探實話」（2002a：351-399）；然而在同書所附錄他編纂的〈台湾探偵小説年表〉裡，從開始的1914年到1945年間，清一色都只有在台日人的作品（401-418）。直到呂淳鈺在其碩士論文〈日治時期台灣偵探敘事的發生與形成：一個通俗文學新文類的考察〉，提出了日本所輸入的推理敘事，不能視為台灣推理小說的唯一源流，認為中島利郎忽略了在台灣已有中文推理創作的脈絡，以及原本所具有的中國公案小說傳統，應被視為此類敘事的源流之一（2004：6）。

中島利郎在觀點上的被「遮蔽」，一方面來自於他極可能先入為主地認為台灣對於推理小說的認識，在殖民地政權的架構下，完全是來自於日本，因此他將台灣流行的兩類推

---

4 相關的辯論在中島利郎為其主編的《台灣通俗文学集一》所撰寫的解說〈日本統治期台湾の「大眾文学」〉一文中有許多呈現（2002b：353-357）。

理敘事，均連結到日本此一「上游」；另一方面，則可能是來自於研究者語言所能觸及的文學材料的侷限所致，因此他並無法接觸到白話中文的創作，更遑論古典漢文的作品。

但呂淳鈺所試圖建立的兩股源流論，這種文學史「兩個根球論」[5] 的基本模式，卻也無法完全說明台灣推理小說在日治時期輸入、傳播與實踐的完整圖景。其最主要的原因在於，在推理敘事開始進入台灣的時候，這些後來成為創作者的「讀者」，是在不同的語境中，接收這種文類的。就像中島利郎之所以會判斷在台日人是創作推理小說的主力，正是因為這些日人掌握了能夠解讀日本推理的關鍵，也就是日語能力，因此他們在閱讀、理解上完全沒有障礙。但他沒有想到，這些以中文書寫的創作者，他們的日文能力，尚不足以讓他們去完全掌握日本的發展，而轉向台灣本地書局所引進的，來自於中國以中文所直譯的歐美推理小說譯本，而這些翻譯，幾乎是與日本無關的。

因此，若單純地以兩個源流的概念來思考台灣推理小說，將形成某種「誤讀」。就公案小說的影響來看，雖然中國公案小說有傳至日本，但目前相關研究仍很有限，能直接證明其影響了日本推理小說的發展；在台日人的認識程度如

---

5 陳千武以「兩個根球」的概念，來說明台灣戰後詩壇除了紀弦引進的以戴望舒、李金髮為脈絡的，受法國象徵主義與美國意象主義影響的中國「現代派」之外；也存在著上接台灣1940年代銀鈴會的日本現代詩精神，下開跨越語言一代省籍詩人的脈絡。這樣的論述此後成為台灣現代詩史及文學史時重要的文學史觀（1989：451-457）。

何，更是一個很大的問號，因此公案小說對台灣推理小說的影響，仍主要侷限在本土文人的創作上。以中文為思考語言的在地文人，他們受到日本推理的影響，又可能相當有限；而直接承襲自中國譯本的歐美推理，雖然與日本的脈絡有所重疊，但卻是兩種語言與文化多次轉譯之後的結果。

是故上述兩位都沒有注意到，讀者的語言能力與視界，將關鍵性地決定其推理小說的輸入脈絡，以及典範的源流。也正因為當時台灣在推理的接受上有兩種途徑，導致在這個類型的書寫上，一開始便形塑了兩個場域中心、兩種場域型態與規則。

## （一）日本體系中心：在台日人的日文書寫

根據呂淳鈺的研究，台灣目前可考的第一篇推理小說，是刊登在《台灣新報》、署名さんぽん的作者所撰寫的〈艋舺謀殺事件〉，該篇作品自1898年1月7日開始連載，共54回。該作的故事是關於一具屍體被發現於艋舺龍山寺的附近水池之中，由在台灣的日本新聞記者與警察擔任偵探的工作展開追查。而在同年的10月，さんぽん再度於《台灣新報》發表〈苗栗工友被殺〉（苗栗の小使殺し），該作是取材自當時發生的實際事件，相對於〈艋舺謀殺事件〉是純粹虛構的「偵探小說」，〈苗栗工友被殺〉開啟了台灣當時另一種推理次文類，也就是「偵探實錄」的寫作（2004：164-

186）。

「偵探實錄」這種以紀實為訴求的書寫類型，是日本接受推理小說的最早形式，因此具有重要的啟蒙意義。1861年，神田孝平就在《和蘭美政錄》（和蘭美政録）的稿本中，翻譯了荷蘭的〈楊牙兒奇談〉，故事敘述大學生寒假返家的旅程中，發現投宿於同一個旅館的客商被主人夫婦殺害，因而被滅口；其後因同校學者亦投宿該旅館，在該生留下的話劇劇本中發現留言而真相大白（中島河太郎，1993：1-8）。

這樣的故事形式，形塑出日本對「偵探／推理」這個類型的認知，也傳播到台灣的書寫場域之中。除さんぽん外，包括飯岡秀三一系列的〈絕世兇賊騷動台北城〉（探偵実話　奇代の兇賊台北城下を騒す，1920）、〈血染的漂流船〉（探偵実話　血染の漂流船，1922），野田牧泉於1933年陸續發表的「搜查密辛」〈屈尺的鬼火（藤川夫婦慘殺事件）〉（搜查祕話　屈尺の鬼火（藤川夫婦慘殺事件件），1933）、〈六角竹圍的秘密〉（搜查祕話　六角竹囲の秘密，1933）、〈基隆八尺門的殺害養母事件（被戀愛沖昏頭的童養媳）〉（搜查祕話　基隆八尺門の養母殺し（恋の虜となつた媳婦仔），1933）、〈乾枯的辣椒樹（岩後家殺人事件）〉（搜查祕話　枯れた唐辛子の木（お岩後家殺し事件），1933）、〈矇面強盜的真面目〉（搜查祕話　覆面強盜の正体，1935）、〈活躍於黑暗中的綁架集團黑幕〉（搜

查祕話　闇に躍る誘拐団の黒幕，1936），以及山下景光〈隨機殺人〉（搜查実話　通り魔，1938）、〈某性變態者的犯罪〉（搜查実話　或る変態性欲者の犯罪，1938）、〈搜查実話　白骨事件〉（1938）、〈美人服務生被殺〉（美人女給殺し，1939）、〈基隆分屍事件〉（基隆のバラ～事件，1941）等作數十篇作品發表在《台灣警察協會雜誌》、《台灣警察時報》（為《台灣警察協會雜誌》改名之刊物）、《台法月報》等刊物上，可以看出當時這個類型的盛況。

　　而獨立創作的偵探小說，相較於偵探實話來說數量較少，但也有許多值得關注的作品，如座光東平自1923年開始一系列的作品，像是〈家教嚴格的少女〉（犯罪小説　厳格な家の娘，1923）、〈人性的裁判〉（探偵小説　人間の裁判，1923）、〈謎樣夫婦的殉情〉（犯罪小説　謎の夫婦情死，1924）、〈如雨露般消失的四條人命〉（犯罪小説　露と消ゆる四つの命，1924）、〈緊縛的機智〉（犯罪小説　縛する機智，1925）等十多篇；還有像下村四郎〈渦卷〉（渦卷，1934）、河原崎純〈詛咒的女人〉（呪われた女，1935）、渥美順〈清晨非常線〉（暁の非常線，1936），美川紀行、渥美順、梶雁金八三人連作的〈無形的犯罪〉（探偵連作小説　姿なき犯罪，1937），以及芝川武〈手腕雜技〉（腕の伝蔵，1938）、遠山金三郎〈蓮池譚殺人事件〉（1941）等將近20篇作品，發表在《台灣警察協會雜誌》、《台灣警察時報》、《台灣婦人界》等刊物上。至1940年代，更有小說

單行本出版，如林熊生（金関丈夫）的《船中殺人》（船中の殺人，1943），系列作《龍山寺的曹老人・入船莊事件》（龍山寺の曹老人・入船荘事件，1945）、《龍山寺的曹老人・鬼屋》（龍山寺の曹老人・幽霊屋敷，1945）。甚至還有台籍作家葉步月的《指紋》（1946）、《白晝殺人》（白晝の殺人，1947），成果可說相當豐碩。

　　由前述可知，台灣最早的推理敘事，的確是在日本人手上展開的，並且是作為日本推理文壇的延伸之地。因為當時在日本的推理小說書寫，尚未具備成熟的形式，因此這些在台日人創作者，可以說是參與了日本推理文壇初期的建構工程。因為日本雖然在1861年即有這類的翻譯改作，但必須要到1889年由黑岩淚香寫出〈悽慘〉（無惨）後，才開始正式展開屬於日本本土推理小說的序幕；[6] 然而接下來推理小說進入了伊藤秀雄形容的「繁花盛開」的景象，不論是押川春浪所寫的傳奇冒險小說、谷崎潤一郎發表的犯罪小說、村山槐多與佐藤春夫著力的怪奇幻想小說、岡本綺堂的捕物帳小說，作家們試圖透過他們的想像，摹寫出推理小說的各種可能，因而出現了形式各異的「偵探小說觀」（中島河太郎，1993：112-196）。一直要到江戶川亂步（江戸川乱步）1923

---

6 根據伊藤秀雄在《明治探偵小說》第二章〈黑岩淚香活躍〉中所言，雖然在時間上須藤南翠於1888年所寫的中篇小說〈殺人犯〉是日本自行創作的第一篇推理小說，但由於此作較接近偵探實話的風格，實驗性質較濃，因此還是將黑岩淚香於1889年所發表的〈悽慘〉，視為日本推理小說之始（2002：104）。

年在《新青年》雜誌發表〈兩分銅幣〉（二銭銅貨）後，推
理小說的基本型態才被奠定下來，正如中島河太郎所說的：
「他彌補了過去一直以來的闕漏，建構出明確的推理小說輪
廓。」（1995：69）

　　因此在台日人的推理小說創作，其實也是在這樣的文學
史脈絡中展開的。不過相較於以中文寫作的本土文人來說，
他們除了直接接受日本推理文壇的資訊外，也經由相關文
論，較清晰地掌握推理小說的書寫形式，以及其中隱含的意
識型態。就因為這樣在語言上的親近性，他們直接閱讀日本
的翻譯作品，在實踐上的模仿也就集中於當時在日本發行、
譯介的推理小說，而其中最重要的，當然屬推理小說之父愛
倫坡（Edgar Allan Poe）。

　　愛倫坡在當時日本推理作家心中的典範地位，從有日本
推理小說之父的江戶川亂步其筆名的由來，就可看出，它正
是來自「愛倫坡」的日文發音。[7] 然而江戶川亂步在某種意
義上，是遊走在「本格」與「變格」兩種脈絡中的，愛倫坡
對於他的影響，其一是本格解謎的敘述模式，就像他〈兩分
銅幣〉、〈D坡殺人事件〉（D坂の殺人事件，1925）、〈心
理測驗〉（心理試驗，1925）那樣注重理性與邏輯的本格

---

7 江戶川亂步將愛倫坡全名的Edgar Allan Poe的middle name「Allan」拆開為「Al」
　與「lan」，然後與前後姓名組合，變成「Edgar-Al」和「lan-Poe」，最後的近似
　音就是Edogawa Rampo。若以日文的假名來看，更能明確的看出其變化，愛倫坡
　的日文片假名是「エドガー・アラン・ポー」，江戶川亂步的名字若標成片假
　名，便是「エドガワ　ランポ」。

作品，但愛倫坡的那種黑暗與陰鬱，卻也構成了亂步嘗試如〈紅色房間〉（赤い部屋，1925）、〈人椅〉（人間椅子，1925）、〈陰獸〉（陰獣，1928）那樣糅和著異色、奇幻、夢境層次感的變格之作。但這樣的影響並沒有發生在日治時期的台灣，愛倫坡透過日本折射到台灣的，還是以他推理小說中的邏輯性與解謎性，作為最主要的影響。

這樣的創作意識，從曾於1931年1～3月的《台湾警察時報》上刊登〈偵探小說的故事〉（探偵小説の話），以及在前一章也曾引述到的甲賀三郎的〈偵探小說界的現狀〉（探偵小説界の現状，1930）一文中，也都可以得到明證。像在〈偵探小說界的現狀〉中，他就點出了「本格推理」的寫作精神與在當時日本推理文壇的處境：

> 偵探小說界現在大概是處在停滯不動的狀況了，特別是本格偵探小說。所謂的本格偵探小說，就是不注重犯罪動機與犯人性格的描寫，主要關注於不可思議或經過精巧計畫的犯罪，其中科學的解答是閱讀樂趣的核心，柯南‧道爾的夏洛克‧福爾摩斯故事便是這類的代表作品。本格偵探小說當然是「小說」的其中一種類型，具有大部分的文學要素，只是作為文學中的特殊小說類型，如前面所說明的，本格偵探小說是以「頭腦」（Brain）為對象的文學，而與強調「心臟」（Heart）的大多數文學立場相反。也就是說，這種我

們稱之為「謎團的文學」，所能帶給讀者的樂趣，與
下將棋或是解答幾何學是完全一致的。

在這段敘述中，最值得注意的便是甲賀三郎認為推理小說與
其他一般訴諸「心臟」，也就是「情感」的文學不同，應是
一種以「頭腦」為對象的文學，它提供給讀者的樂趣是與
「下將棋」、「解答幾何學」完全一樣的，這便點出了推
理小說應具備理性邏輯的精神，也就是回到祖師爺愛倫坡的
典範性。就像英國推理評論家西蒙斯（Julian Symons）所說
的，愛倫坡的推理小說都是在描述偵察案件的過程，而且
這些案件必須要是能引起偵探在「method」，也就是心智上
的興趣，所以那些關於神探杜邦（C. Auguste Dupin）的故
事，所呈現的都是他解決這些問題的過程，更重要的是，這
個過程是「pieces of rational deduction」，是一種「一連串的
理性演繹」。而這也正如愛倫坡自己所說的，他這類的創作
是「tale of ratiocination」（邏輯推論的小說）（1993：35-
37）。

就如呂淳鈺分析さんぽん的〈艋舺謀殺事件〉、〈苗
栗工友被殺〉一樣，在故事情節中往往有大量的且詳細的調
查、假設、偵訊、檢驗、法庭訊問等過程，而法醫所代表的
科學意義，在小說中也佔有重要的位置，〈艋舺謀殺事件〉
甚至還有詳細的解剖驗屍過程（2004：44-45、58-59），都可
以看出以理性邏輯為核心所建構出的推理小說觀，以及創作

上所具有的典範性。

　　而從當時在台日人所發表的管道，如《台法月報》、《台灣警察協會雜誌》、《台灣警察時報》等特定的媒介來看，其實也具有重要意義，因為《台法月報》與《台灣警察協會雜誌》與都是直接隸屬於總督府的出版物，差別在於一個由高等法院，一個由警察本署負責發行，而這兩份刊物都會刊載判決與判例，也就是與犯罪直接相關的內容，所以這兩份刊物的讀者是有所設限的，極可能是警務與法律的相關人士。因此，這些具有高度現代性（modernity）意義、紀錄著科學辦案方法與技術的推理小說，其實具有知識傳遞的功能，所以還是必須監管在帝國的視線底下。

## （二）歐美體系中心：本土文人的漢文書寫

　　除了在台日人外，本土文人也有許多的推理小說創作，其中以古典漢文為大宗。包括李逸濤、魏清德、謝雪漁等，以及許多只知筆名仍無法考察本名的作者，甚至也有無名氏。這些古典漢文的作品，相當程度體現了當時在地古典文人對於推理小說的想像，以及如何糅合中國晚清公案、俠義、譴責小說的諸多模式，而創造出的特殊敘事體製。

　　這批本土文人中，只有少部分懂得日文，但是否能夠直接閱讀書面語言，以轉化為書寫之模式，其實有許多需要商榷之處；因此，勢必有一個提供他們接受並理解推理小說的

途徑，那便是當時進口販賣中國大陸書籍的書局。黃美娥便曾在研究中一一細數古典文人如何透過書局的引進，建構他們對於新時代與新世界的知識體系；在這之中，推理小說是他們想像現代的重要媒介之一（2004：292-298）。而他們更透過這樣一個崛起於工業革命以後的新興文類，去體驗文學的現代性；或者說，感受文學現代性的「形狀」。

以日治時期相當重要，位於嘉義的蘭記書局為例，當時他們引進如《福爾摩斯自殺案》、《華生包探案》、《福爾摩斯偵探案》、《達夫偵探案全集》、《暴奕頓偵探案全集》、《八大偵探案全集》、《貝克偵探案全集》、《海威偵探案全集》、《探偵世界全集》、《偵探小說精華全集》、《雙指印》、《桑伯勒包探案》、《多那文包探案》、《壹萬九千磅》、《海衛偵探案》、《奇女格露枝小傳》、《秘密軍港》、《毒菌學者》、《三大偵探》、《束頸帶》、《怪面人》、《偵探學講義》、《偵探指南》、《滬濱偵探錄》、《俠女破奸記》、《壁上血書》、《劇場奇案》《車中毒針》、《玫瑰花》、《童子偵探隊》、《謀產奇案》、《電妻》、《離奇暗殺案》等林林總總上百種歐美翻譯或中國作家改寫、創作的推理小說，可以看出當時推理小說由中國引進的盛況（林以衡，2007：270-271），也讓「出版者」在場域中佔有一個重要的位置。

不僅只是閱讀，當時的本土文人甚至對時下流行的福爾摩斯（Sherlock Holmes）與亞森羅蘋（Arsène Lupin）故事

進行摹寫，如魏清德於1918年6月19日開始連載於《臺灣日日新報》上的〈齒痕〉，除了標題即註明「法國偵探小說」外，其情節結構根據黃美娥的分析，相當可能是模仿自盧布朗（Morris Leblanc）怪盜亞森羅蘋系列的小說《虎牙》（*Les Dents du Tigre*）（2004：323-329）。而發表於1923年9月26日的《臺南新報》上，作者屬名餘生的作品〈智鬥〉，更是以福爾摩斯作為寫作的題材，敘述台灣人從倫敦邀請福爾摩斯前來嘉義辦案的故事，甚至為了符合台灣民情，安排福爾摩斯通曉「島語」（台灣話），將歐美推理敘事典範轉化為在地的敘事語言，也習得了推理小說神探形象的書寫傳統。

古典文人所運用的書寫典範與神探典型，的確有集中於福爾摩斯與亞森羅蘋的現象，不僅在小說中甚少看到愛倫坡筆下神探杜邦的形象，就連1920年代以後英國阿嘉莎・克莉絲蒂（Agatha Christie）所創造出的白羅（Hercule Poirot），或是江戶川亂步筆下的名探明智小五郎，也都難以見到。這當然可能跟他們大量閱讀中國的翻譯，親近當時的中國文壇，有相當密切的關係。因為自晚清以降，中國文壇最熱門的西方人物之一，就是福爾摩斯（陳平原，1990：40-43）。而這樣一種語言上的限制，也就造成在接受外來典範的途徑上，與在台日人作家有了重大的差異。

也正因為在地文人所接受到的推理敘事，主要集中在小說文本，而較缺少寫作理論，再加上他們不如在台日人作家，直接與一個動態的推理文壇──日本相聯繫，相對而言

是更為獨立；因此在創作上，僅僅只是一種典範的模仿，對於推理小說形式的進化問題，也就較少積極性的思考。但不論是在台日人透過日本折射歐美的推理書寫知識體系，或是本土文人直接取法於英法推理小說，從這兩個具主導性的書寫知識體系脈絡來看，日治時期台灣推理小說的發展，其實已經具有濃厚的「跨國性」，但也就從此時開始，歐美與日本兩股跨國連結的翻譯驅力，開始以布迪厄定義的文化資本（cultural capital）形式，在台灣推理文學的場域中，產生微妙的疊合與拉扯，並埋下此後兩個知識系統角力、甚至分立為不同次場的種子。

## 二、解嚴前的黎明：1980年代台灣推理文學的重生

1945年日本殖民統治結束，國民政府在台推行國家文藝政策，致使已經初具規模的本地推理書寫因而中斷，推理文學進入了潛伏期。雖然推理小說在日本因為二次世界大戰的關係，一度被日本政府視為「敵性文學」而發展暫歇，但戰後馬上就復甦起來。但在台灣就沒有那麼幸運，國民黨政府透過主導政策的介入，讓日本推理文學場域在台灣的延伸被阻斷，因此一方面推理文學場域不再存在著如日治時期在台日人作家的「帝國」繫絆，但也不再具有讓台灣本土文人在文化血緣上延續的「祖國」想像，隨著政治場域帶來文學場域的隔絕，台灣推理文學場域自此邁向一個真正「跨國」場

域的發展。

在翻譯出版上，歐美推理小說仍是翻譯的重心，且集中於福爾摩斯與亞森羅蘋探案。像是1950年代世界書局在台灣重新出版1927年由程小青翻譯的福爾摩斯探案系列，啟明書局也印行的「福爾摩斯探案全集」、「亞森羅賓全集」；到1960年代華聯出版社的「福爾摩斯偵探小說」系列，東方出版社出版的「福爾摩斯全集」、「世界推理小說名作」以及其後為因應青少年閱讀市場而發行的國語注音版，都可看出當時閱讀市場對於推理的接受，的確都是集中於歐美。

這種現象也出現在《偵探》與《偵探之王》兩份雜誌，雖然雜誌上刊載了各式各樣的翻譯作品，但由於當時仍沒有明確的版權概念，所以這些小說往往沒有註明作者，反而以譯者為號召。因此讀者僅能從角色姓名與故事場景，來辨識出這些作品是翻譯自歐美，但大多數時候與當時許多其他刊載翻譯小說的雜誌一樣，因為沒有標的出明確的原作者，失去了可參照的本源，而只能成為純粹的「消費物」。

這時期雖然有一些作家的作品，遊走在純文學與大眾文學的曖昧地帶間，或是可以從其作品中看到與推理小說形式上的相似，如費蒙（牛哥）的《仇奕森探案》、《箱屍案》、《恐怖美人》等。但不僅這些作品屬鳳毛麟角，且這些作家也非標舉著「推理小說」的創作者，因此以目前可見的資料來看，仍未能真正形成推理書寫的風潮。

這種情形一直延續到1980年代，才出現改變，此階段最

重要的便是林佛兒與其主持的林白出版社。1970年代林白出版社創辦初期，主要的出版品還是台灣純文學作品、歐美翻譯小說以及實用書。直到1977年，開始出現重大變革，林白成立了「松本清張選集」書系，這可以說是台灣第一次以單一日本推理作家為主題的出版書系。松本清張的引進，代表寫實主義推理小說時期的到來。因為在日本，二次大戰後復興日本推理小說的兩大重要代表，一個便是1946年以《本陣殺人事件》與《蝴蝶殺人事件》（蝶々殺人事件）復出的橫溝正史，他透過將日本地方的傳統封閉性風俗結合入推理小說，成功地發展出新的在地化取徑。另外一個重要作家，便是1957年以《點與線》（点と線）開啟日本社會派的松本清張，他主張將犯罪動機連結上「社會性」，藉此對社會與現實提出問題，成功地創造出日本推理小說有別於歐美的嶄新風格，並引領風騷將近三十年之久。

引進松本清張沒多久，林白出版社又於1979年，成立「推理小說系列」，首作便是《日本推理小說傑作精選》的第一集。[8] 自此之後，這系列便引進許多過去台灣讀者不曾有機會接觸，但在日本1960到1980年代相當受歡迎的推理作家，像是橫溝正史、森村誠一、夏樹靜子、西村京太郎、

---

8 此系列一開始是選用美國推理小說家艾勒里・昆恩（Ellery Queen）所編譯的一套向西方世界介紹日本推理小說的選集*Japanese Golden Dozen The Detective Story World in Japan*中的選文，第6集開始則改為翻譯日本推理作家協會所編選的年度日本推理小說選集，一直到1992年共出版了20集。

山村美紗等。到了1990年代，林白還陸續設立「推理之最精選」、「日本江戶川亂步獎得獎作品」、「日本推理作家協會獎得獎作品」等新書系，主要都是出版日本推理作家的作品，正式將日本體系的推理知識，引渡到台灣的推理文學場域之中。

1984年11月，林佛兒更創辦《推理》雜誌，立下台灣推理文學發展史上重要的里程碑。草創時期雜誌內容包含「特稿」、「創作推理小說」、「長篇連載」、「日本推理小說」、「歐美推理小說」、「其他」等幾個欄目。其中「創作推理小說」是本土推理創作，每期刊載2至3篇；「日本推理小說」與「歐美推理小說」每期大概刊載5至8篇；「特稿」則包含著推理評論與文壇動態，而「其他」包括「三分鐘探案」這類讓觀眾參與的推理遊戲、「推理錄影帶簡介」資訊、與主編記事。

1988年，林佛兒希望吸引更多的人來參與推理小說的創作，因此創立「林佛兒推理小說獎」甄選短篇小說（林佛兒，1992：320-321），至1991年為止共舉辦四屆，培育出一批創作力旺盛的本土推理作家，如余心樂、葉桑、藍霄、楊金旺、蒙永麗等。而「林佛兒推理小說獎」成立後，與《推理》雜誌、林白出版社互為連結，形成強而有力的權力結構。由於《推理》雜誌上規劃了翻譯小說的專區，同時也有刊登長、短篇中文推理創作的園地，因此林白的出版品可以先在《推理》上面刊載，以達到宣傳效果。而若是投稿到雜

誌的中文稿件若受到好評，則可以直接在林白出版單行本；另外在「林佛兒推理文學獎」中脫穎而出者，不僅可以得到獎金，還可以在雜誌上刊登作品，收錄於出版的得獎小說集中，最後還有機會於林白出版個人作品，可以說是一個上下游完整的文學生產線。像在《推理》上連載由鍾肇政翻譯的連城三紀彥「花葬」系列，後來便以《一朵桔梗花》之名出版，或像P‧D‧詹姆斯（Phyllis Dorothy James）《死亡的滋味》（*A Taste for Death*）、戶川昌子《獵人日記》（猟人日記），還有林佛兒自己的推理創作《美人捲珠簾》、林崇漢《雕刻家的情人》等，這樣出版模式的例子不勝枚舉。

　　而在外國推理作家與作品的介紹上，《推理》所展示給讀者的層面相當廣泛。像西方古典推理（classic mystery）就包括了愛倫坡、柯南‧道爾、阿嘉莎‧克莉絲蒂、桃樂絲‧榭爾絲（Dorothy L. Sayers）、G‧K‧卻斯特頓（Gilbert K. Chesterton）、傑克‧福翠爾（Jacques Frutrelle）、奧斯汀‧傅里曼（R. Austin Freeman）、艾勒里‧昆恩（Ellery Queen）、愛德華‧霍克（Edward D. Hoch）、雷金納‧希爾（Reginald Hill）。冷硬派（hard-boiled）作家如菲利浦‧麥唐納（Philip MacDonald）、勞倫斯‧卜洛克（Lawrence Block）、莎拉‧派翠斯基（Sara Paretsky）、蘇‧葛拉芙頓（Sue Grafton），日本的本格推理如江戶川亂步、大阪圭吉、土屋隆夫、高木彬光、東野圭吾、折原一、西村京太郎、山村美紗、泡坂妻夫、赤川次郎、內田康夫、島田莊司等，社

會派如松本清張、夏樹靜子、森村誠一，甚至是1990年代以後的重量級作家綾辻行人、宮部美幸（宮部みゆき）、小池真理子、伊坂幸太郎等，翻譯引進的外國作家將近有百人之譜，對於台灣讀者的推理視界，以及創作者的敘事形式，有著重要的開拓意義。

但在其中，日本知識體系仍是佔據最重要的位置，詹宏志就曾指出：

> 當時我們以日本為轉口港，對歐美推理的引介是跟著日本出版趨勢而來，因此後來重心也漸漸轉移到日本，到皇冠出版赤川次郎系列作品時，到達巔峰，但之後又馬上盛極而衰。（林欣誼，2009）

由於日本1980年代適逢「泡沫經濟時期」，資本主義所形塑的消費社會相當發達，因此推理小說也發展出不同讀者取向的作品。像是以輕鬆娛樂取勝的「幽默推理」與「青春推理」，以鐵路時刻表為主軸且兼具旅遊導覽功能的「旅情推理」，甚至是反映金錢遊戲的「商戰推理」，都應運而生。也許是紙醉金迷的慾望世界提供了最好的背景，催生了歐美冷硬派在日本的茁壯，也誕生了屬於日本自己的冷硬派推理。不過隨著泡沫經濟的崩毀，推理小說反而又有了一次劇烈的革新，那便是「新本格」的登場。站在以島田莊司為代表的1980年代「浪漫本格」基礎上，綾辻行人、折原一等作家透過幻想

性與詭計的結合，回到解謎推理小說的道路上，然而在對於真實與敘事的思考上，卻帶有後現代的解構意味。不過台灣1980年代引進的日本推理敘事典範，主要還是以松本清張的社會派為主，新本格雖然於1987年便已出現在日本，但真正對台灣的創作者造成影響，已經要到2000年以後了。

在這樣的背景下，林白作為先鋒，引進了本格、變格（变格）、冷硬、冒險、旅情等各種派別作家；皇冠文化則後來跟上，甚至出版了幽默推理及青春推理等「輕」路線的赤川次郎。甚至連1970年代於日本創辦過推理雜誌《幻影城》的傅博[9]，也曾於1987年開始，為希代出版社規劃的一系列「日本十大推理名著」、「日本名探推理系列」。但在其中，還是以松本清張的社會派推理具有最大的影響力，[10] 一如前面所提到的，1977年林白成立的第一個單一作家書系，便是「松本清張選集」，一直到1990年為止，該書系一共出版了19部松本清張的作品。

但松本清張能夠成為書寫典範，主要的原因，其實與林佛兒對推理小說的「純文學」定位有關。當時林佛兒為了壯

---

9 傅博本名為傅金泉，在日本以筆名島崎博聞名。1956年赴早稻田大學研究所深造，後活躍於出版界，1975年他以江戶川亂步的評論集《幻影城》為名，創辦同名推理雜誌。1979年返台定居後，陸續為希代、新雨、今天等出版社策劃推理書系，2008年更榮獲日本第八屆本格推理小說大獎的特別獎。

10 像是中生代推理作家藍霄，在接受訪問時多次提到松本清張的《砂之器》，對於他這個世代的巨大啟蒙。而在他於部落格發表的〈島田莊司對於台灣推理小說創作與閱讀的影響〉（2007）及〈台灣推理小說與我〉（2008a）等文章中，也屢屢提到出版社所引進的日本翻譯小說，對於創作者及讀者的重要影響。

大《推理》雜誌的陣容，特別邀集了向陽、周寧、吳錦發、陌上桑、倪匡、傅博、陳恆嘉、景翔等藝文界人士擔任編輯顧問，更刊登許多純文學界作家的稿件，如司馬中原、鄭清文、袁瓊瓊、溫瑞安等作家；到了1988年舉辦林佛兒推理小說獎時，他邀請的決審仍是葉石濤、鍾肇政、鄭清文等純文學作家。更重要的是，林佛兒在一開始就將「推理小說」定位於純文學的一種形式，而非通俗文學，在《推理》第2、3期的〈主編紀事〉中，他不斷強調所期待的推理小說讀者是「知識分子」，是「各行各業的精英」（1984a：10；1985：6）。

所以《推理》一開始雖然以推理小說為號召，但在大眾文學與純文學、推理的類型與範圍等相關定位上，確實是呈現著曖昧，似乎仍未能擺脫推理小說與知識份子連結的必然宿命。當然，這跟林佛兒原本就是出身於純文學場域，因此延續著他的「慣習」（habitus），將推理文學作如此的界定，有很大的關係。不過，也因為當時台灣歷經了1970年代晚期的鄉土文學論戰以及美麗島事件，在文化場域與閱讀市場中，松本清張所主張的寫實主義導向，以及對國家政治與社會問題採取嚴厲批判的文學觀，的確更能被台灣的讀者所需要與接受。而在這種情況下，日本知識資本所引領的書寫脈絡，就成為1980年代台灣推理文學場域最主要的運作規則。

但也因為如此，這個階段的推理文學場域，其實無法發

展出獨立的大眾文學性格，反而疊合著更多純文學的身影。
而這也正是為何到了1990年代之後，詹宏志以他原來在純文
學場域的豐厚資本，能夠快速地佔據推理文學場域內的重要
權力位置，正因為1980年代的推理文學場域與純文學場域，
就一直有著藕斷絲連的重層關係。

## 三、世紀末的華麗：1990年代推理文學場域的移動與置換

　　1990年代台灣推理文學場域最主要的變化，便是原本
佔據主導位置的林佛兒以及林白出版社，被詹宏志及其規劃
的「謀殺專門店」所取代。這個變化不僅代表著主流文學場
域的秩序與力量，正式介入推理文學場域的運作；更重要的
是，林佛兒與詹宏志具有的象徵資本（symbolic capital），以
及其背後所標舉的知識典範，在此過程中也隨之轉換，從日
系文化資本轉變成歐美系文化資本。此一浪潮一直到1998年
第三屆時報文學百萬小說獎宣布以推理小說為徵文對象，並
在2000年公布結果時達到最高峰。

　　1997年，詹宏志與遠流出版社合作推出「謀殺專門店」
書系，參考歐美評論家艾勒里·昆恩、黑克拉福（Howard
Haycraft）、西蒙斯、基亭（H. R. F. Keating）的見解與書
單，綜合他個人的觀點，選出101本歐美推理小說經典，希

望藉此介紹推理的正統源流與歷史，這可說是台灣第一次有系統地引進推理小說史（遠流出版社）。而詹宏志之所以動念要策劃這套書，是因為有感於當時台灣只流行日本推理小說，「對真正推理小說的源流介紹還不多」（2002：iv），而且更嚴重的是當時出版界對推理這個類型的認識相當有限，翻譯的作品無法完整呈現此類型的歷史脈絡，而出現「導讀介紹跟不上出版的速度，讓讀者興趣逐漸萎縮」（林欣誼，2009）的問題。因此他透過「里程原則」、「限量原則」、「廣義原則」、「英語中心」四個標準來選書，希望為每一本書撰述導讀，介紹作者與作品，並且辨明流派以說明歷史定位，希望能夠做到：「就是要用101本書，來解釋150年來推理小說的歷史。這些書就是小說歷史的縮影，每一本書都是一個里程碑，都有一個創新的手法！」（遠流出版社）、「用這個系列書本間接烘托一個推理小說的『正典』歷史」（詹宏志，2002：iv）。

所有在歐美推理小說歷史上，創造出具有里程碑意義的作家與代表作品，以及重要的子類型與派別，這個書系都盡量涵括。像是「密室」（locked room mystery）選了卡斯頓‧勒胡（Gaston Leroux）《黃色房間的秘密》（*Le mystère de la chambre jaune*）為代表，「鑑識科學」（forensic science）的創始者奧斯汀‧傅里曼《紅拇指印》（*The Red Thumb Mark*），「安樂椅神探」（Armchair Detectives）先驅奧希茲女男爵（Baroness Orczy）《角落裡的老人》（*The Old Man in the Corner*），「冷硬派」奠基者達許・漢密特（Dashiell Hammett）《黑獄巢梟》（*The Maltese Falcon*），「犯罪小說」（crime fiction）的經典派翠西亞・海史密斯（Patricia Highsmith）的《聰明的瑞普利先生》（*The Talented Mr. Ripley*），「警察程序」（police procedural）的艾德・麥克班恩（Ed McBain）《恨警察的人》（*Cop Hater*），以及歷史推理（historical mystery）約瑟芬・鐵伊（Josephine Tey）《時間之女》（*The Daughter of Time*）、「心證推理」的G・K・卻斯特頓《布朗神父的天真》（*The Innocence of Father Brown*）、第一個「黑人神探」約翰・波爾（John Ball）《黑夜追緝令》（*In the Heat of the Night*）、「數學式推理」的安東尼・柏克萊（Anthony Berkeley）《毒巧克力命案》（*The Poisoned Chocolates Case*），甚至是「間諜小說」（spy fiction）的格雷安・葛林（Graham Greene）《史坦堡特快車》（Stamboul Train），可以說是無所不包，代表性十足。

其實從1945年美國推理作家協會（Mystery Writers of America）與1953年英國犯罪作家協會（The Crime Writers' Association）的相繼成立，已經標示出歐美推理已經脫離早期以偵探為核心的桎梏，打開了類型的疆界，逐漸發展成以「犯罪」為導向的主軸。但是由於台灣從來沒有真正地接受過有系統的推理小說知識，因此即便是犯罪小說在歐美已經成為這個類型主流的1997年，詹宏志仍然要「從頭來過」，將歐美推理小說的發展歷史移植到台灣的推理文學場域中，

提供一個「正本清源」的參考座標。

　　而幾乎是同步地，1998年詹宏志更在其主持的城邦出版集團中，將原本在麥田出版社的歐美推理書系獨立出來，另外成立臉譜出版社，並由唐諾（謝材俊）擔任總編輯，成為另一個歐美推理出版的重鎮。在出版規劃上，臉譜以經典作家為系列，遍及重要的類型與派別，像是屬「古典推理」的小說家艾勒里·昆恩、范達因（S. S. Van Dine）、約翰·狄克森·卡爾（John Dickson Carr）、厄爾·畢格斯（Earl Derr Biggers）等，「冷硬派」的達許·漢密特、雷蒙·錢德勒（Raymond Chandler）、勞倫斯·卜洛克等，「鑑識科學」的派翠西亞·康薇爾（Partricia Cornwell）等。由於不同的派別有著各自不同的書寫重點，像古典推理著重於偵探如何以其細緻的偵察力，尋找出案件的線索、推理出真相，因此書寫重點在於凸顯偵探的理性與智慧，以及推理過程的嚴謹度與邏輯性。而冷硬派則將重點擺在私家偵探在接受委託的過程中，如何與社會中的各種現實勢力搏鬥，而在社會秩序的光與影間遊走。鑑識科學顧名思義是強調偵探如何透過法醫學與鑑識科學找出證據，讓犯罪伏法。為因應不同派別的美學與特色，在詹宏志的要求下，唐諾也為每一作家系列撰述個別的單書導讀，提供其個人觀點的推理小說定位，與謀殺專門店的文學史脈絡形成有機的互補。

　　也正是從這個時候開始，台灣的推理文學，**正式進入結合了出版者、翻譯者、中介者（推廣者、評論家、學術研究**

者）及作家等多重權力位置聯結的，布迪厄所定義的「**文學場域**」成立階段。且透過謀殺專門店書系的引進以及後續的規劃，詹宏志在台灣推理文學的場域內，改寫了場域規則，**鞏固了歐美知識體系作為該類型歷史源頭的位置，確立了典範標準，而讓日本推理在這個意識下被合理地「次要化」**。[11]以往在1980年代，雖然日本知識體系較受到出版者跟讀者的重視，但那是在出版翻譯的過程中「能見度」的差異；其實在《推理》雜誌中，歐美作家仍然被大量介紹，其重要性未被忽視。也就是說1980年代日本知識體系的權力位置，並非透過壓抑歐美知識體系而獲得。但在1990年代歐美推理知識引介工程中的「排除」策略，明顯地將日本推理予以壓抑，也將歐美與日本的知識體系對立起來，無形中將兩者界定為「可對立」的次場。[12]此外，藉由每本書的導讀模式，詹宏

---

11 一如詹宏志在〈店長的話〉中闡述他的「英語中心」原則：「至於國內目前盛行的日本推理小說，以我的淺見，比起西語的創作之奇之富，日本作品其實不值得如許稱譽，我心目中僅有土屋隆夫的作品可入此書單中。」（遠流出版社）很明顯的可以看出這套書規劃之初，他的「典範意識」是將日本排除的。不過後來他對於當初沒有選入日本推理，也有調整與補充：「那只是因為從歷史角度而言，日本推理上接近西方，要尋找小說各種元素的源頭，很難有日本的位置。不過，我自己也很enjoy日本推理，像松本清張、夏樹靜子、森村誠一、連城三紀彥，新一代的像宮部美幸、東野圭吾、綾辻行人，甚至有點通俗的西村京太郎，我都很喜歡呀。」（鄭依依，2007）

12 相同的例子還有唐諾，他在1998年為《時間的女兒》撰寫的導讀中，有著這麼一段話，對於日本推理知識資本的貶抑，相當具有代表性：「我個人實在不相信台灣的推理迷準備好了讀這樣一本書……這些年來，台灣的推理迷泰半習於也安於清楚模式化、輕飄飄表達方式的日本推理小說，《時間的女兒》無疑是密度太高、太嚴重的作品，它不像坊間日式推理，只要求讀者幾小時無所事事

志並演繹了一套論述推理小說的「合法方式」，那便是以在發展上具有時間的優先性與正當性的「西方」作為起點，取得系譜上的絕對支配性；凡是要認識一個推理作家或作品，唯有回到這個系譜所形成的「傳統」中去尋求「位置」，才能給予其合法性，而評述出正確的價值。不論是歐美、日本，甚至是台灣的推理小說，也都無法迴避。

## 四、典範的再生：時報文學百萬小說獎的場域角力

就在謀殺專門店推出一年後的1998年底，《中國時報‧人間副刊》將其第三屆的時報文學百萬小說獎，從原來的純文學，改以推理小說為主要徵文對象，徵文時間至1999年5月4日截稿，這不僅是台灣有史以來第一個以長篇為徵文對象的推理小說獎，也是歷來獎金最高的。最後共計有56篇投稿，由五位複審平路、李昂、陳雨航、楊澤、鄭麗娥選出三篇進入決選，分別是成英姝《無伴奏安魂曲》、張國立《Saltimbocca，跳進嘴裡》與裴在美《疑惑與誘惑》，並在2000年3月2日至3日於《人間副刊》上刊載複審會議紀實。隨後，開始連載三部入圍作，並由時報文化於同年11月先行出版，且舉行猜測首獎的有獎徵答。決審是由鄭清文、蔣勳、施叔青、李奭學、平路五位擔任，於2000年12月10日至11日

---

的時間而已，還包括謙遜的閱讀態度、細膩的思維、高度的文學鑑賞力以及基本的英國歷史認識。」（唐諾，2002：15）。

公布決審紀錄，最終選出成英姝《無伴奏安魂曲》獲得首獎。

　　然而，主辦單位一公佈複審結果，網路上便開始針對會議紀錄中的評審發言提出質疑，尤其集中於兩點：一是評審表達了因為是副刊舉辦的推理小說獎，雖然同時也會注重「推理性」，但「文學性」應作為重要的評判標準。在一開始五位複審說明自己的評審標準時，便可看出這樣的趨向：[13]

　　　　李昂：<u>既然是文學副刊所辦的百萬小說獎，我的評選重視文學性和創造性</u>。換言之，既是好的文學作品，也是好的推理小說。……

　　　　平路：推理小說作為一種類型，吸引讀者繼續讀下去，讓人非要看到結尾不可的趣味很重要。在古典推理的趣味之外，<u>還需要有不論是文學的、心理的、人類錯綜複雜的面貌等等，以及現代小說技巧推陳出新的描寫</u>。

　　　　鄭麗娥：推理小說的謎團構成的張力是否吸引讀者繼續往下搜索，謎團的鋪陳、線索的追蹤關係到破案技巧是否高妙，這是高潮點。另外，角色的個性化、<u>創</u>

---

13 本文所引述複審發言內容，均出自刊載在《中國時報·人間副刊》之評審紀實〈在思維的鋼索上跳舞〉（魏可風，2000）。

作的新意與文字的娛樂效果，都是重要因素。

陳雨航：推理小說的張力很重要，我常常以此為第一次的判斷。其次，<u>文學的確可以成為大眾小說裡的成分之一。但是文字濃度太強，以致於妨礙情節閱讀的程度，又會損害閱讀樂趣。</u>……

楊澤：……在閱讀上，我更強調『類型』的性格，例如推理的技巧就與現代社會迷宮般的複雜度息息相關，而我們的社會也逐漸走向那樣的階段；因此<u>除了文學性，我非常看重推理的設計。</u>

透過我特別加上底線所凸顯的發言重點，可以看出對評審而言，即便謎團跟推理再精彩，但最後「文學性」或是「文字經營」的部分，在兩相比較之下，似乎仍是勝出的關鍵。像是在討論沒有入圍決選的作品如《玉刀》時，鄭麗娥提出「文字的大眾性上會令人有些質疑」；而像是《雞尾酒謀殺案》，李昂雖然對其結合了科幻與推理，以及運用新科技的手法，能為台灣推理帶來新趨勢相當讚賞，但鄭麗娥卻又批評「這篇小說的文學語言不夠強」，楊澤更呼應說「語言上像譯得較差的外國小說，文字單調直接，失去很多閱讀的樂趣」。而在討論他們心目中都列為遺珠的《魔法妄想》時，這種傾向就更為明顯，當李昂特別指出「文采上也並不那麼

好，不過安排懸疑和詭計都很成功，其實這種技巧很高難度……」時，鄭麗娥也認為「文字的冗長與繁瑣，讓我的編輯精神一再想發揮，很想幫作者去蕪存菁」，文字的問題似乎壓倒性地成為作品的缺點，即使它符合了推理小說中「高難度技巧」的懸疑性與詭計安排，但仍然無法讓它勝出。

到了決審會議時，同樣的情況再度重演。雖然五位評審都注意到推理小說有其特殊的結構性、合理性、懸疑性與解謎過程，但基本上仍然不脫對「文學性」的特別重視。像是曾經擔任過林佛兒推理小說獎評審的鄭清文，雖然指出推理小說和一般文學作品不同，然還是「須具備文學成分」；而蔣勳與李爽學都特別期待作品與台灣現實有更緊密的結合，但蔣勳卻又強調「為了符合時報百萬小說獎的徵文，文學性也須謹慎考量」，平路也持相同看法。施叔青是五人之中唯一提到推理小說應該要有可看性與娛樂性，但看到三本決選入圍作文學性比一般推理小說高，仍不免覺得這是「很可喜的現象」。[14]

總的來看，入圍決選的三部作品，在各自不同的脈絡下，都可以符合這些評審所具有的純文學意識下主導的「文學性」判準。像是對《疑惑與誘惑》的評語：「本篇在文學語言、想像力、張力上都經營得不錯」（楊澤）、「這篇

---

14 決審會議之發言，引自李欣倫記錄整理、同樣刊載於《人間副刊》的〈疏離．毀滅．新世代的台北──第三屆時報文學百萬小說獎決審會議記錄〉（李欣倫，2000）。

小說裡加入了原本推理小說不太容易出現的歷史感」（平路）；《Saltimbocca，跳進嘴裡》成功地傳達了台北的現代都會感；而《無伴奏安魂曲》則是不斷被拿來與村上春樹、吉本芭娜娜類比，或是讚譽其鋪陳出成功的懸疑性、驚悚性、暴力性與病態美學，甚至出現「引出深刻的荒謬感與存在情境的分析」（楊澤）、「內在絕對是一個老靈魂……推理的節奏並不是很鮮明，文學性高過推理性」（鄭麗娥）、「用大眾的形式，說出了深沈的主題」（平路）、「寫出了台灣年輕一代的心境，每個人都遊走在邊緣上」（李昂）、「就像自奧賽羅以來很多文學都逃不了的主題：嫉妒心與背叛」（李奭學）等評語。這些被評審凸顯的價值，不僅可以與純文學的命題對話，並呼應村上春樹、老靈魂等1990年代最時興的文學評論關懷，更似乎可以回應台灣文學發展歷程中不同階段的思考。施叔青甚至說出《無伴奏安魂曲》「使我想起六〇、七〇年代戒嚴時期後的、很存在主義式、無可出路的台北」。正因如此，我們可以斷定，這三部作品是因為達到了這些純文學所賦予的價值標準，才能脫穎而出。

　　但第二個爭議點，才是讓整個文學獎產生劇烈的場域衝突的關鍵，那便是在《人間副刊》登載的評審紀錄中，竟然將參賽作的謎底，也就是兇手是誰洩漏出來，這個問題不僅發生在入圍決選作《無伴奏安魂曲》，也發生在遺珠《魔法妄想》上。當評審紀實刊出的第一時間，這個問題就被凌徹、藍霄等人反映在當時最多推理讀者（推理迷）聚集的

「謀殺專門店」網路討論區「推理擂台」上，版主同時也是
遠流的編輯黃羅便指出：

> 評審把謎底說出來是正常的，畢竟他們要討論彼此的
> 看法，就難免不涉及詭計的討論。只不過，報紙編輯
> 居然把會議記錄全文照登，這就太離譜了。難道他們
> 都以為全天下的推理迷都和他們一樣，不但不在乎兇
> 手是誰，甚至讀小說是先看結局，再回頭從第一章開
> 始看嗎？（黃羅，2000）

但隨著討論的激烈，愈來愈多原本就活躍於這個討論區的參
賽者與推理迷，紛紛在網路上表達他們對於評審標準過於文
學性，以及洩漏謎底的不滿。而這些批評最後都匯聚成一個
核心問題，也就是評審究竟懂不懂推理小說？有沒有「資
格」來擔任推理小說獎的評審？進而引爆對評審「失格」的
批判：

> 關於這次時報文學舉辦的推理小說獎，我在知道評審
> 是誰的時候，就毫不訝異得獎人是那些一般的文學作
> 家了。……而一群以「文學家」自居的評審，對推理
> 小說的瞭解真的夠徹底嗎？他們所讀過的推理名著都
> 有到達一定的評審水準嗎？而這就是我們「專業的推
> 理小說評審」嗎？……每次文學獎得獎作品都脫不了

文藝腔，推理小說當然也有文學性，但是畢竟文學性
是其次啊！⋯⋯但是這是推理小說獎項呀！不是應該
由「推理」為出發點來評審嗎？尤其是在臺灣推理小
說尚待發展階段，卻仍以文學獎的「文學性要求」來
要求推理小說，只會造成得獎作與推理小說之間的落
差罷了。⋯⋯至少希望以後，能夠選擇真正能來評審
推理小說的評審，而不是在當今文壇上選幾個作家來
評審，這種態度未免太小看推理小說、也讓一群期待
的推理小說迷感到心寒。（哀豔，2000）[15]

每個世代，有每個世代的想法，這次的時報徵文，除
了新世代的小說創作，與老一輩評論作家的看法有所
差異以外，缺乏跨越世代差距，對古今中外推理文學
夠專精的評審，是最大的爭議與遺憾，看來，時報是
把重點擺在大堆頭的「文學」，而非「推理」上⋯⋯
（秋露冬陽，2000）

對於時報文學獎，我認為只是文學而非推理文學。請
問，以那種會把謎底寫出來的編輯及評審，他們看過
多少推理小說呢？（杜鵑窩人，2000a）

---

15 為求引文精簡，本段文字之格式略為整併。

　　很明顯地，推理迷認為推理小說的評判標準，應該跟一般文學有所不同，儘管是文學副刊舉辦的推理小說獎，仍該回歸到推理小說的本質。也因此，對於參賽作的謎底遭到洩漏，推理迷強烈質疑是主辦單位與評審的「專業性」不足。的確，推理小說的基本倫理，正如詹宏志所指出的，「寫推理小說評論最重要的一項美德，就是不能透露故事的結局」（2002：vi），用如今網路的時興用語，也就是不能隨意「爆雷」——論及小說關鍵情節，甚至是洩漏謎底跟兇手身分。而楊照更指出，這應該是出版的基本常識：

> 日本推理小說出版上，鐵律中的鐵律，絕對不能犯規的，就是不能先揭謎底，破壞讀者推理解謎之樂。所以推理小說只有書後的「解說」，不會有書前的「導讀」，就連放在書後的「解說」，都還要加警語告誡讀者「涉及關鍵情節」。推理小說在介紹與宣傳時，編輯也就得想破頭想出既能凸顯小說魅力，又不會「涉及關鍵情節」的說法。（2011：98）

　　在此，對於推理小說讀者來說是「常識」的認知，卻被主流媒體粗暴的處理。而且最令人驚訝的是，2000年3月3日公布複審紀實後，一直在網路上延燒近半個多月的反彈，在當年11月時報文化出版《無伴奏安魂曲》時，卻沒有被調整過來，出版社仍然將楊澤指出犯人名字的評語，直接刊載在書

封底上作為宣傳。而到了隔月12月10日公布的決審紀實中，《人間副刊》的編輯仍然沒有意識到問題的嚴重性，照樣把蔣勳與李奭學評語中的兇手姓名，以及鄭清文提到關鍵性的犯罪內容，全部都刊登出來。無怪乎推理迷會有如此大的批評聲浪，並且認為推理小說被輕視了，因為推理這個類型的倫理底線，在這個過程中被（無心的）評審與（不用心的）主辦單位徹底地冒犯了。

到最後，時報文學百萬小說獎作為一個推理文學獎的正當性，在網路讀者的最終解讀與評價，便建立在邀請的評審名單「夠不夠格」之上。杜鵑窩人跟藍霄甚至列出自己心目中的評審名單，認為只有他們才夠資格與專業，能真正評價推理小說的好壞。從他們這樣的舉動，就可以看出其實整個文學獎的運作是徹底不被推理迷所信任的：

> 但這些名作家看了多少推理小說呢？要知道他們可能連基本功都沒有！在我心目中若要找合格的評審是傅博、黃鈞浩、景翔和余心樂。我相信他們看得夠多，也夠格！（杜鵑窩人，2000b）

> 我倒是同意窩桑所提出的幾個人名單，不過能在加上林敏生，詹宏志，唐諾，楊照幾位就更理想了……（blue.神津恭介，2000）

有趣的是，兩人的名單相當程度上都各自兼顧了歐美與日本不同推理知識體系的需求。但相當明顯地，出身自《推理》雜誌的評論者杜鵑窩人（陳銘清），認同的對象正是常常在《推理》雜誌中擔任引介與評論的名家傅博、黃鈞浩、景翔、余心樂；而藍霄則是加入了《推理》時期的名翻譯家林敏生，以及1990年代之後在推理文學場域活躍的主流文化人詹宏志、唐諾、楊照。也就是說由主流文學場域透過在市場出版翻譯推理小說的途徑，介入1980年代已經具備雛形的台灣推理文學場域，主導並建立新階段的推理文學場域規則，在當時其實已逐漸被推理迷接受；然而主流文學場域背後的「純文學」觀點，當它成為本土推理小說書寫的評判標準時，那就引發了場域內的緊張，所以這種「接受」，其實還是選擇性的。

的確，整體來看時報文學百萬小說獎的評審標準，一方面凸顯出主流文學場域的純文學／菁英觀點，但另一方面又隱含著強烈的矛盾。以《疑惑與誘惑》的評價為例，一如評審所指出的，該作在歷史考證上其實有許多瑕疵，但因為它加入了「原本推理小說不太容易出現的歷史感」（平路語），所以得到認同。然而推理這個類型是否真的不太容易出現歷史感？其實有待商榷。因為在1980年代台灣翻譯引進的許多日本社會派作家，尤其是松本清張、森村誠一的小說裡，其實有著強烈的歷史感與時代氛圍，像是松本清張《零的焦點》（ゼロの焦点，1959）、森村誠一《人性的證明》（人間の証明，1976）都不約而同將犯罪悲劇發生的根源，

連結到二次大戰後美軍駐紮日本的特殊歷史背景，其他類似的作品不可勝數。日本學者藤井淑禎更認為，昭和三十年代（1955～1964）可以說是松本清張的時代（1999：3-8），可見其小說所具有的歷史感，以及社會派作品的宗旨。甚至連後來崛起具有高度本格色彩的島田莊司《占星術殺人魔法》（占星術殺人事件，1981），都與日本歷史上著名的軍事政變二二六事件有所關聯。那就更不用說歐美推理小說史上，其實有一個類型是「歷史推理」，而名列英國犯罪作家協會票選歷史推理的第一名作品——約瑟芬・鐵伊的《時間的女兒》，正巧就在時報文學百萬小說獎徵稿期間由臉譜引進台灣。而根據《時間的女兒》中文版導讀者唐諾所言，歷史推理小說票選的第二名作品，正是1990年代影響台灣純文學界甚深的安伯托・艾可（Umberto Eco）《玫瑰的名字》（*Il nome della rosa*）（2002：14-15）。

所以，評審們若對於台灣推理文學的翻譯史有一定的瞭解，或是遵從的是1980年代的場域規則與審美標準的話，就不會只在歷史情節安排的必要性與史料正確性等枝微末節上打轉，反而應該是從過去台灣接受日本推理知識的脈絡，去評斷《疑惑與誘惑》作為以歷史為素材的推理小說，究竟算不算成熟？有沒有突破性？又或者，如果這些純文學出身的作家，接受的是如詹宏志、唐諾等以歐美知識體系為文化資本，從菁英的文學性視角來理解的話，也該如唐諾在《時間的女兒》導讀中的觀點，認為歷史推理因為知識門檻高，

又具有高度的文學性，因此在台灣閱讀市場不夠成熟的狀況下，推理迷不見得真的能理解與接受（2002：15）。也就是說，推理這個類型並非真的少有歷史感，具有歷史關懷的作品非但不少，反而是因為囿於台灣推理文學場域的發展，以及出版市場的引介限制，致使讀者在接受的視野上受到侷限。既然如此，若延續這樣的思考邏輯，評審們便不應該在此時去「期待」台灣本土推理小說能出現既富於文學性、又具有歷史感的作品，即便有《疑惑與誘惑》這樣的小說，它也應該被拿來與《時間的女兒》一起被檢視，來作為判斷它創作優劣的比較基準，而非只是去脈絡性的隨意肯定與評斷。

此外，像是在複審淘汰的《魔法妄想》，被認為因為用了魔法與精神病的題材，而被質疑現實性不足；且犯罪者的社經地位高，竟會為了金錢而殺人，這樣的動機太過牽強。然而評審也同時察覺到，《魔法妄想》選擇的是鬥智型的傳統本格推理小說，因此有很複雜的懸疑性與詭計安排。也就是說，《魔法妄想》其實是一部相當符合推理類型敘事需求的作品，但在這樣的前提下，評審卻無法意識到，作為一個符合本格推理敘事秩序的作品，必然負擔著現實性不足的問題。一如詹宏志在評論漢密特的冷硬派開山作《馬爾他之鷹》（*The Maltese Falcon*，1930）時所言，從冷硬派的角度來看，克莉絲蒂所代表的古典推理其實充滿了英式溫馨（British cozy），因此太過虛假而不真實；[16] 而張大春也曾在一篇導

---

16 關於此書，一般的通用譯名皆為《馬爾他之鷹》，但在謀殺專門店的版本中，沿用了過去電影在台灣的譯名《黑獄巢梟》。（詹宏志，2000：無頁碼）

讀中,批評古典推理「這個『類型』的作品之『故弄玄虛』並不祇是推理過程中的諸多陷阱,更多的反而是在這種『類型』的作品裏,敘述為了護持推理之嚴密,早已不惜斥逐了人生中的諸多『真相』。」(1992:8-9)的確,古典推理與本格推理最常為人所詬病的,便是在於其過於遊戲性與對許多事物理所當然的簡單傾向,因此無法再現複雜的現實;然而,詹宏志也說過,雖然如克莉絲蒂所創作的古典推理,對許多讀者來說可能過於單純,但若不是因為有她奠定下許多基礎,很可能推理這個類型是無法持續到今天的(2002:31)。也就是說,古典推理的簡單與非現實,其實是在推理這個類型的發展脈絡中,相對於其後發展出來的冷硬派而被界定的。然而冷硬派注重現實性的美學標準,也沒有因此將古典推理的傳統給摧毀,因為直到今日不管在歐美、日本,仍然有許多古典與本格推理的作品繼續生產出來,甚至跨越國境,成為台灣新世代推理作家的書寫典範。

的確,推理這個類型在發展的過程中,關於文學性與推理性的論辯,其實不曾稍歇。以日本的例子來看,1930年代日本推理文壇曾經發生過論戰,主張本格推理的甲賀三郎,與主張推理文學必須成為最頂尖純文學的木木高太郎(木々高太郎)僵持不下,當時江戶川亂步採取折衷態度,認為推理小說中可能同時有純文學及大眾文學作品(江戶川乱步,2003:26)。然而到了1950年代,江戶川亂步的立場也有了修正,他認為若推理小說走上純文學的道路,徹底地追求現

實主義，會讓愛倫坡所創造的解謎獨特趣味消失，只有在不破壞這個樂趣的前提下，才可能考慮文學性的問題（江戶川亂步，2004：426）。理論上，1960年代松本清張所引領的社會派書寫路線，應該是能達到解謎與文學性平衡這個理想目標的，但是最後社會派的衰頹，其實也與後繼作家無法真正掌握好現實，透過謎團將社會問題化，而流於只能狹隘地描述男女私情或外遇問題，因此才出現了「清張之前無社會，清張之後無社會」這樣的評語，顯見要在推理這個類型中去追尋純文學的文學目標，其實是相當困難的。

也因此，時報文學百萬小說獎的評審標準，所凸顯的真正矛盾在於，評審們一方面處於當時主流文學場域重新介入推理文學場域的語境裡，理所當然地以「文學性」作為評價推理小說的核心標準；然而另一方面，在對日本知識體系陌生的先天不足下，又沒有真正進入當時以歐美知識體系為核心的台灣推理文學場域的脈絡中，理所當然地以為推理文學不具足夠的文學性，將兩者完全脫勾，忽略了推理文學自有其歷史脈絡與類型傳統。其實在歐美與日本各自的發展歷程中，因應於自身不同時代性對現實的需求，對文學性及其追求的價值與意義，也有不同的主張，因而演化出不同的派別與子類型，並生成不同的美學標準，對文學性的態度既非全然脫勾，但也不會是一味地尊崇，這才有可能建構出如今我們看到推理文學超過百年龐大規模的發展史。

此外，雖然幾位評審都一再強調突破與創新，希望能

夠擺脫歐美、建立台灣推理小說的本土風格，但當他們在談
論「創新性」時，其實仍是以他們熟知的純文學發展脈絡為
座標，所判定的創新；而非像詹宏志在移植歐美推理小說的
「正典史」時，在其脈絡內所定義出的創新。也因此，他們
對於《疑惑與誘惑》中關於「假冒身分」的設計，以及《無
伴奏安魂曲》中的「極度暴力與憤怒」感到創新，然而這些
犯罪設計與對犯罪者內在景觀的摹寫，在推理這個類型中是
否真的有新意？其實還有待斟酌。但從同時熟悉純文學與推
理文學的楊照來看，他敏銳地指出《無伴奏安魂曲》真正的
問題還是在於，它根本無理可推，不能成為推理小說：

> 她（成英姝）善於寫的，畢竟是那些失常失理行為本
> 身，而非其解釋。而當這些失常失理，最終竟然不過
> 就為了說明一樁又一樁的殺人案動機，我們又不得不
> 動用常識的判斷，覺得很難被小說說服，同時在過程
> 中磨失了這些行為的鋒芒與光澤。（2011：99）

　　然而更重要的，還是在於評審們對台灣推理文學創作的
發展顯然是陌生的，因為在相關發言中，他們對於1980年代
以降的既有成果不置一辭，也不清楚在過去的書寫實踐中，
造就出怎樣的「在地化」經驗，當然也就不明白台灣推理小
說在重複斷裂的歷史發展中，其實與大部分的大眾文學類型
一樣，存在著一種背離正宗的焦慮，以及意欲向「原典」翻

譯的慾望與驅力。也因此第三屆時報文學獎百萬小說獎評審
所批評《魔法妄想》中過多的知識書寫，以及在偵探與屍體
設計上的現實性不足，其實都是對於推理小說正宗型態的想
像與學習，試圖完成推理小說的基本形式要求。

　　所以三部決選作以至於得獎作，都應該放在前述的脈絡
中去檢視。至於推理迷支持的《魔法妄想》，當然在這個脈
絡下也存在著可以進一步去質疑之處：那便是在於它不論是
偵探設定、屍體型態，甚至是通篇小說中的超現實氛圍，實
在都太相似於它的譯寫對象島田莊司，以致於在原創性上嚴
重不足。但顯然沒有任何一位評審能夠意識到這個問題，而
從這個角度去談論它。[17]

　　第三屆時報文學獎百萬小說獎的出現，其實可以說是繼
主流文學場域介入推理文學場域，成功主導閱讀上的知識典
範後，再進一步企圖主導創作趨勢，樹立台灣推理文學美學
典範的過程。然而由於詹宏志的歐美推理文學史移植工程才
剛啟動，場域中的各種權力位置──出版者、翻譯者、在地
創作者仍然準備不足，甚至尚未真正就位，尤其是最關鍵的
「中介者」（評論家、專家、文化人）仍寥寥可數，因此無
法快速累積出能夠主導創作的驅力與典範。顯然1980年代林
佛兒與林白出版社的主導經驗，並沒有真正被重視與接受，

---

17 關於透過對日本推理作家與作品的譯寫，以完成形式上的正宗等問題，在本書
　的第二章將有詳細的論述。至於既晴對島田莊司的學習，以及對台灣推理小說
　發展所造成的影響，在本書第四章將有更脈絡性的細緻討論，詳參該章內文。

因此才會造成過去位居主流文學場域的媒體《中國時報‧人間副刊》與時報文化出版社在介入的過程中，出現楊照所說的，「連最基本的出版作業準則都沒有建立起來」（2011：97），在倉促進場的狀況下，最後反而功虧一簣。不僅讓網路推理迷意識到，主流文學場域意圖對推理文學場域的創作典範進行干預與支配，原來與主流文學場域緊密連結的純文學，對於文學性理所當然的優先想像，與推理文學是有本質上的差異的，因而引起強烈的反彈，並激發出對於推理文學場域獨立的欲求。而最後該屆的得獎作不但沒有達到預期的影響力，在純文學場域鮮少引起討論，且在主要的網路推理迷社群中，更成為被拒絕承認的存在，因此也沒有繼續舉辦下去。甚至此後主流文學場域出身的作家書寫推理小說，包括成英姝、張國立、鄭寶娟、張啟疆、謝曉昀，在網路的推理迷間反應都相當有限，一直到2010年後才開始有所改變。[18]

18 像是同樣入圍第六屆皇冠文化大眾小說獎複審的冷言《上帝禁區》與張啟疆《球謎》，《上帝禁區》在網路推理讀者間的討論就相當地多，出版時甚至還有讀者撰寫一系列在書店找尋《上帝禁區》書影的文章，詳細情形可參看【栞の心靈角落】網站〈《上帝禁區》覓芳蹤〉系列文章（栞，2008）。但相較於採取自費出版而讀者較難尋得的《上帝禁區》，2008年張啟疆的《球謎》於知名的三民書局出版，卻鮮少推理讀者問津，兩者受到推理讀者的矚目度有相當大的差距。當然這裡也可以看出，原本主流文學場域的介入，目的在於收編，但卻因此凸顯了差異性，反而造成了區隔，讓推理讀者意識到主流文學場域與純文學的連結，以及其追求的文學性與價值，顯然與推理文學有所不同。因而推理文學讀者與純文學讀者的區隔被明確化，推理文學與純文學的區隔也被明確化，不等於純文學的推理文學，作為大眾（通俗）文學的自我定位也因此明確化。

然而也因為百萬小說獎這個事件，意外促成了推理迷與創作者的聯結，藉由網路這個新興媒介，形成一股新的力量，加速了台灣推理文學場域在2004年之後的獨立，日本知識體系再度以新的文化資本形式回到場域核心，並主導場域內美學典範的轉移。而這些，可能都是當初在規劃時報文學百萬小說獎轉向為推理小說類時，主流媒體始料未及的。

## 五、數位時代的曙光：網路社群與推理文學場域 的獨立

第三屆時報文學百萬小說獎的爭議，雖然造成主流文學場域與網路推理迷的衝突，但卻激發了台灣推理文學場域在2004年以後的獨立。首先，透過這個文學獎，推理迷不分世代地串連起來，並清楚地意識到，主流文學場域對於推理小說的認知標準，其實與他們有很大的差異，對於「文學性」優先於「推理性」的思維，是他們所無法理解與接受的。其次，雖然他們也樂於接受「謀殺專門店」引進的歐美推理知識系譜，但對於這些出身主流文學場域的「中介者」（如詹宏志、唐諾），有意地壓抑日本推理知識系譜，其實感到不安。再者，他們之中不少是自1980年代便接受《推理》雜誌引進的日本知識系譜而被啟蒙的，對於1990年代中期之後便消褪的日本推理翻譯出版，其實有閱讀的渴望，因為林白出版社引進的，不是極端嚴肅的社會派、便是過於輕鬆的旅情推理；因

此他們的渴望其實來自於匱乏，對於日本本格傳統以及1987年以後新本格浪潮作品的需求，一種摻雜著對「時差」與「典範」的雙重焦慮。最後這種匱乏感結合了他們長期閱讀《推理》所接觸的本土推理書寫，累積已久的疑惑與不滿：「既然日本推理有著本格派與社會派，為何本土推理還是以社會派為大宗？」他們之中有志於創作的，便對日本推理小說有了更多的渴望，並認為本土推理的「正道」，應是進行「復興本格」的工程；而百萬小說獎證明了主流文學場域主導下的推理文學場域，不是能實踐這個想法的地方，唯有他們另立場域規則、奪回主導權，才有可能完成這個理想。

　　而這一切便從既晴因為《魔法妄想》被洩漏謎底，成為時報文學百萬小說獎最大的受害者開始。其實在1997年12月，他便與凌徹、夏空等人一同成立了「密室研究會」，從事推理小說的評論與翻譯推廣。在百萬小說獎公布複審紀實後的2000年9月，他另外成立了新的網路根據地「恐怖的人狼城」。並在網路讀者的期待下，將《魔法妄想》自費印刷了一百本，透過網路的媒介販賣，於同年11月25日在高雄舉辦了新書茶會。在此同時，他結合原來網路上一群愛好推理的大學生創辦的電子報《推理週報》，轉型成推理電子報《狼報》。隔年，在杜鵑窩人、藍霄等《推理》雜誌世代的評論家與作家支持下，既晴號召網路上的年輕推理迷及社群，籌設「台灣推理俱樂部」（Taiwan Detective Club），因應於台灣新的資訊流通方式與推理界生態，基於讀者立場來推動

推理文學在台灣的發展，並訂立三大具體目標為（一）推廣
推理閱讀；（二）整合推理資源；（三）建立創作典範。
在組織上，分為網路組、會刊組、活動組，成立「線上讀書
會」，並於2002年3月於高雄中山大學舉行成立大會與第一屆
年會。大會中特別舉辦了「台灣推理文學的困境與展望」座
談會，從其中規劃的討論主題，遍及出版、翻譯、創作的狀
況與困境，可以明顯看出他們全面挑戰當時支配推理文學場
域的主流文學勢力的意圖：（《狼報》，2002）

> 1.台灣過去的推理出版狀況
> 2.歐美日經典的選擇性譯介
> 3.台灣過去的推理創作狀況
> 4.台灣現在的推理譯介狀況
> 5.台灣現在的推理創作狀況
> 6.困境與展望

不過，隨著既晴於2002年以恐怖小說《請把門鎖好》
獲得第四屆皇冠大眾小說獎首獎，也順理成章地成為組織的
主導者。並且在當年的6月，由台灣推理俱樂部舉辦了第一
屆的「人狼城推理文學獎」，同時徵求短篇小說與評論兩個
類型，各取一名頒給三萬與一萬元獎金。剛開始兩屆小說類
投稿篇數都偏低，評論類甚至因為第一屆沒有人投稿，於是
第二屆便取消。但從第三屆開始，投稿篇數便大幅成長，至

2007年第六屆時，「台灣推理俱樂部」改組為「台灣推理作家協會」（以下簡稱為協會），也同時將文學獎易名為「台灣推理作家協會徵文獎」（以下簡稱為協會獎），屆數直接累進。許多後來活躍的年輕作家，包括林斯諺、冷言、陳嘉振、秀霖、寵物先生、陳浩基、高普，都是出身自這個文學獎，可以說它成為新世紀第一個十年，本土推理作家最大的培育搖籃。

【表一】「人狼城推理文學獎／台灣推理作家協會徵文獎」歷屆決選與得獎名單

| 年度 | 屆次 | 名次／得獎者／得獎作 | 評審 | 備註／決選入圍作品集 |
|---|---|---|---|---|
| 2003 | 一 | **佳作：**<br>呂仁〈正命〉<br>林斯諺〈霧影莊殺人事件〉<br>**決選：**<br>冷言〈空屋〉<br>陳嘉振〈染血的街景〉<br>謝侑倫〈奪命連發槍〉 | 黃鈞浩<br>杜鵑窩人<br>藍霄 | 1. 原設評論、小說兩獎項，評論類無投稿稿件而取消<br>2. 共5篇投稿，小說首獎從缺，列佳作兩名<br>3. 決選入圍作品於「恐怖的人狼城」網站刊登<br>4. 〈空屋〉獲讀者投票第一名 |

| | | 首獎：<br><br>林斯諺〈羽球場的亡靈〉<br><br>決選：<br><br>哲儀〈勿忘我〉<br><br>林依俐〈1＋1－1×44〉<br><br>李柏青〈換帖〉<br><br>冷言〈風吹來的屍體〉 | 杜鵑窩人<br><br>景翔<br><br>既晴 | 1. 共5篇投稿<br><br>2. 自印決選入圍作品集《純粹》 |
| 2004 | 二 | | | |
| 2005 | 三 | 首獎：<br><br>哲儀〈血紅色的情書〉<br><br>決選：<br><br>陳彥霖（秀霖）〈淒月〉<br><br>白李〈行過死蔭幽谷〉<br><br>方志峰〈課桌椅間的屍體〉<br><br>無牙〈假如〉<br><br>張博鈞〈蒼茫的幻月之下，倆人…〉 | 杜鵑窩人<br><br>景翔<br><br>既晴 | 1. 共25篇投稿<br><br>2. 並無印行決選入圍作品集 |

| 2006 | 四 | **首獎：**<br>張博鈞〈火之闇之謎之闇之火〉<br>**決選：**<br>陳彥霖（秀霖）〈鬼鈴魂〉<br>寵物先生〈名為殺意的觀察報告〉 | 杜鵑窩人<br>景翔<br>既晴 | 1. 共43篇投稿<br>2. 與明日工作室合作出版決選作品集《魅影殺機》 |
| --- | --- | --- | --- | --- |
| 2007 | 五 | **首獎：**<br>寵物先生〈犯罪紅線〉<br>**決選：**<br>文善〈瑪門〉<br>秀霖〈第九種結局〉 | 杜鵑窩人<br>景翔<br>既晴 | 1. 共28篇投稿<br>2. 由明日工作室出版決選作品集《誘殺》 |
| 2008 | 六 | **首獎：**<br>知言〈Absinthe〉<br>**決選：**<br>文善〈多馬〉<br>陳浩基〈傑克魔豆殺人事件〉<br>林佑叡〈房家莊〉 | 杜鵑窩人<br>景翔<br>既晴 | 1. 更名為「台灣推理作家協會徵文獎」，開放同一作者投稿作品數不限<br>2. 共36篇投稿<br>3. 由明日工作室出版決選作品集《謎霧殺機》、《魔鬼交易》 |

| | | | | |
|---|---|---|---|---|
| 2009 | 七 | **首獎：**<br><br>陳浩基〈藍鬍子的密室〉<br><br>**決選：**<br><br>陳浩基〈窺伺藍色的藍〉<br><br>高普〈西巴斯貝之戀〉 | 杜鵑窩人<br><br>景翔<br><br>黃羅 | 1. 共39篇投稿<br><br>2. 由明日工作室出版決選作品集《神的微笑》 |
| 2010 | 八 | **首獎：**<br><br>風神〈少女的祈禱〉<br><br>**決選：**<br><br>文善〈畢業生大逃殺〉<br><br>東默農〈刑〉<br><br>何敬堯〈盡頭之濱〉<br><br>高普〈索菲亞‧血色謎團〉 | 杜鵑窩人<br><br>景翔<br><br>冷言 | 1. 共65篇投稿<br><br>2. 結束明日工作室合作，自行出版決選入圍作品集《台灣推理作家協會第八屆徵文獎作品集》 |

| 2011 | 九 | **首獎：**<br>從缺<br>**決選：**<br>言雨〈玻小姐的第一次〉<br>萊曼・格林〈燃點〉<br>余峰〈北一女制服的秘密〉<br>霍筆砍〈三狂人殺人事件〉 | 杜鵑窩人<br><br>景翔<br><br>冷言 | 1. 共34篇投稿<br>2. 自行出版決選作品集《台灣推理作家協會第九屆徵文獎作品集》 |
|---|---|---|---|---|
| 2012 | 十 | **首獎：**<br>天地無限〈舉手之勞的正義〉<br>**決選：**<br>天棠〈死亡遊戲〉<br>董籬〈推理有時得在午餐前〉<br>四維宗〈她左眼所沒有看見的謀殺〉 | 杜鵑窩人<br><br>景翔<br><br>黃羅<br><br>陳浩基<br><br>寵物先生 | 1. 共53篇投稿<br>2. 首度增加決審為五名<br>3. 首獎得主天地無限曾二度入圍皇冠大眾小說獎局決審，並出版入圍作品<br>4. 由要有光（秀威資訊）出版入圍作品集《死亡遊戲》 |

　　雖然在百萬小說獎鎩羽而歸後，既晴曾經發下「現在的台灣推理，唯有擺脫商業行銷，才有可能飛躍到與世界推理小說並駕其驅的前線」（2000b）豪語。然而由於皇冠大眾小

說獎首獎的加持，既晴因此獲得了主流文學場域的出版社青睞，逐漸累積文化資本與社會資本（social capital）。他不僅參與小知堂文化的推理小說出版、以及新興文學雜誌《野葡萄文學誌》中「推理野葡萄」專區的規劃，[19] 並連結主流文學場域的出版社木馬文化，擔任第三屆人狼城推理文學獎的合辦單位；更從第四屆（2006）開始，促成與明日工作室合作出版文學獎決選集，以及歷屆首獎得主的短篇合集，直到第八屆（2010）才結束合作關係。

　　透過這些象徵資本的累積，既晴有了更多的發聲管道，透過各種演講、座談、出版社邀約撰寫的導讀、解說，去闡述他有別於主流文學場域的推理小說觀點。包括小知堂文化出版一系列日本戰前推理小說、恐怖小說的「黑色書房」書系、2003年皇冠文化重新規劃的島田莊司作品書系，幾乎都是由既晴一手包辦導讀；商周出版（後獨立為獨步文化）的日本推理新書系的第一砲東野圭吾《惡意》，該書導讀也是

---

19 小知堂文化原本是以出版歐美經典小說為導向的出版社，但自2000年後開始轉型出版大眾小說，尤其是1990年代中期以後便沈寂的日本推理小說。因此當時的發行人孫宏夫，便參加了2003年於高雄舉辦的第一屆人狼城推理文學獎頒獎典禮，希望瞭解年輕世代推理讀者的意見，並且隨後便開始出版日本推理小說，更於2003年10月25日於台北法雅客書店（Fnac）舉辦「東西方推理小說座談會」，邀請當時活躍的網路推理讀者與會，會後並就小知堂文化正在籌備的雜誌《野葡萄文學誌》以及規劃中的出版書系，與推理迷交換意見。之後的幾年內，小知堂文化躍居為推理小說出版的重要出版社，更可以說是掀起2004年台灣推理小說出版狂潮的重要推手之一，並規劃了台灣至今出版史上第一個「本土推理小說」出版書系。

請既晴撰寫。可以說從2003至2007年的那幾年間，既晴與台灣推理小說幾乎是劃上等號的。

另外在他催生的人狼城推理文學獎中，更可以看到他透過評審的挑選，實踐他對主流文學場域的反動，以及另立新的推理文學場域中心及運作規則的企圖。這些評審與1980年代的《推理》雜誌及林白出版社都有一定的關係：如黃鈞浩、景翔都曾擔任《推理》與林白出版社的翻譯與撰述介紹，杜鵑窩人是崛起於《推理》的評論家，藍霄則是在《推理》出道的小說家。因此他們一方面接受著《推理》時期建構的典範意識，也就是日本知識體系；二方面卻又因為經歷了主流文學場域的介入，因此重新協商出的結果便是遠離文學性、社會性的走向，重新擁抱推理小說的「本格」路線。所以包括既晴自己所崇尚的島田莊司路線的日本本格，以及杜鵑窩人、景翔、黃羅所崇尚的歐美古典推理的邏輯解謎傳統，都匯流到這個文學獎的評審品味中。

在這樣的主導意識下，選出來的得獎作品大多可以反映出評審所持的經典意識與美學標準，而且很明顯的從第一屆便展露無疑。第一屆的決審過程中，呂仁〈正命〉與林斯諺〈霧影莊殺人事件〉僵持不下，主要的原因便在於評審對兩者的喜好有很大的差距。藍霄支持的是較具有社會派風格的〈正命〉，黃鈞浩與杜鵑窩人則偏好本格風格的〈霧影莊殺人事件〉，但由於黃鈞浩在決審會議缺席，只有書面意見，因此兩者呈現拉鋸狀態，最後決定首獎從缺，兩位都

給予佳作。但第二屆時，藍霄退出評審陣容，決審調整成杜鵑窩人、景翔、既晴，林斯諺再度以標準的本格推理之作〈羽球場的亡靈〉參賽，並順利拿下首獎。此後歷屆得獎作品，在決審組成相當穩定的狀況下（第二屆後杜鵑窩人與景翔一直都擔任決審，其餘一個名額，第二至六屆為既晴，第七屆黃羅，第八至九屆為冷言），不論是張博鈞〈火之闇之謎之闇之火〉、寵物先生〈犯罪紅線〉、陳浩基〈藍鬍子的密室〉、風神〈少女的祈禱〉，幾乎都帶有濃厚歐美古典推理、日本本格或新本格推理的味道，甚至在決選入圍的作品中，此類小說也是佔大多數。

這類作品的特質，展現在故事結構會規矩地依循著推理小說的傳統公式「案件發生→偵探登場→探查案情→真相大白」（詹宏志，2002：68）來進行，然而這個真相大白的最後高潮，因為需要在排除犯罪中所有不可能因素的基礎上，篩選出唯一的可能，所以往往得透過繁複的推理過程，抽絲剝繭地將所有狀況列出，然後一一檢證其成立與否。其實這樣嚴謹緊密的推理程序，稍有不慎，小說便會淪為枯燥乏味，僅存彷彿數學公式般骨架、而沒有血肉的作品。在這十屆徵文下來，的確出現過數次，在推理性上相當嚴整，但故事精彩度不足的作品勝出，在在證明了在這個獎項中，「推理性」是最高的評審標準，為了確立此一標準的「合法

性」，可以犧牲掉小說的故事性、娛樂性與敘事美學。[20]

　　而這樣的一種典範樹立，明顯地是要凸顯時報文學百萬小說獎的「不合法」，並與背後的主流文學場域互別苗頭，宣誓這才是真正推理文學場域應該運作的場域邏輯與美學標準，也是本土推理小說的唯一出路。而且為了確保這樣的邏輯能夠繼續運作，原本以推理迷為基礎發展的「台灣推理俱樂部」，走向了菁英化，以作為繼續維持與累積資本的「投資策略」。最初因為相關活動而被連結的推理迷，僅有催生者既晴、杜鵑窩人真正加入組織，並從第四屆（2006）協會獎開始，確立得獎者與入圍決選者成為核心成員的方針，隨後雖有特別放寬讓少數贊助者、在出版界工作的重量級推理迷加入，[21] 但直到2007年轉型協會的階段，仍然採取這種菁英策略。

　　但顯然這種投資策略得到了成效，這些協會獎出身的作家，透過在小知堂文化、明日工作室的出版，累積出了聲望，成為台灣推理文學的代表，尤其是協會成員更在由台灣皇冠文化出版集團與日本文藝春秋共同舉辦的跨國文學

20 所以像是同獲第一屆人狼城推理文學獎佳作的呂仁，後來又陸續以日常性及極富地方感的元素，在《推理》雜誌發表了〈桐花祭〉、〈上行列車殺人事件〉、〈真假店員〉、〈洋娃娃〉等好幾個短篇，但顯然因為不是「本格」路線，因此沒有獲得邀請在明日便利書出版作品集，一直到2011年才出版了第一本短篇小說集《桐花祭》。對於呂仁小說的風格如何因為與既晴所主導的典律有所差異，因而較被忽視，可參閱我為《桐花祭》所撰寫的推薦序〈最想念的，同一個花季——呂仁的推理珠玉《桐花祭》〉（陳國偉，2011）。

21 例如當時在臉譜出版社擔任編輯的冬陽，在獨步文化任職的Clain。

獎「島田莊司推理小說獎」中大放異彩,[22] 第一屆入圍最後決選的三位作家,寵物先生與林斯諺都是協會成員,到第二屆(2011)入圍決選的三位作家陳浩基、冷言、陳嘉振,全部都是協會成員。顯而易見的,透過以古典／本格推理來作為典範標準的協會獎所篩選出來的成員,讓組織的性質得以「純粹化」;而且在其中,日本知識體系顯然是具有高度影響力的文化資本。即便原來不是以此為創作路線的作家,在加入協會後,也不免向中心靠攏,而被這樣的典範意識給馴化,以本格推理作為最高指導原則的島田莊司推理小說獎,有如協會成員的囊中之物,正是這種投資策略成功的最好說明。

不過有趣的是,2004年以後的台灣推理文學場域,由於謀殺專門店與臉譜出版引進歐美體系的成功,使得出版市場對於推理小說重新燃起信心。而且詹宏志主導的謀殺專門店建構出來的場域邏輯,讓台灣的日本推理出版,也走向了文學史式的知識全景。從2001年開始,小知堂文化成立「黑色書房」系列,首度引進日本戰前包括黑岩淚香、大阪圭吉、

---

22 「島田莊司推理小說獎」為台灣皇冠文化出版社發起,與日本文藝春秋合辦的橫跨亞洲各國的跨國推理文學獎,每兩年徵求首獎一名,第一屆(2009)時合辦單位為中國當代世界出版社／青馬文化、泰國南美出版社有限公司。第二屆(2011)更擴及到歐洲,共有義大利Metropoli d'Asia S. r. l.、中國大陸譯林出版社／北京鳳凰雪漫文化有限公司、泰國南美出版社有限公司、馬來西亞Integra Majujaya等出版社合辦。該獎不設獎金,但得獎者可以在合辦單位的出版社,以當地語言出版,並獲得版稅。

濱尾四郎、甲賀三郎、蘭郁二郎、夢野久作的作品，補足日本推理史戰前的區塊。2006年城邦集團成立獨步文化，重新規劃經典作家江戶川亂步、橫溝正史、松本清張、森村誠一、夏樹靜子、阿刀田高、天藤真等名作的出版，更引進宮部美幸、東野圭吾、京極夏彥、北村薰、泡坂妻夫、岡嶋二人、伊坂幸太郎、道尾秀介等作家，大量填補了日本1987年新本格時期之後的空缺。而他們除依作家與作品性質，規劃總導讀、導讀外，更在每本出版品後面放置「解說」，提供更完整的日本推理史脈絡與知識，因此後來居上在日本推理次場中取得新的主導權力。

　　正如上一節分析的，過去在主流文學場域中有經驗的林白出版社，因為出版方向的改易而沒有再進入這個場域的打算，而其他大部分的出版社，對推理小說是完全陌生的，因此推理文學場域中也沒有累積出足夠的「中介者」班底，也就是除了詹宏志、唐諾以外的推理評論家與專家。於是原來因為在主流文學場域的擠壓下，透過網路連結的推理迷，不論他們是不是協會成員，因為這個市場的出版量激增，對推理文學「專業性」的需求度實在太大，所以他們因而獲得出版社的重視，對於出版與行銷有著更多建議與介入的空間。[23]

---

23 根據我約略的統計，1995年至2004年間，出版推理小說的出版社，大致有林白、台英社、星光（輕舟）、麥田、臉譜、遠流、皇冠文化、時報、圓神、希代、新雨、台灣角川、東販、故鄉等十幾家。然而2004年以後，除了原來星光（輕舟）、麥田、臉譜、遠流、皇冠文化、時報、圓神、希代、新雨、台灣角川、東販繼續出版外，還新增了獨步文化、小知堂文化、尖端、東立、商周、天

於是乎推理迷與出版社之間的權力關係，產生了反轉，他們不是進入出版場域，專職於推理小說的出版工作，[24] 就是成為出版社邀約撰寫導讀、推薦文、解說的場域「中介者」。

　　像是在2005年，臉譜出版社以其主力的歐美作家書系為企畫對象，出版雜誌書《偵探蒐藏誌》MOOK，便找來了杜鵑窩人、藍霄、曲辰、凌徹、林斯諺、冷言、夏空、陳國偉、夜瞳、既晴、julius、希映、紗卡、呂仁、冬陽、vence、張筱森十七位推理迷撰寫文章，非網路推理迷出身的作者僅有唐諾、黃羅、李欣倫。而獨步文化於2006年開始發行的日本推理情報誌《謎詭》，編輯顧問名單除了詹宏志、傅博之外，其餘凌徹、曲辰、夏空等，都是推理迷出身。[25] 除此

培、高寶、宏道文化、聯經、木馬文化、漫遊者文化、台灣商務、明日工作室、大塊文化、小異、寂寞、如何、先覺、繆思、奇幻基地、貓頭鷹、馬可孛羅、青文、一方、二魚文化、春天、蓋亞、博雅書屋、貓巴士、第一人稱、馥林文化、三采文化、凱特文化、野人、立村文化、好讀、東村、印刻、聯合文學、新經典文化、寶瓶、天下文化、三民、推守文化、書林、晨星、風雲時代、典藏藝術家庭、南方家園、華品文創、大智通、繁星多媒體、鸚鵡螺文化、果藤書房、如果、今天、普天、晶冠、狠角舍文化、奇卡文化、未來出版、漢湘文化、超邁文化、白象文化、秀威資訊、釀出版、要有光、讀癮、飛行貓創意社、再生出版、腳丫文化、名田、人人出版、頂天文化等總共超過八十家出版社。

24 如前文引述的秋露冬陽（冬陽），先後任職於臉譜、新經典文化、讀癮出版；還有如Clain，先後任職於大塊文化、獨步文化、本事文化，於大塊文化期間還催生了藍霄《錯置體》、《光與影》的出版；另外如夜瞳，任職於漫遊者文化。

25 例如在博客來網路書店的《謎詭：日本推理情報誌》第一集內容簡介上出現這樣的文字：「『……日本一百一十年的推理發展，竟然在這一兩年被同時引進，究竟要從何看起啊？』『出書量太多了，看也看不完！如果有人推薦哪些

之外，皇冠文化、臉譜、獨步文化、尖端、小知堂文化、新雨、大塊文化、奇幻基地等多家重要出版社的推理小說導讀、解說、推薦文，也都是這些耳熟能詳的名字。當然在這個過程中，他們也都透過這些機會，各自累積出豐富的象徵資本，成為各媒體、書店、出版社、基金會、大學院校邀請演講的對象，以及出版規劃的顧問與諮詢者。幾乎可以這麼說，進入2010年代的台灣推理文學場域，這些由網路崛起的推理迷，已經有與詹宏志、唐諾等世代，並駕齊驅的影響力了。

既晴曾在2005年為林斯諺的推理長篇處女作的導讀中，寫過這麼一段話：

> 在網路世代來臨之後，則迅速跨過印刷成本的門檻，無國界、無時差的推理資訊網於焉實現。從早期的BBS到後來的WWW，新一代的台灣推理論壇無役不與，與同為華文推理的中國相比，儘管在資訊交流、作品閱讀上旗鼓相當，但台灣自身孕育十年的創作初芽，終於憑藉著這股網路力量，卓然崛起。（既晴，2005a：7-8）

書單好看就好了！』……為此，我們邀請長期以來熱愛這個文類、並深入研讀、撰寫評介、甚或從事創作，在推理迷心目中具有發言權的代表人物凌徹、遊唱、曲辰、張筱森、希映，共同規劃這本『認識日本推理，理解其脈絡及魅力』的入門指南，提供讀者在選書時的參考與閱讀時的對照，並且充分享受閱讀日本推理小說及與同好討論的無上樂趣！」（博客來網路書店，2006）。

的確，網路作為新的媒介，成為場域中新的再生產工具，讓推理迷社群能夠有機會透過此一新興力量，透過網路的快速連結，召喚同樣使用網路的其他讀者，累積新的資本，形塑新的運作邏輯與美學型態，在場域的競逐過程中，獲得了成功。也透過這樣的方式，讓台灣推理文學場域能從主流文學場域的支配下，獲得真正的獨立性。

也因此，有別於以往的，在閱讀市場上，以往獨尊歐美或日本知識體系的現象也有所轉變，在2004年以後兩者獲得了同樣的重視。而在創作的層面上，雖然因為島田莊司推理小說獎的關係，日本的推理美學典範，獲得了更高的認同。但從這兩年出身於主流文學場域紀蔚然的《私家偵探》，不僅獲得2011開卷好書獎、2012台北國際書展大獎等主流文學場域的榮譽，也同樣受到推理文學場域的認同；從網路上獲得許多推理迷的熱烈討論來看，推理文學場域已經有足夠的自信與資本，開始願意去接受主流文學場域的推理小說，並試圖納入推理文學場域所擁有的知識典範來評價，彰顯推理文學場域的主體性。而從上世紀末便開始進行重構的台灣推理文學場域，歷經兩個推理文學獎的重大轉折後，終於形塑出如今我們所見到的面貌，並且隨著台灣與日本、中國的出版市場產生新的連結與影響關係，展開新的發展，究竟台灣推理文學場域的運作邏輯，將會對下一階段的東亞推理文學產生怎樣的新對話關係，絕對是未來值得深入觀察的重點。

# 第二章 被翻譯的身體
## ——跨語際實踐下的身體錯位敘事與文體秩序

死亡如潮水，它緩緩的、時間性的、看得到的退潮，
並在生者的沙灘上擱淺著它捲不走的各種雜物，水落
石出，慢慢的朽爛分解（唐諾，2007：6）。

一具屍體，乃至於萬事萬物的存在，的確都不是當下
那一刻的冰涼實體而已，它或彰或隱保留了自身在時
間裡的記憶刻痕（最形而下比方說某次闌尾炎手術的
疤痕或體內的某個器官病變受損），這都可以被轉換
理解成某種訊息，可堪被人解讀出來，因此，我們遂
俏皮的說，儘管它並不真正出聲，卻仍然像跟我們說
著話一樣——這原本可以是積極的提醒，讓人們在實
證的路上更積極更深化，主動去尋求並解讀事物隱藏
的訊息，叫出它的記憶（唐諾，2009：6）。

# 一、被切割的現代身體[26]

　　1841年愛倫坡（Edgar Allan Poe）發表〈莫爾格街兇殺案〉（The Murders in the Rue Morgue），開啟了推理小說的發展，不僅以杜邦（C. Auguste Dupin）奠定下古典偵探的基本型態，創造出「密室殺人」這樣一個引領後世無數推理讀者如癡如狂的敘事類型，更因為最後出人意表的兇手身分，而讓結尾的高度「意外性」，成為所有後繼推理小說家殫精竭慮思考突破可能的挑戰。

　　其實〈莫爾格街兇殺案〉不僅為推理小說立下典型，在身體的處理上，更可見到愛倫坡驚人的才華。神探杜邦最後推斷，犯下殺人兇罪的猩猩，之所以會以剃刀割斷死者的喉嚨，其實是因為模仿水手剃鬍的動作，這個動機凸顯出背後強烈的「演化論」觀點，猩猩試圖透過「除毛」晉身人類位階，卻也因為這樣的「模仿」失敗，反而造成了猩猩（獸性身體）與人類（理性身體）的衝突，致使人類身體被「割喉／切割」而造成死亡。而最後，其實是由偵探從當時最具時間性意義，被視為能即時再現時間景觀的新聞報導中拼湊、推理得出切割身體的犯罪方式，才能揭露被身體與時間所遮

---

26 本章將涉及包括愛倫坡〈莫爾格街兇殺案〉（2006）、冷言《上帝禁區》（2008a），島田莊司《占星惹禍》（1988）、《占星術殺人魔法》（2003）、《出雲傳說7/8殺人》（2005a），以及西澤保彥《解體諸因》（2008）、及漫畫《金田一少年之事件簿》（金田一少年事件簿）第二案〈異人館村殺人事件〉（1992-1993）等作的關鍵內容或謎底，特此說明。

蔽的犯罪動機及真相。

　　的確，在所有當代盛行的大眾文學類型中，推理小說與科幻小說（science fiction）同樣都是最著迷於處理時間與身體的議題，然而科幻小說多半透過「身體突變」與「時空突破」，創造出未來的世界圖譜。而相對於科幻小說著重於「未來式」，推理小說所處理的則是時間與身體的「過去式」。由於推理小說的基本公式是「案件發生 → 偵探登場 → 偵察線索 → 真相大白」（詹宏志 2002：68），因此往往是從一具屍體開始，然後試圖回復「前」死亡身體的狀態。而在偵察的推理過程，偵探雖然同時身處當下與過去的時間軌道，最終仍是必須向過去索求真相。因此在推理這個文類中，時間跟身體的存在關鍵往往是為了「回到過去」，但過去的時間景觀必須在當下被再現，偵探擔負的工作，便在於重新扶正時間及身體的原初秩序，至於破案所回應的社會正義等問題，都必須在時間及身體秩序的復原前提下，才有可能被實現。

　　由於推理小說原生於西方，本身具有高度的異（國）文化特質，因此台灣的推理創作實踐，其實是在翻譯的脈絡下，思索在地譯寫的可能。因為不論是台灣或日本，在推理小說傳入前，不僅沒有現代型態的警察系統編制，也沒有偵探這樣的角色存在於實際的社會中，更遑論支撐推理小說最重要的理性邏輯與科學精神，其實都是標準的西方現代性產物。所以對於推理小說的譯寫，不僅是文學敘事形式層面的

挪移，更是將原本存在於西方的社會制度、法律正義、科學
理性、殖民現代性、文化脈絡給「翻譯」進來。因此討論台
灣推理小說的在地化發展，必然得將其放置在「翻譯」的脈
絡下來考察。而在此所謂的「翻譯」，不是專注在傳統的字
句問題，而其實是牽涉到如何在「翻譯／轉移」對在地脈絡
陌生的推理小說敘事形式的同時，還能夠促進「文本生產」
（text production）層面的創新性，以達成真正的在地化。

　　而這樣的翻譯問題，可以透過劉禾（Lydia Liu）在處理
中國20世紀初期所遭遇的現代性問題時，所提出的「跨語際
實踐」（translingual practice）概念來理解。她在*Translingual
Practice: Literature, National Culture, and Translated Modernity
—China, 1900-1937*（1995）一書中透過考察中國處理西方文
學典範在地化過程中，不同語言的接觸而引發的話語實踐，
提出中國的現代性是在翻譯中生成。這種翻譯不同於過去一
般後殖民論者所認為，是兩套話語權力鬥爭的過程，而是透
過「主方語言」（host language）去融綜、嫁接「客方語言」
（guest language）而形成自身的現代性情境；也因此，翻譯
並非過去所習稱的「單向轉譯」，而是涉及改寫意義與挪用
歷史情境的語境轉變過程。換句話說，劉禾所提供的，是一
套觀看東亞框架下（包括中國、韓國、日本、台灣、香港
等）文化體，如何透過翻譯移植西方現代性到自身論述脈絡
的方法，特別是這些國家彼此的語言有著繁複的互動關係，
更讓這種現代性的翻譯有著多層次的面貌與變貌。（1995：

25-27）

　　劉禾所使用的「翻譯的現代性」（translated modernity）一詞，其實有別我們所習稱的，[27] 特別強調這種現代性是由翻譯過來之後再生成的，有著屬於本地文化的背景與干預；這不限於所謂中國與西方，而是每跨越一個語境便會有一種矛盾被解消或製造，經過這種矛盾的過程，不同文化所涵蘊的不同現代性形式或意義也就被化蘊出來（32）。她特別以老舍創作《駱駝祥子》為例，分析其如何有意識的運用對於英國文學的認識，將莎士比亞（William Shakespeare）《哈姆雷特》（*Hamlet*）風格化的悲劇獨白，譯寫為駱駝祥子口中以北京方言（Beijing dialect）表述的「自由間接言語」（free indirect speech），從而創造出中國文學過去不曾出現的文學形式（116-117），在此過程中，這種「經典」的「翻譯」促成了文學本身的在地性。

　　從這樣的觀點來看，台灣的推理小說的在地譯寫，不僅是一種標準的跨語際實踐，而且也是在翻譯中生成屬於台灣的現代性。然而台灣推理小說的跨語際實踐問題，與劉禾分析的中國有著歷史條件上的差異：最關鍵之處在於台灣當時是被納入日本在東亞的殖民版圖，因此台灣的推理文學譯寫場域，其實是作為日本文壇的延伸，而與日本有著同步的發展，甚至已開始進入到思考納入在地性的階段。然而日本統

---

27 劉禾在書中特別刻意斜體標明該詞「*translated modernity*」，以強調她對這個詞概念有自己的特定脈絡（1995：xix）。

治時期結束後，由於國府對於具有日本文化色彩的大眾文學
的禁絕，再加上國家文藝政策的主導，台灣的推理文學發展
馬上面臨中斷，其中雖有《偵探》、《偵探之王》等雜誌陸
續有在地創作發表，但都零星而未成風潮。直到1980年代，
在林佛兒主導的林白出版社與《推理》雜誌提供了新的外
國推理書寫典範以及在地創作發表場域後，本土推理才逐漸
復甦。因此，台灣的在地譯寫，不僅因為歷史發展上政治型
態的多重轉換，使得台灣的推理小說無法積累出歐美或日本
那樣的文類傳統，不斷出現譯寫典範斷裂與轉移，也因為異
（國）文化脈絡與派別美學的差異，而發展出不同的翻譯問
題。

　　這種歷史階段重複再現的斷裂性，表現在譯寫的意圖
上，就展現為在每個階段中反覆出現對推理小說基本／正宗
型態的欲求，也就是對推理「本格」的再探求，先試圖作到
形式上的「忠實性」（faithfulness），達到類型敘事的完成，
在形式的層次得到滿足的前提下，方能進行在地文化敘事脈
絡或符碼的結合，以擺脫所譯寫典範的原生文化限制而生產
出「創新性」。若無法達到類型上的忠實與完成，被確立為
推理小說，那麼即使發展出再多的創新在地性，生產再多的
風土民情或歷史文化符碼，都不具有意義，只會被認定是其
他小說類型。也因此，這成為在每個歷史階段間被台灣在地
創作者重複再現的「翻譯者的任務」，也形塑出他們主要的
譯寫策略。

　　而自2004年開始，台灣新世代的推理創作者，發表了許多以分屍、無頭屍體、屍體重組等身體錯位（body-displacement）為謎團的作品，包括藍霄的《錯置體》（2004）、既晴《魔法妄想症》（2004）、冷言《上帝禁區》（2008a），集體地出現這類關注於身體形式的敘寫。因此引發我們要問的是，為何原來在推理小說中已具有高度功能性，做為推動故事關鍵的屍體，在這些新世代推理小說家的筆下，必須以各式華麗詭譎的方式，被「人為」地割裂，而不能單純以完整的形式存在？在這樣身體形式的處置方式背後，隱藏著新世代作家怎樣的書寫意圖？他們試圖完成怎樣的在地譯寫？與他們所選擇的譯寫策略與對象／典範，又有著怎樣的關係？

　　就如同托馬斯・W・拉克（Thomas W. Laqueur）所說的，屍體是「犯罪的實體」（Laqueur，2006：72），對新世代作家而言，似乎意識到他們已不能僅依靠屍／身體與時間、空間秩序關係的書寫，就足以完成推理小說的在地譯寫。而是必須從身體的本質出發，也就是直接對身體秩序的重新想像與打造，創造出一個新的身體秩序的恢復語境，才能真正達成這樣一個跨語際的譯寫實踐。是故，為了要復原身體秩序，必先存在一個被破壞了秩序的身體，透過安排死亡的身體被裂解，以推動小說的情節，進而形塑小說的整體結構。所以在這些新世代作家的推理小說中，對於肢解這樣一種身體裂解形式的追求，其實是一種書寫者的儀式，指向

的是文體形式上的不完足，也就是必須透過身體裂解這樣極致的手段，去召喚出推理文類中最華麗的死亡方式，以完成那最古典的核心意識：「解謎」的需求。因為肢解意味著死亡過程中人為的介入，而分裂的身體形態則隱藏著犯罪者的意圖、被掩蓋的動機、不在場證明、時間差，透過這樣的設置，方可合理地安排能識破這一切詭計的偵探登場，與他所帶來的邏輯性推理過程，以及結尾的真相大白。

　　因此在本章中，我將提出本書最核心的觀點，以「身體秩序」與「文體秩序」之間的敘寫對應關係作為論述概念，透過對台灣作家冷言小說《上帝禁區》的討論，分析其如何挪移對台灣新世代推理作家影響甚巨的日本作家島田莊司（藍霄，2007）的處女作《占星術殺人魔法》（占星術殺人事件，1981）中的身體錯位形式，以呈現推理小說美學本位的身體譯寫；又如何因為此一「身體秩序」的實踐，而完成推理小說的「文體秩序」，達到推理形式的本格譯寫，延續推理文類的古典（本格）美學。進而探討在這樣的譯寫策略下，在地化是否真正被實踐？抑或是被捨棄？何以島田莊司原有的身體形式所連結的國體與歷史隱喻，被冷言刻意迴避，翻譯者的能動性如何帶來這樣的選擇？最後透過推理小說在地譯寫過程中，在翻譯中應生成的現代性意義，反思冷言在譯寫典範上的選擇及有意的組合，可能引發的內在衝突，以及對其意圖維護的「文體秩序」譯寫可能造成的根本性危機。

## 二、阿索德來台灣：《上帝禁區》的身體錯位譯寫

　　台灣新世代作家冷言於2008年出版了首部長篇作品《上帝禁區》，以台灣雲林的林內鄉為背景，創造了一個貫穿四十年歷史的家族悲劇。在小說中，年輕女警梁羽冰奉命協助退休刑警施田，以及一名自稱掌握新線索的年輕男子姚世傑，共同重新調查民國53年4月25日發生在林內鄉山區雙子村的慘案。然而當他們前往雙子村時，卻碰上世居該村兩百多年的古老家族主人林紀年，頭部被重擊橫死於四周淹滿水的田中小屋的「情境式密室」中，並在他的屍體前有著被支解的人偶。

　　冷言自己在該書序中，就開宗明義地說明，他刻意地選擇融合橫溝正史與綾辻行人兩位日本推理作家的書寫模式（2008a：3）。從他將場景設定在鄉野古老的村莊，賦予其濃烈的詭譎氣氛，並讓案情率涉到大家族中被隱藏的古老悲劇，就可以看出橫溝正史的影響。一如日本推理評論家權田萬治（権田萬治）所說的，橫溝正史的書寫特色是「在近代化的怒濤侵襲之下，在日本不為人所知的地方風土的深層地帶，還殘存有古代封建的遺留制度，近乎崩壞的大家族制、由歷代祖先遺留下來廣大而有著各式機關的老宅院，而在這之中，有著為了財產而展開各種陰狠爭奪的本家、分家的人們。」（1996：91）而冷言在敘述形式上選擇讓同名角色跟隨他們身後，在小說結構上曖昧化第一人稱自白段落的敘述

者，刻意誤導讀者以為兇手是冷言的作法，則是挪用了綾辻行人著名的「敘述性詭計」，意圖製造出小說結局的意外性。

就像另一位台灣中生代推理作家藍霄對於冷言的論斷：「《上帝禁區》就是根基於對本格推理的熱愛所繳出來的具體成績單。他到目前為止對於本格推理的思考，都具體呈現在這本小說中。……作為處女長篇的出版，冷言這本小說自然而然透露出哪些解謎推理影響了他，影響了他的創作」（藍霄，2008：7），他很明確的指出《上帝禁區》是遵循著本格推理的要求而書寫的，也就是愛倫坡所奠定下來的法統，以「解謎」為導向的文學（江戶川亂步，1997：12-14），或像是甲賀三郎所說的，是關注於經過精巧計畫後的犯罪的「謎的文學」（甲賀三郎，1930）。也因此，本格推理小說的重點便是在解謎，而「謎團」的設計，往往也就成為小說是否成功的關鍵。

而冷言為《上帝禁區》所設計的核心謎團，便是四十多年前慘案中的五具屍體。這五具屍體死亡皆超過二個月，全都身分不明，性別有男有女，但最離奇的地方在於，每具屍體都缺少了身體的一部份：第一具年約四十歲的男性屍體缺少頭部、第二具年約四十歲的女性屍體缺少右手、第三具年約三十歲的男性屍體缺少左手、第四具年約四十歲的男性屍體缺少右腳、第五具年約二十歲的女性屍體缺少左腳。而這些缺少的部分是明顯被切下的：

右手被切下的屍體從右肩膀經過右胸大約一半，一直
到胸、腹部交界處整個被切下；左手被切下的位置大
約和右手一樣；右腳、左腳被切下的部分包括了半個
下腹部；最後，頭部被切下的屍體包括了鎖骨和部
分脊椎骨。這些屍體被切下來的部位一直沒有找到。
（冷言，2008a：43-44）

【圖一】《上帝禁區》五具屍體狀態圖

在施田等三人的推論下，懷疑兇手之所以切割這些身體
的部分，是為了蒐集之用，可能跟某種邪教儀式有關，因此
作出這樣的推測：

這種例子在國外很常見。這類邪教存在的目的，通常
是為了要讓崇拜的神轉生。為了讓他們的神轉生，會
尋找符合條件的媒介，經由特定的儀式讓邪神的元神
附身在這個媒介身上。如此一來，邪神就可以透過這
個媒介在現代的世界活動。根據這個論點來審視這樁

分屍案的話，這些死者很可能就是符合條件的媒介，
所以才會慘遭殺害。（45-46）

到最後，謎底其實與邪教儀式無關，而是因為林家有以
雙胞胎傳家的傳統，林紀年之父為了完全抹去其他繼承者的
存在痕跡，殺害了甫留學歸國有繼承權的另一房雙胞胎及其
外國友人；又為了隱藏死者中有雙胞胎，所以把其中一名的
頭部切除，為了合理化屍體的殘缺，借用「藏葉於林」的概
念，將其他屍體的部分肢體也予以切除。

然而這個關於屍體切割的謎團，其實與日本推理作家
島田莊司1981年的處女作《占星術殺人魔法》（以下簡稱
《占星》）極為相似。[28] 在該書中，具有占星師身分的偵
探御手洗潔受好友石岡和己委託，調查一樁發生於1936年2
月26日的占星術連續殺人事件，畫家梅澤平吉被重擊死於密
室中，他已出嫁的長女不僅離奇死亡，與他同住的另外六名
少女也神秘失蹤；但最詭奇的是，這六名少女後來被發現死
亡且埋葬在日本各地，每具屍體上都被切除了一部份。根據
梅澤遺留下來的手記發現，認為自己被惡魔附身的他，準備
要以占星術的元素與宇宙相應理論來肢解六個少女，然後根
據她們的星座，取下她們星座相對應的身體的部位，分別是

---

28 島田莊司《占星術殺人魔法》日文原名為《占星術殺人事件》，台灣最早出現
的中譯本為1988年皇冠文化以《占星惹禍》之名出版，2003年皇冠文化重新再
版，更名為《占星術殺人魔法》。

「頭——牡羊座的時子」、「胸——巨蟹座的雪子」、「腹
——處女座的禮子」、「腰——天蠍座的秋子」、「大腿
——射手座的信代」、「小腿——水瓶座的知子」，然後透
過煉金術重組出一個「集合各行星的祝福於一身，渾身散發
著無數光芒的新人類」，而這個人體因為「是由六位處女組
合而成的」，她們將由金屬元素昇華為黃金，而這個完美的
女體就被梅澤命名為「阿索德」。（2003a：15-19）

　　然而其實梅澤並沒有真正製造出阿索德，屍體少去部
位的真相是因為他與前妻所生的女兒時子，長期受到後母歧
視，加上對父親新家庭日積月累的懷恨，故殺害梅澤及所有
少女，利用割裂其他五具屍體，拼湊出六具屍體，製造自己
也死亡的假象（可參見圖二、圖三、圖四）。手記則是時子
為了掩蓋犯罪事實所創造；至於將屍體埋葬在日本各處，也
是為了隱藏自己存活下來的痕跡。

【圖二】《占星術殺人魔法》屍體詭計圖（之一）

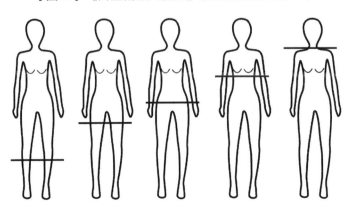

【圖三】《占星術殺人魔法》屍體詭計圖（之二）

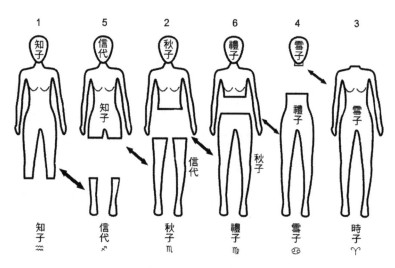

【圖四】《占星術殺人魔法》屍體詭計圖（之三）

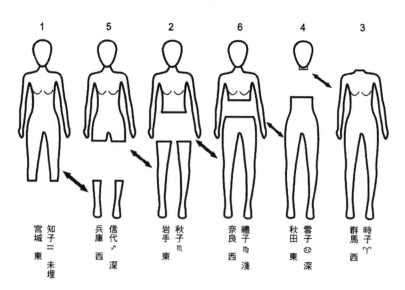

　　對照《上帝禁區》的故事安排，除了相似的屍體錯位模式外，冷言也創造了一個偽造的手記：內容記載著雙子村曾經有過複製人的實驗，創造出五個肢體殘缺的生命體，最後因為失敗而死亡；這個手記偽造的目的，也是為了合理化屍體的殘缺，以隱瞞雙胞胎繼承者的存在。一如《占星》手記中梅澤被塑造成惡魔附身，意圖像《科學怪人》（Frankenstein）中的科學家組合屍塊成為新的「科學怪人」身體；[29]《上帝禁區》的手記中所述雖然並非組合，但卻也透過姚世傑的推測，懷疑有重組人體的意圖，甚至也提到了科學怪人的悲劇（2008a：230）。而《占星》中阿索德具有的神性與魔性，是來自日本古代邪馬台國能通鬼道的女王卑彌呼（島田莊司，2003a：34），類似的概念也出現在《上帝禁區》的「邪教」推測中。以屍體的身體錯位為核心的謎團，其實在兩書中有著相當多的概念雷同，可以看出冷言在寫作上除了有意效法橫溝正史與綾辻行人外，在謎團的身體譯寫上，其實應該還有以島田莊司的《占星》為範本。

　　但最耐人尋味的地方在於，島田莊司的這個屍體詭計在日本也同樣被挪用，出現在漫畫《金田一少年之事件簿》的第二案〈異人館村殺人事件〉，而且切割屍體的方式與目的

---

29 瑪麗‧雪萊（Mary Shelley）於1818年所寫出的《科學怪人》（Frankenstein），被視為是全世界第一部科幻小說，故事敘述天才科學家Frankenstein蒐集屍塊拼湊成新的人體，通過電流而賦予其生命，但最後卻創造出一個怪物。（Shelley，1994）

如出一轍。為此島田莊司還曾提出民事訴訟，控告其未經過
他本人同意便盜用詭計，並為文說明其嚴重性（2003b：210-
216），由此可以看出屍體錯位在該推理小說中的核心地位
與獨創意義。由於此系列漫畫在台灣有過相當大的影響力，
甚至在推理小說的發展與傳布上，就像藍霄所指出的，具有
「作為台灣推理小說發展，吸引新一代推理閱讀者趣味的磁
石」的代表意義（2007）[30]。因此對於台灣讀者來說，這一模
一樣的屍體詭計，從島田莊司的小說首度引進（1988）、金
田一少年漫畫（1993）到冷言《上帝禁區》（2008），等於
是在台灣推理文學的傳播場域中，被「再現三次」。因此，
既然這樣的一個身體錯位詭計已被多次再現，對讀者來說應
已失去了新鮮感，為何冷言還要以此謎團作為小說核心，進
行這樣的一個身體形式譯寫的實踐呢？這也許得回到推理小
說中身體的秩序性所形塑的文體秩序性來看。

## 三、翻譯者的任務：身體的秩序性與文體的秩序性

　　對台灣中生代與新世代推理作家的創作理念有著相當影

---

30 對此我相當同意藍霄所言，同樣身為30到40歲世代的推理讀者，東立出版於1993
　年開始發行漫畫週刊《新少年快報》，並刊載《金田一少年之事件簿》時，恰
　巧是我們這個世代對於次文化最為著迷的國、高中求學時期。許多人未曾閱讀
　過當時皇冠引進的島田莊司小說，但都看過漫畫《金田一少年事件簿》。猶記
　得初次看到〈異人館村殺人事件〉的屍體詭計時，我也曾對於其精彩與巧妙有
　過相當大的震撼。

響力的傅博，曾在〈認識推理小說〉一文中提到，推理小說
的寫作形式是所有小說中最受拘束的，必須先行設定謎團，
然後以邏輯的方式去解謎，因此受到「凡是前人使用過的謎
團，絕對不可再使用的限制」（1986：134）。同樣在島田莊
司為第一屆島田莊司推理小說獎決選入圍作《冰鏡莊殺人事
件》（2009）寫的評語中，他也特別點出該作最後無法勝出
的可惜之處是在於「這個作品中的謎是以前出現過的，而且
是形式化的東西，結果，這個作品無法當然地帶給讀者太大
的驚奇。」（島田莊司，2009b：316）也就是說，作為本格
推理最關鍵的謎團與詭計，是要盡量避免重複與襲用前人的
設計。

　　既然如此，作為一個向本格推理這個書寫類型致敬的作
品，為何冷言在《上帝禁區》中要刻意選擇一個已經在《占
星》讓讀者驚豔，在《金田一少年事件簿》中又被再現一次
的身體錯位詭計，來作為他整個小說的謎團核心？對於這樣
一本在2008年出現的本格推理小說，我們不能不進一步追問
的是，《上帝禁區》希望達到的文學目的究竟是什麼？或者
應該這麼說，作者冷言希望透過對島田莊司，甚至是橫溝
正史、綾辻行人等作家的譯寫，完成怎樣的在地推理實踐意
義？

　　在該作中，冷言曾經藉由同名作家角色參加座談會時，
所引用綾辻行人《殺人十角館》（十角館の殺人，1987）中
的一段話，為自己的創作態度表明心跡：「小說創作本身是

一種學習的過程，我們應該講究的不是如何成功，而是如何
學習。」（2008a：22）而同樣的，在杜鵑窩人為該書所寫的
解說也強調，冷言的長篇推理小說是「恪守本格推理小說的
要求」（2008a：267）。若由此來看，冷言在小說中對於屍
體錯位的挪用，的確是意圖將《占星》所呈現出來的屍體表
現形式，視為「學習」的對象，如此方能滿足本格推理小說
的基本要求，透過形式上的高度完成，寫出本格推理小說的
形狀。

不論是江戶川亂步（江戸川乱歩）所下的經典定義：
「偵探小說，主要是描寫如何將與犯罪有關的祕密，逐步
邏輯的被解開的有趣過程的文學」（2003：21），或是如
島田莊司所言本格的要義在於需兼顧「具有幻想性與強烈魅
力的謎」、「邏輯性」、「思索性」與「結尾的意外性」
（1989：47-57），所指涉本格推理小說應具備的邏輯性，都
是在呼應愛倫坡所創造出來的「邏輯推論的小說」（tale of
ratiocination）（Symons，1993：37）的推理小說基本性格。

本格推理小說中對於邏輯性的強烈要求，展現在不論
是偵探的登場、偵察、推理、破案的方式，或是作家在書寫
時對故事結構、情節的安排，都必須圍繞著這個邏輯性來發
生，屍體當然也不例外。而且屍體的型態往往是為了鞏固這
個邏輯性被設計出來，從而召喚出屬於屍體本身、以及屍體
與其他角色、情節結構之間特殊的秩序性。因此當小說出現
屍體裂解的情節時，那必然是作家意圖透過身首異位所形成

的秩序脫落或衝突,來召喚某些被隱藏的秩序意義。

在日本推理作家三津田信三的小說《如無頭作祟之物》（首無の如き祟るもの,2007）中,他曾特別就歷來「無頭屍體」的出現進行分類（348-359）：

1. 因為施咒的需要而砍頭
2. 作為殺人的證據
3. 斬（絞）首示眾之刑
4. 過於強烈的愛或恨意
5. 方便遺體的搬運、收納或隱藏
6. 犯人為了施行詭計所以需要利用人頭
7. 隱藏被害者的身分
8. 讓人誤認被害者身分
9. 隱藏犯人遺留在死者頭部的痕跡
10. 隱藏死者頭部原有的某些特徵
11. 死者頭部有犯人需要的東西

作者還藉由小說中人物之口,區分出其中第6至11項,是只有在推理小說中才會出現的意圖或動機,也因此透過這樣的分類,去推理出該小說中的案件真相。

三津田信三的分類,涵蓋性相當地廣,幾乎囊括了推理小說中所有無頭屍體的情境,也可以說是屍體的頭之所以消失的原因。像島田莊司《占星》中透過身體錯位去模糊屍體

真正的數量，創造出另一具新的屍體，就是為了「隱藏／讓人誤認被害者的身分」，藉以隱藏兇手的真實身分；而冷言《上帝禁區》中的身體切割，也是同樣的理由，為了隱藏雙胞胎的痕跡，而將其中一具屍體的頭割除。

　　由於在屍體切割上的相似性，我們可以借用三津田的分類，來觀看推理小說中分屍這類身體錯位的動機及原因。像被譽為新SF（science fiction）推理御三家的小說家西澤保彥作品〈解體升降〉（第三因 解体昇降，1995），就出現一名女子被目睹進入停在八樓的電梯，十五秒後直達一樓，女子卻已被大卸八塊的華麗謎團，結果最後原來分屍的目的在於方便兇手攜帶；或是像〈解體信條〉（第二因 解体信条，1995）中，兇手是為了鬆開死者的手指，以取出手中緊握能指出兇手身分的紙條，為了隱藏這個目的於是碎裂屍體。[31]

　　這些屍體的錯位目的，當然不僅止於推理謎團的豐富與華麗，而是為了讓偵探重新啟動被分割的屍體之間原有的秩序，將屍體的不同部位重新連結起來，追索身體錯位的原因成為辦案的重心。也就是身體原有的秩序，因為兇手的分割、在屍體上的「介入」與「施為」而被破壞，造成秩序的改變或重新定義。然而，從一個分裂的身體，它必得會給出另一個完整的身體；透過偵探的再介入，予以拼湊出身體的

---

31 西澤保彥〈解體升降〉、〈解體信條〉皆為其連作短篇集《解體諸因》（2008）中的作品。

完整原貌，然後得以追索出犯罪者。有如唐諾對《CSI》[32] 此類犯罪鑑識影集的評論，這裡面所隱含的科學意識型態，其實是保守而秩序的（2008：10）。

然而偵探之所以能回復屍體的秩序，是因為他帶著本身的秩序而來。不同的偵探除了他們偵察方式、問案風格等觀視犯罪的重點不同外，他們的身分與職業，其實也往往造就他們不同的秩序。古典推理（classic mystery）偵探如愛倫坡筆下的杜賓（C. Auguste Dupin）或柯南道爾筆下的福爾摩斯，便是透過所謂「一連串的理性演繹」（pieces of rational deduction）（Symons，1993：35）來啟動他們的推理。冷硬派（hard-boiled）偵探如漢密特（Dashiell Hammett）筆下的史貝德（Sam Spade）和錢德勒（Raymond Chandler）筆下的馬羅（Philip Marlowe）則以「槍與拳頭」打出真相的浴血大道，豎立他們遊走黑白兩道的道義秩序。當然在松本清張的今西榮太郎、森村誠一的棟居弘一良、島田莊司的吉敷竹史等警察偵探那裡，所操作的便是一套警察辦案的程序，

---

32 *CSI: Crime Scene Investigation*（台譯：CSI犯罪現場）為美國CBS（哥倫比亞廣播公司）於2000年10月開始推出的影集，以Las Vegas警局的犯罪鑑識科調查員為主角，曾於第3-4季（2002-2004）登上全美收視第一，並曾多次獲得美國電視界的最高榮譽Emmy Awards（艾美獎）。CSI帶動美國電視圈製作犯罪偵察影集的風潮，包括CBS同時製播CSI兩個子系列，「CSI：Miami」、「CSI：NY」，以及「Numb3rs」、「Criminal Minds」、「NCIS：Naval Criminal Investigative Service」、「Without A Trace」，及USA Network（美國電視網）的「Monk」、「Psych」，還有FOX（福斯）的「Bones」等，都是在此浪潮中被生產出來的電視影集。

一種被「美德化」的「用腳辦案」哲學。那如果是康薇爾（Patricia Cornwell）筆下的女法醫史卡佩塔（Kay Scarpetta）或CSI「們」[33] 的偵查員那裡，就是完全走鑑識科學（forensic science）的路線。

但即便如此，屍體的秩序仍是最重要的前提，這也就是為什麼《占星》中身為占星師的御手洗潔，除了理解占星學符號在案件中的意義外，仍必須確定每具屍體被埋藏的時間，甚至是會左右發現時間的埋藏深度；透過屍體埋藏地與東京的路程時間關係，釐清屍體被擺放的順序，以重新界定兇手刻意創造出來的空間秩序，破解兇手所布置的詭計的內在秩序，如此方能解開謎團、重現犯罪真相。而就像Mike Crang在《文化地理學》中分析偵探與空間秩序的關係：

> 城市有如一場意義與表意的暴動，其中的細節對福爾摩斯來說代表豐富的訊息，但我們卻無法在缺乏協助下，解讀這座城市。……福爾摩斯能去任何地方，來去自如，從一團混亂中找出規律。……福爾摩斯是「認識論的樂觀主義」的化身，是城市能藉理性之力而得以詮釋與理解的希望與機會（2003：68）。

---

33 由於CSI的大受歡迎，因此CBS又製播了「CSI：Miami」（2002～2012）與「CSI：NY」（2004～2013）分別以Miami與New York為背景，劇中調查員所面對的犯罪類型，也配合地理區域的差異而有所不同。由於CSI開枝散葉，故以CSI「們」稱之。

對於讀者而言，偵探的確扮演的是這樣一個重要的空間「詮釋者／翻譯者」的角色，而不同偵探的身分也創造出不同的偵察模式，對讀者形成不同的閱讀樂趣。但不論是怎樣的偵探，在屍體面前，他仍是必須服膺於屍體所呈現出來的秩序問題，若無法靠自身的秩序與之對決，那就必須回到問題的本質——身體錯位的秩序意義，唯有透過身體錯位秩序的重新復原，御手洗潔才能讓沒有死去的時子，「再現」於現實之中。

這樣的秩序呼應，也完整地呈現在《上帝禁區》中。施田、梁羽冰、姚世傑、冷言等角色正是因為四十多年前的五具屍體而相遇，若不是為了重新調查這五具屍體之謎，眾人不會來到雙子村，而林紀年也不會被姚世傑所殺害，當然也就不會有後續的案情發展。而施田作為偵探之一，因為他已退休而失去正式的警察身分，卻靠著與警方仍保持著密切關係，而延續著同樣的辦案模式；但也因為他的緣故，介入了當年的屍體錯位之謎，再度於四十年後啟動了整個偵察秩序，甚至引來下一具新的屍體。身體的錯位，在這個故事中其實仍居於核心的位置。

從推理小說的結構來看，屍體錯位所形成的謎團，不僅支撐起整部推理小說，甚至「支配」了小說的書寫走向，也就是整體結構。一如前述，偵探需配合身體錯位所紊亂的秩序，援用自身獨特的身分秩序，或是運用其他包含警察體系、法醫系統的現代性秩序，去重新扶正或組合，而這些情

節的發展過程，也就塑造出該小說的「文體秩序」。

在《占星》中文體秩序的最好表現，便是一開始出現的梅澤手記，敘述阿索德的身體打造過程；接著便是助手石岡提出要求，希望御手洗潔能夠推理該案；其後則是御手洗潔三番兩次地重新推理屍體的空間分佈秩序，以及被害者的埋葬與死亡時間。而到最後兇手自白的章節裡，她仍必須交代身體錯位之謎，以及犯案的動機與目的。（參見圖五）

同樣的，在《上帝禁區》也是如此，文體秩序透過兩方面呈現。其一是由五具屍體的謎團核心來設定：從一開始施田對梁羽冰重述當年案件的經過，然後赴雙子村偵察時發現手記，繼而推理手記所記載的複製人真偽，最後透過家譜揭開五具屍體之謎。其二是小說開始的手腳連結記憶，接著出現雙子村林紀年屍體與人偶的手腳連結之謎，最後再揭曉三胞胎遇難記憶的真相。凡此種種，都呈現出《上帝禁區》情節敘述所建構依循的文體結構／秩序，都是透過身體謎團的秩序而開展。而這樣的秩序展現，也讓小說更具有「本格推理」的正當性。

所以我們甚至可以這麼說，冷言有意識地選擇並運用肢解這樣的身體錯位謎團形式，基本上是作為其本格推理小說實踐的「文體需求」；而這種對於屍塊秩序的執著，其實是為了呼應本格推理小說的內在秩序。當小說中所有線索的開展都能夠依循著這個秩序時，**也就支撐住了作為本格推理小說的主體**。對於像《上帝禁區》這樣具有明確書寫自覺的

## 【圖五】《占星術殺人魔法》屍體空間分佈圖

小　礦山
雪子（11.10.2發現）

釜山礦山
秋子（11.5.4發現）

細倉礦山
知子（11.4.15發現）

群馬礦山
時子（11.5.7發現）

生野礦山
信代　　（11.12.28發現）

大和礦山
禮子（12.2.10發現）

作品而言，透過了這樣的身體譯寫，便完成了文體秩序的轉移；也正**因為這個身體秩序性的維持，使文體的秩序性得以「安定」，而讓台灣推理小說對日本的譯寫達到了可能。**

這樣的身體錯位書寫，的確為2004年以後開始的這一階段台灣推理小說在地譯寫，帶來了曙光，也展現出作為翻譯者的在地創作者，自身所展現的能動性主體位置。然而就像劉紀蕙在討論中文脈絡內的文化翻譯問題時所提醒的：「翻譯者是具有能動性的主體，可以主動選擇與再次製造一個新的文本。但是，此能動性早已經被架構於一個特殊的主體結構與歷史條件之中。無論是具有意向性的翻譯行為，或是屬於非意向性的誤讀、改寫，都受制於被給定的歷史文化與社會脈絡。」（2006：87）因此在冷言這樣的譯寫實踐中，我們需要再進一步釐清的是，作者究竟身處於怎樣的在地歷史條件中，促使他發展出這樣的譯寫策略？他是有意地去回應台灣推理場域的主流意識，還是偏離？當冷言認知唯有透過身體形式的譯寫，方能達到文體秩序的完成，確立《上帝禁區》的推理小說的主體時，他對於島田莊司小說身體錯位的譯寫，是完全的轉移，還是有所選擇與取捨？

要回答這些問題，得先回到島田莊司在創造《占星》身體錯位形式時的現實性指涉，尤其是其所試圖連結的日本歷史問題來看，才能進一步解答。

## 四、被捨棄的身體隱喻：國體與歷史

在《占星》中，偵探御手洗潔藉由日本關西曾發生的一萬圓紙鈔詐欺事件，說明他破案的靈感來源。該詐欺手法就是透過將每張紙鈔裁成兩半，並重新組合以製造出一張多的一萬圓。小說中所敘述的這個詐欺事件，並非憑空捏造，而是真實發生在日本的，島田莊司正是因為這個詐欺事件，而想到將其運用在屍體的詭計上（1989：154）。

然而這個屍體詭計，並非只是單純的謎團，而是透過小說中捏造的手記，其中身體與日本的國土空間所產生的連結，隱喻日本特殊的歷史意義。手記中記載著梅澤平吉原來是打算將少女們的屍體埋葬在日本各地，因為「為阿索德提供身體的一部分的六位少女所殘留的身體，則應該被歸還於日本帝國中各星座所屬的場所」（2003a：33），如此才能發揮阿索德的真正作用。雖然手記是兇手虛構出來的，但她仍根據創造出來的空間秩序，將屍體埋藏在設定的地點，都是為了讓手記成為真實。

類似的概念，在島田莊司另外一個以刑警吉敷竹史為偵探的系列作品《出雲傳說7/8殺人》（出雲伝説7/8の殺人，1984）中也曾出現。同樣是出現屍體的錯位，但在該作中死者是被分割成8塊，其中7塊分別裝在紙袋及行李箱裡，隨著不同路線的電車運送到各地，唯有頭部無法找到，在DNA鑑識尚未普及的當時，警方始終無法確定死者身分。然而在吉

敷竹史追索線索的過程中，卻發現殺人動機極可能是與學術界對於出雲地方的「八歧大蛇傳說」爭論有關，因而屍塊被分送之處，也都是出現類似傳說的地方，甚至屍塊的分送鐵道路線，更形成了一個好似八歧大蛇的圖像（參見圖六）。這樣一種將屍體錯位與在地歷史及文化脈絡作特殊連結，筆者認為的確是島田莊司獨樹一格的謎團設計，不論在歐美或日本的推理小說中都相當少見，因此筆者以「屍體空間學」此一獨創概念來指稱島田莊司這樣的一種創作手法。

【圖六】《出雲傳說7/8殺人》屍塊分送路線圖

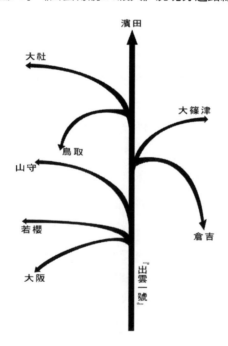

　　這些表面上基於身體錯位及移動所製造出的眩目謎團，因為與日本的歷史文化連結，而具有強烈的在地性。在《占星術殺人魔法》中，阿索德的存在意義，相當呼應1936年日本社會語境，也就是在太平洋戰爭爆發前日本的政治與社會氛圍：

> 阿索德不同於一般作品，她是我為大日本帝國而創造的。日本帝國已經誤入歧途，創造了錯誤的歷史。不自然的皺摺在歷史年表上處處可見。如今我國正在創造史無前例的大皺摺，長達兩千年的過錯，現在是付出代價的時候。如果再走錯一步，日本就會從地球儀上消失。亡國的危機已迫在眉睫，為了拯救國家，我才決心做此空前的創舉！……日本人只要把國家的歷史回溯到兩千年前，就不難發現類似我的阿索德之存在。不用說，那就是卑彌呼。（島田莊司，2003a：34）

以這樣的理念強調要創造邪馬台國女王卑彌呼的繼承者阿索德，基本上等於是否定了以天皇為信仰核心的「國體」（鶴見俊輔，2008：52），也就是否定了天皇萬世一系的歷史正統，希望能夠回到更古老的時代，阿索德就是作為這樣一個神聖身體的象徵。

　　然而更重要的是，由於阿索德代表了日本未來的希望，因此她必須要被置放在日本中心，才能夠作為檢討當下日本國家路線的中心意識，以及整個日本空間秩序的核心：

> 我的阿索德將是未來拯救日本帝國的聖者，所以必須準確地置於日本的中心。至於那個中心究竟在哪裡呢？由於日本的標準時間，是以通過明石的東經一百三十五度為基準，因此似乎可以將之作為日本國南北向的中心線。不過，我覺得這種想法實在太無稽。若是借用那個尺度，日本帝國的中心線，很明顯地應該是在東經一百三十八度四十八分。（2003：35）

透過這樣的敘述，結合島田莊司刻意安排的梅澤家案件發生時間與地點，也就是1936年2月26日那天的東京，而產生了特殊的意義。因為那是日本近代最大的政變「二二六事件」[34]發

---

34 二二六事件，又稱二二六兵變，堪稱是日本近代史上最大規模的內部政變。當時日本軍部分裂成兩派，一派是認為國防政策是國家的中心，其他一切財經措施都需配合國防來設計的「統制派」；一派是主張統制派與財團勾結並矇騙天皇，企圖廢除內閣彰顯天皇光榮的「皇道派」。兩派在日本國內始終僵持不下，之後皇道派在得知己方軍官幾乎都要被派往滿州國後，決定掀起武裝革命，在1936年2月26日凌晨以二十幾歲的皇道派青年軍官為中心，率領一千四百八十三名即將被遷往滿州駐防的士兵，打著「昭和維新、尊皇討奸」的旗幟，對各大重要機關建築進行攻擊。但在四天內被統制派強行鎮壓，此後皇道派一蹶不振，就此確立日本軍國主義路線（北博昭，2003）。

生的日子,在那之後日本軍國主義的路線被確立,開啟了此後一連串歷史的變局。

對於日本二戰時期的軍國主義,島田莊司基本上是採取批判的立場,從《奇想、天慟》(奇想、天を動かす,1989)、《龍臥亭殺人事件》(龍臥亭事件,1996)等作,內容都觸及軍國主義引發的戰爭悲劇就可得到印證。然而他透過梅澤平吉這樣一個狂人來表現這樣的思維,的確呈現出意識型態的衝突性。一方面,梅澤代表的是對1936年日本政治體制及國家方向不滿的象徵,不僅藉尚未被證實存在的邪馬台國,去質疑天皇制的合法性,當然也否定當時軍國主義的走向,否則他也不會選擇二二六事件這個導致日本二戰之後命運的關鍵時刻來書寫。

但在此同時,他藉由梅澤規劃阿索德的埋葬地點,進而確立日本國家空間「新中心」的思考,卻凸顯了阿索德此一未來中心與整個東亞及世界的連結:透過日本帝國地形的弓形圖像與屬性,因此被想像的箭尖就從硫磺島射出,通過澳洲、南極、好望角、巴西、大英帝國、亞洲大陸然後回到日本(2003a:35),似乎又具有某些國體擴張思維的影子。但不論是否如此,島田的敘述仍產生了歷史意義的多重解讀性。

相較於此,《上帝禁區》中出現的手記,記載的是林家過去的秘辛,手記作者之所以想要進行複製人的實驗,主要是希望透過複製器官的醫學來拯救父親,而讓小說中身體錯

位引發的奇想，走向想像的台灣歷史。雖然書中也約略提到日治時期台灣人被日本統治的歷史背景，以及當時林家當家曾受到林獻堂的抗日運動路線啟發而與日人往來，但除了這些零碎作為妝點的歷史知識外，小說中的謎團與詭計其實完全與這些歷史無關。

雖然同樣都是作為掩飾犯罪的「計畫書」，與梅澤手記所搭配事件的時空背景在歷史關連性上的合理性相比，林氏手記中的陳述，並無法連結到真實的歷史指涉。關鍵還是在於《上帝禁區》完全沒有交代在日本人統治下，這樣從西方留學歸國的知識菁英，怎會好似隱姓埋名地藏匿在鄉野進行這「劃時代」的實驗，而完全不被統治階級知悉。可以說在這個譯寫過程中，冷言並非沒有察知《占星》中的歷史隱喻，但原來在島田莊司的書寫中賦予歷史連結的批判意義，被冷言刻意地捨棄了。

然而這樣的選擇，將歷史的連結明顯地符號化與空洞化，純粹只作為虛構故事中的虛構背景，其實呈現出來的是冷言所屬的台灣新世代推理作家，因為對於台灣1980年代以降本土推理小說發展的不滿，認為遠離了「本格推理」的道途，因而產生了實踐真正推理小說「本格」形式的欲求，所採取的書寫策略。

1980年代晚期自《推理》雜誌中崛起的評論家杜鵑窩人，在〈台灣推理創作里程碑〉一文中所提出的批評，相當能夠代表這樣的一種意識。他認為1980年代晚期林佛兒所號

召的一批參與推理創作的作者包括林崇漢、杜文靖等,他
們的作品其實並非純正的推理,而是傅博所定義的「風俗
派」。即便到了1990年代晚期,中國時報百萬小說獎推理小
說徵文的得獎作品,也仍是不脫這種色彩,他甚至說:「這
些人他們一直誤認為只要有謀殺、有犯罪及想當然的詭計就
叫推理小說,可謂完全不了解真正的推理小說本質,只是照
著外國作品來依樣畫葫蘆而已」,更直接批評有些根本是
「偽推理小說」(2008b:8-9)。

因此,同樣也以橫溝正史、綾辻行人甚至島田莊司等
「外國作品」作為取法對象的冷言,卻能得到杜鵑窩人給予
的高度肯定,可以看出關鍵並非在於向外國取法這個方式,
而是在於取法的典範。一如傅博所指出的,松本清張在1950
年代後期所開創的日本社會派風格,由於許多追隨者無法作
到松本清張的批判高度,僅具有小說的寫實手法,因而使社
會派變質而「墮落」為風俗派(傅博,2007:3)。因此,
對於以「本格」作為書寫典範的冷言來說,這些在1980年代
試圖以寫實為主軸,在推理小說中加入社會性與歷史性的嘗
試,最後仍是無法避免地失敗,更不用說它們甚至都偏離了
本格。所以原本在島田莊司小說中身體形式所連結的歷史縱
深,在冷言譯寫的實踐過程,極有可能引發書寫主軸的偏
移,而讓自己的小說也陷入流於「風俗派」的墮落危機中,
因此必須迴避掉;與其因為增加了明確的歷史連結,而讓自
己陷入「本格」正當性的危機,不如就謹守著本格的文體秩

序，在推理形式上完成譯寫即可。

　　但回到島田莊司的創作脈絡，雖然他崛起於松本清張所主導的社會派晚期，而在書寫上的確有受制於「清張束縛」；但他也不諱言，松本清張的作品由於立基於日本經濟高度成長的時代，因而試圖透過國民性的觀點，去揭發不人道的社會問題，讓日本推理小說的地位向上提升，這個價值是無庸置疑的。雖然他認為引領了日本昭和30到50年代（1950年代中期至1980年代中期）推理文壇寫作潮流將近三十年，在當時被認為是「本格」的「社會派犯罪小說」，其實還是無法取代以愛倫坡為法統的本格推理小說，但他仍然無法否認其社會性觀點的價值（1989：32-33）。

　　更重要的是，松本清張小說中的社會性與歷史性，其實是建構了日本推理小說「在地性」的重要基石，它讓推理小說所反映與關心的問題，和日本的國民站在一起。也因此，即使島田莊司崛起於社會派主導推理場域的階段，因而希望能夠透過自己的實踐，回到「本格」的敘事形式，但他其實已經將歷史性與社會性的觀點，這些相當具有「日本性」的連結，保留在他的書寫中。這點不僅展現在《占星》中對日本軍國主義的反思，也呈現在《奇想、天慟》中觸及日本二戰期間東亞殖民所遺留的滯日韓人的族裔問題，以及對日本消費稅公平正義的質疑。而在《龍臥亭殺人事件》中，他還採用了1938年實際發生於岡山縣西加茂村的貝尾、坂元兩個部落的大規模殺人事件「津山事件」作為故事的題材。更有

甚者，他對於1976年發生於福岡的秋好英明殺人事件所造成的冤獄進行調查，不僅寫成《秋好英明事件》（1994），還在《21世紀本格宣言》一書中特別討論「本格與冤罪」的問題（2003b：251-296）。

　　所以雖然島田莊司主張日本推理小說要回到以愛倫坡為法統的本格道路上，但他並不否定歷史性與社會性的重要意義，以及其所指向的日本在地性。我們甚至可以說，島田莊司小說中的歷史與社會性書寫，其實是讓他連結上日本自1920年代江戶川亂步以來，便不斷思考推理小說「如何在地化」的脈絡傳統。相對於歐美，日本其實也經歷過在地譯寫的摸索階段，但在江戶川亂步以降的日本推理作家的努力下，逐步透過日本歷史、文化、風俗、社會、語言的深度連結，甚至演化成謎團與詭計，建構出推理小說的「日本性」。

　　因此，當冷言為了滿足推理小說在形式上的秩序與邏輯性，保持小說文體秩序的安定，以達到純粹的本格，因而選擇了對島田莊司的身體形式進行譯寫，這樣的選擇當然展示了他作為翻譯者的能動性，也積極的回應了台灣推理小說發展過程中的本格欲求。但不可否認的，這樣的保守策略，其實也同時拒絕了在地化的創造性可能，讓原本有可能發展出的台灣性，被刻意地捨棄了。

## 五、上帝支配的禁區：未竟與錯置的現代性方案

　　正如前面提及的，台灣推理小說的譯寫過程中，翻譯者的能動性，往往展現於譯寫策略的選擇上。然而冷言這樣的譯寫，並非在一個歷史的真空狀態中進行，其實背後回應的，除了那個歷史階段台灣推理文壇主流意識對於「本格」的欲求外，還負載著在跨語際實踐的脈絡中，透過翻譯去生產現代性的任務。也因此，我們必須從這個角度，再來檢視冷言的譯寫策略，究竟是怎樣的現代性方案，是否達成了這個任務，以及在本土生產出怎樣的現代性意義。

　　推理小說在本質上，原本就具有高度的現代性，一如威廉斯（Raymond Williams）所說的，它的現代性展現於它將混亂的謎團，分析限縮成秩序的形態；這種將謎團回歸到秩序的過程，也可以跟這個文類與現實生活的關係類比，它將不可看到的真實世界轉變為可理解的敘事世界，所以在現實中雖然仍是一片混亂，但在推理小說中它已被秩序化（Williams，1989：45-47）。因此在這個意義上，冷言的「文體秩序」譯寫策略的確有其正當性，透過這個秩序的實踐，他的確在形式的完成上，達到推理小說的確立，生產出推理小說形式上的現代性。

　　就像齊格蒙特‧鮑曼（Zygmunt Bauman）所說的，秩序與混亂是現代的雙胞胎，而建立秩序往往是現代性任務的原型（Bauman ，2003：4）。冷言所代表的是2004年之後新世

代推理作家重新提倡本格推理，積極地透過各種文體秩序與身體秩序，召喚出這樣一個現代性的方案，試圖建立台灣推理書寫應有的秩序。因此包括「人狼城推理文學獎／台灣推理作家協會徵文獎」評審對於「解謎」的重視，及既晴、冷言以島田莊司為本，林斯諺對於歐美古典推理大師艾勒里‧昆恩（Ellery Queen）的譯寫，都是同一種意圖的展現。他們相信只要能夠透過本格推理文體秩序的翻譯，以及在地的實踐，便能夠「復興」本格，書寫出最完美的推理小說形式。像冷言《上帝禁區》對島田莊司的譯寫，透過高度保守意識的身體秩序的展現，再加上文體中大量出現偵探群正反合的論證模式，便是這種現代性實踐的最好展現。

然而，冷言的譯寫對象，除了島田莊司之外，其實還包含了橫溝正史與綾辻行人這兩位同樣被定位為「本格」定位，但其實崛起時間相差了數十年的推理作家。日本雖然比台灣早發展推理小說，但也是透過對西方的譯寫，進行著跨語際實踐的翻譯任務，而逐漸發展出他們的在地傳統。橫溝正史、島田莊司與綾辻行人也就是在這樣的脈絡中，實踐著屬於他們的翻譯現代性。因此當冷言同時試圖將三個在日本推理歷史不同階段的作家，並置為他的譯寫對象時，一個相當至要且關鍵的問題是，他是否認為這三位作家體現的是同樣一種僵固不動的、形式上的現代性？因此他可以將這三位作家推理小說形式中的本格特質，任意擷取與拼湊，自然無礙地組合成台灣在地的本格推理形式？

　　在日本推理的跨語際實踐脈絡中，雖然早在1889年就由黑岩淚香寫出本土推理作品〈悽慘〉（無慘），但直到1923年江戶川亂步發表〈二分銅幣〉（二錢銅貨），才被視為真正確立了日本推理的方向。也因此，江戶川亂步可以被視為是讓日本推理小說真正地步入現代性的代表，因為〈二分銅幣〉中不僅展現出日本歷經明治維新以來的現代化積累，其中浮現的都市市民圖像，呈顯出G‧K‧卻斯特頓（Gilbert Keith Chesterton）所言的推理小說具有的「現代的詩意」（2004：6）；而像森岡卓司所講的，偵探明智小五郎則被塑造成其實是如同班雅明筆下的「漫遊者」，而完成了黑克拉夫（Howard Haycraft）所認為偵探實踐的市民正義任務（2004：134-136）。當然更重要的是，明智小五郎所代表的邏輯與秩序，更是讓推理小說之所以有「理」可「推」的重要關鍵，也就在這些意義上，日本推理小說在連結在地性的同時，展現了現代性。

　　然而隨之而來的橫溝正史，將推理小說帶到了權田萬治所定義的「田園之夜的恐怖」（1996：91），面對日本在二戰失敗後自我主體尋求的國家氛圍，他將歐美古典推理小說中原有的西方莊園空間中的階級關係，改造為日本式的鄉紳家族，並引入日本在地的鄉野民俗傳說，強化其神秘與不可解的妖魅氣息，進一步地將現代性帶入日本的庶民生活圖景之中。到了1957年松本清張所掀起的「社會派」浪潮，除了透過現實主義的書寫，彰顯人的價值與意義，帶動了另一

種接近人文主義的現代性思維外；更重要的是，由於當時日本已經逐步進入高度經濟發展的時代，因此在面對公民社會逐漸成形的過程中，反映了市民／國民層級對於現代國家法律與公平正義的追求渴望，而在這個層面意義上展現了現代性。

也因此，到了1990年代以後，日本推理小說展現出多元的書寫路線，其實都仍在回應著這樣一個負載著在地性／日本性實踐的翻譯現代性傳統。以有栖川有栖、法月綸太郎為代表的古典解謎（本格），是強調偵探在案件推理上以理性與邏輯為依歸，延續了推理小說文體秩序上所具有的現代性意義。而包括大澤在昌（大沢在昌）、宮部美幸（宮部みゆき）、橫山秀夫、石田衣良甚至是馳星周式的「暗黑小說」，可以被視為是延續松本清張的脈絡，繼續在社會性及人的價值敘寫層面呈現了現代性的意義，唯一的區別在於人的社會場域的不同而已。因此我們可以這麼說，日本推理小說在發展的過程中，配合著日本的社會現實變化而體現出不同階段的在地化需求，接續完成了推理小說譯寫的現代性方案。

而對台灣新世代作家有著強大魅力的綾辻行人，他在1987年開始所掀起的「敘述性詭計」浪潮，其實是玩弄語言、人稱、敘述結構的秩序，將推理小說帶往了「遊戲性」。雖然他仍延續了本格推理小說的解謎精神，以及情節與結構上的秩序性，不過小說的謎底，並非由小說中具邏

輯性的線索、推理程序所得，而是集中表現在敘述語言能指
（signifier）與所指（signified）的曖昧與紊亂上，大量解構
原本推理小說中的認知結構，以一種後設（meta-）的姿態顛
覆過去推理小說中敘述表層與內容意義之間的穩定關係。[35]
這樣的轉變，根據權田萬治的分析，其實是與泡沫經濟破滅
及日本社會型態的改變，造成人對於外在世界產生虛無，因
而轉向1987年之後興起的新本格浪潮在推理敘事上所經營的
語言遊戲。[36] 這樣的一種文學思維，李永熾認為無甯是相當
後現代的（2002：7）；而笠井潔更指出，後現代其實已在
1970年代便由學術界帶入日本，但直到1980年代中期之後，

---

35 「敘述性詭計」對推理小說在敘述層次與內在秩序的破壞在於，它往往利用讀
　者的閱讀習慣或盲點，透過語言文字的意義或結構上的曖昧化處理，而讓小說
　中的某些關鍵事物（如角色性別、身分等）被誤識，來作為核心謎題，或達到
　推理小說的意外性要求。例如小說中出現「小明死在一個門上鎖的房間，整個
　房間只有一個打開約兩公分細縫的窗戶，而且窗戶是卡死的」這段敘述，傳統
　推理可能會積極於追究小明的死亡時間，破解密室如何產生，密室內是否存在
　著兇器，所有關係人的不在場證明。但敘述性詭計的解謎邏輯，最後公布的真
　相卻可能是：「小明其實是隻離鳥，所以牠受傷之後飛入窗戶細縫，最後死在
　室內。」利用的正是讀者習慣小說中出場的角色，以常見的名字出現時，一定
　是人類的認知習慣。這樣的形式以及寫作意圖，帶來的是對於傳統本格小說中
　敘事，以及推理小說中任何敘述都應在既定的現實中運作的認知結構，這類觀
　點的全面顛覆。而它被視為是所謂的「新本格」，原因在於它保留了本格推理
　小說中「解謎」的傳統，然而它的運作邏輯跟謎團與真相的關係，並非在過去
　的認知層面上運作，甚至是顛覆了過往本格小說中所有的秩序性，因此新本格
　被認為是具備後現代傾向的，敘述性詭計尤其是。
36 此概念為筆者於日本訪問日本推理文學資料館館長暨評論家權田萬治時，他所
　提出的觀點，訪問時間為2008年9月12日，地點為日本東京推理文學資料館（一
　般財団法人　光文文化財団　ミステリー文学資料館）。

由於日本在政治與經濟上一連串的變局而帶來社會結構的崩解，後現代的思維才進入推理小說場域，而綾辻行人的出現正是最好的體現（2001：212-213）。

從這個脈絡出發再回到台灣的例子來看，若我們將冷言為了「復興本格」所進行的推理小說形式譯寫實踐，以及他選擇三位作家這樣的譯寫策略，視為他的現代性方案的話，我們將會發現，在冷言追求本格譯寫的主導策略下，不僅忽視了日本推理的發展脈絡中，早已因應當時的社會脈動，從本格到社會派實踐而開展出多重意義的現代性，且反將這些發展「去歷史脈絡」地挪移成一個平面性的派別並置，呈現出一個「錯置」的現代性譯寫系譜。也因此在1980年代傳入台灣形成書寫典範、在2000年以後被冷言希望譯寫三位日本作家的本格形式，來扭轉的社會派「歧途」，其實在日本自身的跨語際實踐脈絡中，也完成了它自身的現代性意義。所以不僅沒有被顛覆掉的必要，且在冷言有意識地選擇透過身體秩序的完成以達到本格文體秩序的安定，來迴避掉陷入社會派的寫實性與歷史性歧途的危機這樣的過程中，卻也同時迴避掉社會派所提供的現代性秩序與在地性結合的可能範式，錯過了將其納入譯寫策略以強化在地創造性的可能。而被冷言刻意挑選，作為譯寫典範的橫溝正史與島田莊司，卻被忽視其實在他們面對以西方為準繩的這樣一個現代性的書寫形式時，早以其作為翻譯者的自覺，試圖在對西方推理形式的譯寫上，加入日本民間流傳已久的地方傳說，或是日本

的歷史性與社會性，創造出在地性的可能。

也因此，這些原本出現在島田莊司、橫溝正史小說中的家族、謎團、詭計、密室等本格推理小說的慣用元素，在冷言的譯寫中，僅留存為支撐小說文體秩序的「道具」意義。在《上帝禁區》裡那些自橫溝正史那裏譯寫過來，其實是被架空出來的妖魅氛圍、神秘地方傳說、與大家族設定，無法真正結合進台灣的在地性，遑論沒有在地歷史基礎的複製人實驗，更顯得格格不入。

但更大的問題在於，冷言也同時譯寫了綾辻行人的「敘述性詭計」，而把後現代的語言遊戲，帶入了他的本格推理的文體秩序中。小說中第一人稱敘述所造成冷言與姚世傑敘事者身分的混淆，讓讀者誤以為是冷言犯下殺人案，其實謎底卻是姚世傑的安排，僅是一種誤導讀者的手段，並非意圖要利用敘述性詭計，來對本格推理敘事提出任何質疑或反省；甚至在解謎時，他也不像綾辻行人的小說最後會清楚地讓讀者察知到這樣的意圖，《上帝禁區》的讀者可能甚至無法清楚意識到，究竟在哪個部分，冷言嘗試了敘述性詭計的譯寫。更重要的是，它與五具屍體之間，也沒有任何的關係，在沒有連結的情況下，反而讓人稱敘述解構了屍／身體秩序所代表的謎團，紊亂了文本內部的秩序性，危害到本格的純粹性，將原本要譯寫的文體秩序，導向了自我解構的危機。

因此，冷言希望藉由這三位具有典範意義的上帝所包

圍起來、提供「復興」本格的譯寫動能，來重新支配、寫定秩序的推理禁區，由於三者脈絡的差異與內在所具有的衝突性，使得他們所支撐的文體秩序，並不如他想像的那樣「安定」，甚至因為他「錯置」了日本推理在地譯寫的脈絡，將其並置於小說中，而產生衝突。當他試圖透過恢復本格的秩序性，而凸顯理性邏輯帶來的本格之美時，卻可能反而破壞了它。甚至是在日本推理的發展脈絡中，早已被實踐且開展出多重意義的現代性，被無意地平面化理解成共時的派別差異，而其中的元素，變成可選擇的書寫「道具」，以為只要注意到這些本格的「小道具」，就可以從事本格的書寫，而忽略了其代表的現代性意義，以及其在原來脈絡中的內在衝突。

雖然冷言努力地透過身體秩序的挪移，完成文體秩序的譯寫實踐，將推理小說在形式上的現代性翻譯進來，展現出仍是一個具有能動性的翻譯主體；但由於還是受制於在地歷史脈絡中所演化出的主流意識，以及對譯寫對象有意識的片面選擇，因此發展出自我限制的譯寫策略，放棄了島田莊司、橫溝正史等譯寫對象文體秩序在地化的成功模式，以致於在2008年這樣一個其實充滿創造性可能的跨語境實踐中，他所實踐的現代性方案，終究是未竟其功，因而造就出台灣推理小說在地實踐上文體的「怪異身體」。

## 六、未了的翻譯，可見的光明？

　　2008年出現在台灣推理文學場域的《上帝禁區》，究竟代表怎樣的一種當代台灣推理小說的創作思維，為何他會選擇島田莊司的身體形式，來作為書寫的核心，又如何將橫溝正史、綾辻行人他們的風格鎔鑄在一起？這樣的書寫究竟在台灣的推理創作歷程中，扮演了怎樣的意義？透過了身體秩序的譯寫，完成了怎樣的文體秩序的實踐？這些問題，當我們透過跨語際實踐中，在翻譯過程所生成的現代性視角來觀看時，得到了重要的解答。

　　《上帝禁區》透過身體與現代性譯寫所展示出來的，是冷言作為一個在2004年後崛起的台灣新世代推理作家，因為意識到在地推理文學場域中主流意識對於本格的欲求，因而介入譯寫典範的轉移，進行本格的復興；在這樣的實踐中，經由身體錯位形式的譯寫，使得文體秩序達到了安定的可能。但又因為「去脈絡」地選擇了日本在不同階段發展出來的翻譯現代性，作為譯寫的對象，甚至將現代性與後現代性拼裝在一起，而產生了內在秩序的衝突，引發了本格推理小說所要求的文體秩序崩解的危機。冷言的例子，剛好體現了台灣在接受跨國大眾文學類型、試圖發展出在地書寫模式的過程中，必然遭遇到的困境。尤其在台灣推理小說的引進與發展，長期處於一個不連續的狀況下，勢必碰觸到譯寫典範原生脈絡的辨識、以及在其異質性間進行譯寫的策略選擇問

題。

　　所以，冷言所代表的新世代作家面臨的困境，不僅只是推理小說跨國傳播的歷史斷裂，還包括可供參考及譯寫的西方及日本推理經典，往往是去脈絡地引進，而在台灣形成了怪異的並時景觀。而在本地的學界與知識界對於推理小說的沿革較少研究與關注，無法提供清楚的認知體系的狀況下，他們只能在幽闇的場域甬道中踽踽獨行，偶爾有書評家或專業人士，可以提供些許微光，但仍是不足的。

　　也因此，冷言現階段的翻譯，其價值展現於透過身體秩序的挪移，而建立了台灣推理小說的文體秩序，以完成推理小說的現代性形式譯寫。但對於在翻譯中原本可以透過對在地問題的思索，而在文本生產的層次帶入相對應的現代性思考，以達成真正的在地性，卻因為在考量應優先回應在地推理小說創作歷史脈絡中對本格的欲求，以致暫時排除了社會、歷史與文化等在地性實踐能夠帶來翻譯的創造性動力的可能。而最終讓這樣的一個推理小說的現代性方案，有著許多未竟之功。

# 第三章 力的曲線
## ——邁向無限透明的偵探身體

## 一、推理小說的偵探史：知識力與身體力的曲線[37]

　　身體在世界推理小說史的發展歷程中，一直都扮演著重要角色。布魯克斯（Peter Brooks）就認為由於現代社會興起，個人身分的鑑別就變得非常重要，透過對個人身體的各式標記，方能將其納入社會符號與控制的普遍體系中。因此偵探小說的興起，其實與對那些蓄意隱匿、偽裝以躲避社會監視的神秘個人身體的焦慮有關，因此到了愛倫坡（Edgar Allan Poe）、柯南道爾（Sir Arthur Conan Doyle）的作品中，誕生了能夠辨識這些隱匿身體的「破譯者」（decipherer），也就是偵探。（Brooks，1993：25-26）

　　的確，從愛倫坡奠定推理小說基本型態的〈莫爾格街兇殺案〉（The Murders in the Rue Morgue）中，就充滿著不

---

37 本章將涉及包括愛倫坡〈莫爾格街兇殺案〉（2006）、黑岩淚香〈悽慘〉（2003）、藍霄《錯置體》（2004）、寵物先生《虛擬街頭漂流記》（2009）、林斯諺《無名之女》（2012）等作的關鍵內容或謎底，特此說明。

同身體的衝突。小說中兩位死者不僅陳屍在密閉的空間中，更因為她們死亡身體與存在空間的雙重不正常狀態，引起了偵探杜邦（C. Auguste Dupin）的興趣，最後推斷出真正的兇手是來自殖民地的猩猩，一個來自於異國的「異種身體」。愛倫坡除了在這個作品，奠定偵探角色與密室類型外，更重要的其實是他透過猩猩兇手（動物身體）與死者（人類身體）的衝突，形塑出謎團的主體。

當然這個衝突會發生的主要原因，是因為猩猩看到了水手剃鬚，產生動物身體模仿人類身體的慾望，而在自我模仿失敗後，將這個模仿行為施予死者身上，才造成了悲劇。但更值得注意的是，在這個悲劇的背後，一如前一章所述，不僅隱含著「進化論」的觀點，而是存在著一個已進化的「人類身體」，也就是那個誘發猩猩犯罪的水手，他不僅自殖民地「跨國」運送這個死亡到巴黎，更是縱放這個死亡的元兇，他不但沒有試圖控制住猩猩這個「獸性身體」，反而旁觀而成為沈默的共犯者。而最後讓真相大白的，還是只有智慧與知識過人的偵探，而他不僅是以偵探的「理性身體」克服了「獸性身體」犯罪的表象，更重要的是，牽動著獸性身體犯罪的「勞動者」人類身體，唯有偵探這個「知識者」人類身體，才能與之對決，而獲得最後的勝利。

在與人類世界重層的犯罪世界中，愛倫坡創造出了「偵探」這樣一個關鍵性的角色，並且賦予他自啟蒙（enlightenment）以來所有理想價值的集合，不論是偵探具

有的理性、邏輯性、法律、正義等意義，都是高度現代性
（modernity）的產物，並賦予偵探背後所應有的知識正當
性。其後柯南·道爾更為他筆下的偵探福爾摩斯（Sherlock
Holmes），建構了一張「知識清單」，一張標誌著與「犯
罪」有關的知識體系與界限（詹宏志，2009a：205-209）。
然而，也就是因為即便是福爾摩斯，都有他的「知識界
限」，給予了後代推理小說家發揮的空間，努力地在他們的
偵探身上，添加一套又一套的現代知識：醫學、解剖學、化
學、地質學、毒物學、植物學、動物學、法學、文學、哲
學、考古學、人類學，讓偵探能夠在平等的知識擂臺上與利
用這些知識犯罪的犯人對決。而由於不同的知識衍生出不同
的「偵探方法」，因此，**推理小說早期在西方的發展史，其
實就是「偵探方法學」的發展史，也是偵探背後知識體系疆
界的拓荒史。**

　　日本推理小說的奠基者江戶川亂步（江戸川乱歩）曾
經將偵探的方法，分成「論理的天才偵探」、「直覺的偵
探」、「科學的偵探」與「現實的偵探」（江戸川乱歩，
2003：27）。無獨有偶的，詹宏志也將偵探的方法分成「演
繹的科學」、「直覺法」與「情境融入法」。[38] 然而，不論
是哪一類，以知識作為偵探方法仍然是相當主流的，即使是

---

38 「情境融入法」詹宏志所舉的例子是喬治·希孟農（Georges Simenon）筆下的
　　馬格雷探長（Jules Maigret），他透過反覆回到犯罪現場，揣摩兇手的犯罪心
　　境，想辦法變成犯人來尋求破案。（詹宏志，2009a：212-220）

G・K・卻斯特頓（Gilbert Keith Chesterton）筆下的布朗神父（Father Brown），也常常透過宗教知識作為判斷的準則。但隨著推理小說再度回到美國1920年代的土壤，我們看到新的身體型態的出現，那是一個將知識性降到最低，但肉體的力量被高度提升的偵探身體。像漢密特（Dashiell Hammett）在〈土客街的房子〉（The House in Turk Street，1924）中，讓他的私家偵探在面對危險時，不僅需要槍，還得透過肉體的搏鬥才能夠制服兇手、找出真相。更不用說漢密特還創造出冷硬派（hard-boiled）偵探的第一個典型：有著熊一般體格的山姆史貝德（Sam Spade），他不僅是陽剛的硬漢，更是美國英雄神話的代表。

其實在推理小說黃金時期（Golden Age）的古典推理（classic mystery）偵探，如福爾摩斯，仍還是被塑造成擁有高超的西洋劍及拳擊技術，具有不凡「肉體力」的偵探；正如陳音頤所指出的，福爾摩斯探案其實是結合了偵探小說與冒險小說的特色，所以作者對於偵探辦案的慾望與精力，以及體能與肌力都予以刻意渲染（2004：187）。但弔詭的是，這樣的偵探身體，並不是福爾摩斯「傳世」的典型形象，而是那些豎立在如今英國倫敦貝克街（Baker Street）地鐵站與小說中福爾摩斯住居221b號的偵探塑像：帽子、煙斗、風衣，有時還會多一個放大鏡。偵探身體被符號化與標籤化為這些物件，遮掩了他充滿能量的堅實肉身，但卻能夠凸顯知

識仕紳的意象，以及他賴以維生的偵探方法。[39]

　　這樣的一種身體意識更演化成偵探的系譜，隨著各種對偵探類型的欲求被發明出來：譬如1920年代崛起於美國的艾勒里・昆恩（Ellery Queen），其筆下也創造出有著健美先生體型的莎劇演員偵探哲瑞・雷恩（Drury Lane），讓他在展現出豐厚文學知識的優雅形象同時，卻也讓他的身體有著失聰的殘缺。又像是雷克斯・史陶特（Rex Stout）在1934年出版的《高爾夫謀殺案》（Fer-de-Lance）中創造了推理史上最知名的「安樂椅神探」（armchair detective）尼洛・伍爾夫（Nero Wolfe），一個幾乎不出門只在家裡養蘭花跟享受美食，但智慧與邏輯能力驚人的偵探。他不出門只有一個很簡單的原因，因為他胖到可能把計程車壓壞。

　　這類例子其實不勝枚舉，但很明顯的，這樣的敘事策略，是為了透過對偵探身體能力的壓抑或削弱，去強化他的知識能力。然而正因為在敘事中這種對古典推理偵探身體的壓抑，反倒凸顯了在推理敘事中**偵探身體的優先存有**，不論是作家從「紳士化」偵探的身體形象入手，或是瓦解偵探身體的秩序性、提供一具不健全的偵探身體，這些削弱偵探身體動能的方式，反而是確保了偵探身體的必然性。

---

39 正因對福爾摩斯知識形象的認識已經根深蒂固，因此當2009年由英國導演蓋瑞奇（Guy Ritchie）在執導的電影《福爾摩斯》（SHERLOCK HOLMES）中，讓飾演福爾摩斯的小勞勃道尼（Robert Downey Jr.）赤裸著身體與他人拳擊，展示出強健的肉體形象時，引發正反兩極的強烈討論。

在西方哲學的傳統中，身體長期以來是被壓抑的，笛卡兒更是將理性與身體對立起來，一直要到尼采才有了重大的轉向（汪民安，2008：253-275）。德勒茲（Gilles Deleuze）在論尼采（Friedrich Wilhelm Nietzsche）的哲學時，將身體明確的定義為「力的關係」，是由「多元的不可化簡的力構成的」，而正如他所言：

> 每一種力與其他力相關，它要麼服從其他的力，要麼支配其他的力。界定身體的正是這種支配力與被支配力之間的關係。每一種力的關係都會構成一個身體——無論是化學的、生物的、社會的還是政治的身體。任何兩種不平衡的力，只要形成關係，就構成一個身體。（德勒茲，2001：59-60）

從這樣的身體觀點來看，便能夠發現不論是前述的各種知識體系，或是肉體形象與力量的象徵化，其實都成為形構偵探身體的各種「力」的交會。這些力的交會來自於兩個層面，一是現實世界中偵探職業與身分所既有的力的關係，因而偵探身體的形構不能脫離現實語境及其政治、文化、社會秩序，像是警察偵探在不同國家組織與歷史階段，其偵探身體的構成便會來自不同的國家機器權力與社會動能；本格偵探的知識力也不可能超越科學在該時代的演進限制，而被賦予超現實的能力。二是當作家在寫作時，再將這些既有的專業

知識或肉體能量之「力」，引渡到小說中，使偵探身體從這些力的衝突與交會之中浮現出來，所以偵探身體的存在是推理作家有意識的構成，因而它會反映不同時代的推理小說美學、典律與系譜，當它跨越國境被翻譯到異文化的土壤中，勢必會出現在地文化的干預。

也因此，我們可以這麼說，在推理小說的世界裡，偵探的塑造歷史基本上主要是表現在**力的交會、移動與轉換**上，並且趨向於**「知識力」與「身體力」的對決形式**。在西方的古典推理與日本的本格推理中，偵探的知識力被擴張到極大值，甚至創造出不用出門就能夠辦案的安樂椅神探。但到了冷硬派及日本社會派小說中，偵探身體是小說的核心，他們強韌而具爆發力的肉體力量是找出真相的關鍵。尤其像是在松本清張的《砂之器》（砂の器，1961）與森村誠一的《人性的證明》（人間の証明，1976）中，一種被**「美德」化的「用腳辦案」**式的刑事美學被發揚出來，《砂之器》的今西榮太郎幾乎走遍了全日本，而《人性的證明》中棟居弘一良更跨出國境到了紐約，他們透過自我的身體與空間互動，召喚出犯罪者遺留在曾經存在的空間裡的訊息。正如犯罪者在死者屍體上留下銘刻一般，他們在空間中也銘刻下了自我身體與空間互動而形成的暫存或既存秩序，透過這些刑事的空間再體驗，還原犯罪者的存在軌跡，從而找出他們的身分與犯罪事實。然而到近代鑑識科學（forensic science）的興起，偵探的主體性，似乎完全被最前衛的科學知識所取代，偵

探身體反而是被鑑識的結果驅動而行動，CSI（Crime Scene Investigation）系列影集正是最典型的代表。

雖然在西方與日本的推理小說中，偵探身體的塑造呈現出這樣一種知識力與身體力的發展曲線，但是在跨國輸入台灣時，由於台灣當時政治環境的特殊，以致於偵探身體的呈現上，和西方與日本產生既同步又不同步的弔詭狀況，而使得當時台灣推理小說對於外國推理小說典範的譯寫，走向了悖離原典宗旨的結果。

## 二、國家的身體：1980年代的警察偵探

隨著日本殖民體制結束，國民政府開始在台灣推行國家文藝政策，並且禁絕跟日本相關的文學與文化，因此造成台灣推理小說的翻譯與創作為之衰頹，這樣的低迷，一直到1970年代晚期才開始改變。

1977年，林佛兒在其主持的林白出版社規劃了台灣最早的松本清張作品書系，並開始大量引進包括夏樹靜子、西村京太郎、山村美紗、赤川次郎、土屋隆夫、高木彬光、森村誠一、東野圭吾、內田康夫、島田莊司等許多日本推理作家的作品。然而由於林佛兒自己對松本清張式的社會派推理小說非常喜愛，[40]自己的創作《島嶼謀殺案》（1984b）、《美

---

40 林佛兒就曾多次提到松本清張對他的影響，像是在他1992年發表的〈當代台灣推理小說之發展〉中，就曾提到他第一次閱讀到松本清張的小說《零的焦點》

人捲珠簾》（1987）也深受影響；加上當時他將推理小說定位為菁英閱讀的文學，而與純文學場域有著相當的重疊，因此松本清張的社會派推理小說，透過了《推理》雜誌與「林佛兒推理小說獎」的再生產，在場域中取得了主導性的典律地位。

　　社會派推理小說的特色，在於強調高度的寫實性，以及講究社會性的犯罪動機，一如松本清張所說，因為犯罪動機是人在極端情境下的心理所產生的，因此必然與人性密切相關，而他認為若能在動機上附加社會性，那麼推理小說不僅能擴大格局與深化，更能提出問題。（松本清張，1961）也正因為如此，一如曾在日本創辦推理雜誌《幻影城》的傅博所指出的，基於寫實的考量，社會派的作品往往以「現實社會的偵察機構」，也就是警察局或檢查廳的相關人員來擔任偵探。[41]

　　也因此，戰後台灣第一批集體在1980年代出現在推理小說中的偵探，並不是西方的杜邦或福爾摩斯那樣充滿著智慧

---

　　（焦），著迷到廢寢忘食（1992：307）。而在他2007年國立台灣文學館與傅博的對談中，也提到自己最喜歡的推理作家就是松本清張，因此受其影響最深（陳瀅州，2008：77）。

41 傅博曾於夏樹靜子小說《遙遠的約定》（遠い約束，1977）導讀中歸納過社會派的三大主張，分別是：（一）以寫實主義的寫作方式創作推理小說，不可過於強調謎團的設計而使內容失真。（二）要注重社會性的犯案動機，不可因謎團的設計而使動機成為附屬品。（三）機於寫實的考量，本格推理小說的名探系列是不適合的。以現實社會的偵察機構──警察局或檢察廳──的相關人直接辦案為宜（傅博，2009：88）。

之光的業餘偵探，而是擁有無限上綱的權力，代表國家秩序的維護者，可以將社會秩序最後收編回國家機器統治的警察偵探。

以警察作為偵探，是當時台灣推理小說中相當普遍的現象，諸如林佛兒的長篇《島嶼謀殺案》（1984b）、《美人捲珠簾》（1987），以及杜文靖的長篇《情繭》（1986）、《墜落的火球》（1987）中，都是由警察擔任偵探角色。而在1988年開始舉辦的「林佛兒推理小說獎」的得獎作品中，更似乎形成一種趨勢。在第一屆（1988）的得獎作品集所收錄的八篇作品中，就有五篇的偵探是警察：包括第一名的思婷〈死刑今夜執行〉的偵探是公安局長，第二名陳查禮〈密室疑雲〉、佳作楊金旺〈公寓裸屍〉、入圍作李寧〈線索之謎〉、陳明宏〈電影放映室之死〉（思婷等1989）。而第二屆（1989）的得獎作品中，包括藍霄〈醫院殺人〉、蘇文邦〈借火〉、楊金旺〈鍵謎〉、蒙永麗〈獎〉，六篇有四篇的偵探都是刑警（余心樂等，1991）。第三屆（1990）中包括葉桑〈遺忘的殺機〉、思婷〈一貼靈〉、林全洲〈復仇〉等佔了一半的比例的作品，偵探也是刑警（葉桑等，1992）。在這些小說中，警察偵探的確在「苦勞」的肉體力量形象上，與日本社會派達到一致。

以林佛兒的作品為例，在他的第一本推理長篇《島嶼謀殺案》中，一具女屍在台北市中心的公寓被發現，因此警察便前往調查，負責偵辦此案的警察偵探，便是一個「四十出

頭，姓李，穿著一件套頭運動衫和卡其布褲，像中學裏的體育老師」、具有肉體力量感的李組長。而他的搭檔雖然年紀較大，但也是彪形大漢的體型，「一眼給人的感覺就像是政府的安全人員」（1984b：84）。然而這些偵探雖具有強壯的肉體，但並非像松本清張或森村誠一筆下的今西榮太郎或棟居弘一良那樣，是為了找出犯罪的真相，透過自己的警察偵探身分，以實踐黑克拉福所言的，還給屬於市民的社會正義（Haycraft，1984：298-318）。因此會出現像林佛兒《美人捲珠簾》中的警察偵探宋組長在跨國破案後，享受的是被上司稱讚「揚名國際」的喜悅，以及隨之而來的升官；但在此同時，他仍然還是要奉承上司「領導有方」（1987：308-309），破案的終極目標其實還是自己權力與慾望的滿足。

這些以警察為偵探的作品大量出現，所透露出來的是對於「偵察犯罪者」身分「正當性」的焦慮與建構。邱貴芬認為在1960至1980年代，台灣處於一種對於「現代」的欲求與想像，因此產生了現代性脈絡下的「翻譯驅力」，在文學場域中進行文學生產（2007：197-199）。從這個角度來看，台灣推理文學的類型發展也是如此：一方面在戰前，由於累積不足，鮮少有知名的本格偵探被系統性的創造出來；二方面在戰後經歷了近三十年的斷裂，沒有辦法像西方與日本建構出複線的偵探身體典型，可以延續與再演化，因此唯有橫向地在翻譯中去生產新的偵探身體，向日本社會派尋求典型。而在現實環境中，當時台灣社會處於戒嚴到解嚴的過渡

狀態，不僅業餘偵探不太有活躍的舞台，即使是職業的私家偵探，也無法越過警察系統直接接觸到與死亡有關的敏感案件，因此警察成為偵探身體的重要生成對象。

這種情形其實與日本推理小說的成立初期，相當地類似。在被譽為日本第一篇推理小說的黑岩淚香〈悽慘〉（無慘，1889）中，便出現了同時有兩位擔任偵探的刑警，以傳統辦案與新式科學偵察不同方法辦案，但最後都找出了同一個真凶的情形（黑岩淚香，2003）。吉田司雄便認為，小說中之所以出現了兩個同樣具有刑警身分的偵探，正是因為當時「偵探」這個身分尚未「正式職業化」，於是就必須要與具備「正當性」的警察重合，成為一個折衷的偵探形象（吉田司雄，2008：713-714）。而高橋修更指出，正因為與犯罪相關解謎過程，有著「中央集權化」的傾向，導致「警察偵探」這種位置的正確性，自然會與當時正在建立嚴整秩序的警察機構重合，原本偵探究竟該站在公權力或是市民社會的哪一側，其實是重要的問題，但在〈悽慘〉中卻對於執行正義的主體位置並沒有做出明確的區分（高橋修，2003：34-35）。從偵探身體的「力的交會」來看，〈悽慘〉的結果代表的是國家機器的權力分別與知識力、肉體力交會，最後在衝突中達成了協商，這也是日本最初期的偵探身體構成。而隨著在20世紀初期「偵探」這個職業開始在日本被社會大眾接受與普及，偵探身體才開始逐漸有了多元的可能，並且透過衍繹的過程，才可能孕育出1950、1960年代社會派登場

時，讓松本清張與森村誠一透過權力結構末端的小刑警，去質疑與挑戰國家機器神話與歷史的類型傳統土壤。

　　1980年代的台灣，社會整體雖然已開始蓄積對國家機器的反動能量，在文學場域也發展出政治文學的重要寫作路線，開始關注國家社會問題，然而國民黨戒嚴體制的高壓統治仍有龐大的威力，國家機器的權力控制是無所不滲透的。從1981年7月的陳文成陳屍台大，到1984年發生於美國舊金山的江南案，真相都隱然指向台灣的警總與情治機關，再再證明了即便是到了1980年代，台灣仍是一個「警察國家」（林博文，1999：214-219）。[42] 就像詹明信（Fredric Jameson）所說的，所有第三世界國家的文本，都應該被視為是一種國族寓言（national allegories），而且在這些文本中，必然會生產出國族寓言形式的政治面向（1986：69）。因此這個階段的推理小說，當然具有濃厚的政治性意義，只不過在社會環境的限制下，推理作家不僅無法如松本清張將矛頭指向日本政府與盟軍最高司令官總司令部GHQ（General Headquarters）各種政經交易的問題高度，他們對於偵探身體的想像，更是被高度限制的，所以他們不可能創造出一個偵探，可以凌駕於警察體系這個具有國家機器權力延伸的殖民現代性體系。

　　在台灣當時的情境下，創造出如福爾摩斯那樣，因為具

---

42 甚至到1991年5月清華大學爆發的「獨立台灣會案」，都還是可以看出即便是到了1990年代，國家機器權力的氾濫仍然是未曾止歇。

有高度的知識力因而對警察體系採取鄙視態度的偵探，那無疑是對國家機器及其權力支配的輕蔑，甚至可能被認為是反政府的，因此在當時的推理小說中，很難去塑造一個超越現代國家權力體制的偵探身體。是故這些小說不但不會出現福爾摩斯探案中偵探對警察的嘲諷，也不可能出現因為偵探的智慧凸顯警察無能的情境，即使是其他身份的偵探，不論是江川治〈晨跑·旅行殺人事件〉中的數學教授白仁德（思婷等，1989），或是像杜文靖《墜落的火球》（1987）中與警察聯手、一同扮演偵探角色的新聞記者，都是必須從警察那裡暫時分享到偵察真相的權力。那就更不用說葉桑筆下的系列偵探葉威廉，必須要結交一個好友陳警官，如此才方便他介入案件的偵察，而不至於危害到台灣警察體系的威信。

也正因為如此，當時得到林佛兒推理小說獎的作品，雖然發生地點在台灣之外，或是牽涉到的是異國的警察系統，卻仍然能夠被台灣的讀者跟評審接受。像余心樂，將偵探設定有如自己的化身，創造出瑞士的華人偵探張漢瑞，在〈生死線上〉展現出古典推理式的邏輯辯證過程。但也因為警察被視為國家機器權力的絕對延伸，這樣的意識型態仍然有著影響力，因此張漢瑞與瑞士警方的關係，基本上還是有階級上的落差，明顯有著台灣的反映。而第一屆首獎思婷的〈死刑今夜執行〉，雖然是以當時中國文化大革命為題材，但那樣的警察與國家權力之間牢不可破的關係，其實在台灣也能夠被意識到，因此可以在台灣的評審結構中脫穎而出。而它

之所以能夠躲過被國家機器質疑，主要還是因為它把這樣的故事設定在中國共產黨的政策底下，而那是國民黨政權努力想要對抗與負面化的。

所以我們可以說，1980年代以警察為建構對象的偵探身體，是在國家機器的權力、翻譯驅力與肉體力的交會下形成的。雖然此階段台灣的推理作家，試圖要透過松本清張的社會派理念，將各種社會問題納入書寫的範疇，建構出台灣推理小說的方向，但因為無法真正透過推理小說直指問題的核心：國家機器，僅能運用被國家機器的權力支配的警察偵探身體，作為真相的釐清者，因此仍然無法真正完成對松本清張的譯寫。所以與其說這個階段的推理作家對偵探身體進行了形塑，不如說其實是對偵探身體所隱喻的國家權力身體，進行了「再穩固」的工作，而彰顯了國家權力支配的合法性，也讓原來社會派所可以提供的批判動能，消失殆盡。讓這樣的偵探身體形式，即使在台灣解除戒嚴、打開了批判空間後，推理作家們也不願再運用，寧可挪用歐美的早期脈絡以及日本新本格的形式，而引發了下一個階段台灣推理作家創造新偵探身體的契機。

## 三、趨近無限透明的虛化身體：21世紀的在地化工程

雖然1980年代台灣出現了第一波的推理文學復興浪潮，但受限於當時仍在戒嚴的政治狀態，林佛兒所主導的推理發

展，僅能做到對台灣推理作家與讀者的「啟蒙」，無法完整地介紹的歐美或日本的推理小說的源流。再加上1992年以後林佛兒失去了林白出版社的經營權（張殿、楊錦郁，2005），使得原本和《推理》雜誌連結的出版網絡瓦解，因此在外國推理小說的翻譯、引介上趨於保守與單一，且對於台灣推理作家的出版也為之中斷，直到2000年前後才出現轉機。在翻譯的部分，「台灣推理傳教士」詹宏志先是於1997年透過「謀殺專門店」引渡歐美推理小說的「正典」歷史與類型的知識體系，台灣首度進入「系統性引介外國推理小說」的時代。

透過謀殺專門店及隔年成立的臉譜出版社，台灣讀者接觸到了文學史上包括古典推理、冷硬派、鑑識科學、犯罪小說（crime fiction）、警察程序（police procedural）等重要類型與流派的歐美推理小說。而隨之於2001年也開始朝向文學史式引介的日本推理小說，在小知堂文化與獨步文化的接力下，不論是戰前偵探小說的本格、變格、犯罪，戰後本格的復甦到1957年社會派登場，1980年代浪漫本格、幽默推理、旅情推理、新本格等眾聲喧嘩，所有重要階段的美學典律及代表作品，都毫不保留地翻譯進台灣。並且經由這些具權威性的中介者，不論是主流文學場域出身的（如詹宏志、唐諾、楊照），或是網路推理迷出身的（如既晴、冬陽、陳國偉、曲辰），這些歐美或日本的推理類型知識，透過導讀、解說、推薦文等體裁，以不同的論述語境，進行在地翻譯與

傳播。不僅為一般讀者提供脈絡化的知識體系，也提供經典
作家如何運用相關知識書寫的分析，為推理作家帶來更多元
的寫作啟發。

　　這也打開了台灣推理作家的眼界，更深入地接觸到不同
派別的書寫重點，啟動了2000年以後台灣本土推理作家的創
作新浪潮，不論在推理小說的形貌、謎團、詭計、主題意識
與對本格的想像，尤其是對於偵探身體的思考，更趨多元，
擺脫了社會派肉體力導向的刑警偵探的創作侷限。包括藍霄
在《錯置體》（2004）與《光與影》（2005a）中，將原本
「六人偵探團」中的秦博士獨立出來而成為主要角色；此外
新世代推理作家包括既晴筆下略帶瘋狂氣質的陳小江、林斯
諺的哲學家偵探林若平、鄭寶娟的弱氣刑警羅英範，他們不
僅有著多元的身分，在偵探的血緣上，也各自承襲於歐美或
日本不同派別及作家的原型。一如鄭寶娟所指出的，隨著外
國推理小說中偵探的多元化，有更多的專業知識透過作家賦
予在自己偵探的身上，而提供給讀者。（2007：8-10）

　　然而在此階段中，最早體現影響在台灣推理作家偵探
身體塑造上的，不是歐美推理作家的作品，而是日本的島田
莊司。藍霄曾在〈島田莊司對於台灣推理小說創作與閱讀的
影響〉一文中清楚地指出，島田莊司在「偵探個性的塑造，
情節的節奏，構想的奇特性，文章的佈局」等多層面都對於
台灣新世代推理作家有著深刻的影響（2007），其中既晴
可以說是這波島田莊司影響中，最為顯著的例子。在他2000

年自費出版的《魔法妄想》[43] 中，創造了一個首次登場就是
在精神病院、而叨叨不絮近似於瘋癲的偵探陳小江，最後正
是由他破解了小說中的「換頭魔法」謎團。這樣擁有「異質
身體」的偵探，其實很明顯地是學習自島田莊司筆下的御手
洗潔。在當時台灣已引進島田莊司以御手洗潔為系列偵探的
《占星惹禍》（占星術殺人事件，1981）、《斜屋犯罪》
（斜め屋敷の犯罪，1982），吉敷竹史為系列偵探的《異
想天開》（奇想、天を動かす，1989），短篇集《來自天
國的鎗彈》（天国からの銃弾，1992）四本。[44] 雖然《異想
天開》的高度奇想性受到很大的肯定，但俊美卻仍是「用腳
辦案」的刑事吉敷竹史顯然不為既晴所好，他的長篇處女作
《魔法妄想》主要還是結合了《占星惹禍》中的魔法謎團，
以及《斜屋犯罪》裡御手洗潔式的暴走登場。也因此，這讓
偵探陳小江遊走在科學理性與瘋狂的邊緣，而他的知識性相
當程度地被掩蓋，最終走向一個既衝突又曖昧的偵探身體。

　　但是台灣推理小說中偵探身體的知識性，卻相當程度地
在林斯諺與藍霄那邊得到了安定。在林斯諺的小說中，他創

---

43 後改題為《魔法妄想症》，於2004年由小知堂文化重新出版。

44 《占星惹禍》於1988年由皇冠文化出版，2003年再版時改題為《占星術殺人魔
　　法》，亦由皇冠文化出版；《斜屋犯罪》由台英社於1999年出版，2007年由皇
　　冠文化再版（2007b）。《異想天開》1998年由林白出版，2007年由皇冠文化再
　　版時改題為《奇想、天慟》（2007a）。《來自天國的鎗彈》則由林白於1996年
　　出版。由於在此要凸顯這些台灣年輕作家最早的閱讀經驗，因此行文以最早版
　　本的譯名呈現。

造了一個有著哈佛大學碩士學位，並在台灣擔任相關課程教授的哲學家偵探林若平。雖然在林若平所碰觸到的案件中，幾乎沒有跟哲學有關的案件，但根據林斯諺在偵探初登場作〈霧影莊殺人事件〉（2003）中藉由偵探之口所透露的，作者心目中理想的推理小說型態，應該是艾勒里・昆恩（Ellery Queen）式古典推理，尤其是昆恩小說中所著重的「邏輯性」。（2006a：17-18）也因此，可以看出林斯諺企圖透過哲學家的身分，賦予偵探高度的「邏輯」能力。當然，在林斯諺的小說中，不乏引入許多哲學相關的敘述，例如在〈羽球場的亡靈〉中林若平閱讀《柏拉圖全集》（2006a：124）、首部長篇推理《尼羅河魅影之謎》中出現的埃及斯芬克斯謎語（2005：21-30），或是參加島田莊司推理小說獎的《冰鏡莊殺人事件》中出現的藝術哲學與康德（Immanuel Kant）哲學手稿（2009：15-24）。雖然這些敘述為讀者提供了西方哲學的延伸知識，但很可惜的是與小說的主要謎團以及案件本身沒有太大的關係，偵探的知識背景也沒有為他帶來更多的優勢，透過這些哲學「裝飾」所要凸顯的，還是偵探的「邏輯推理」能力，以及他在這個系列中能夠掌握真相的「優先性」。

不過在藍霄的作品中，由於作者自己醫生的背景，他將小說的場景設定在醫學空間，謎團也圍繞在醫學上，因此偵探必然需要具有醫學上的知識能力，而且這個知識體系也是面向西方的。藍霄所創造的偵探，是一個在身體形象上面貌

俊秀但蒼白、長髮披肩，永遠穿著黑色長領套頭衫跟厚重黑色風衣。然而，在他的知識背景上有著相當顯赫的頭銜：

> 三十歲就獲得哈佛醫學院雙醫學博士學位，三十二歲獲聘東京大學醫學院腦神經外科專任教授，同時獲聘為台大醫學院腦神經外科客座教授，專攻神經生理及病理，近來在腦細胞修復與重生的研究上獲得學界極大的矚目……。（藍霄，2005a：194）

　　與林斯諺最大的不同在於，藍霄讓他的偵探「學以致用」，以他的醫學知識能力去解決事件，像是在《錯置體》（2004）中涉及了「解離性失憶症」、「無精蟲症」等大量生理與醫學上的問題，都透過偵探的理性知識予以解決。然而這樣的偵探，藍霄卻將為他取了一個具有日本意味的名字「秦博士」，那是來自日本漫畫家手塚治虫的漫畫黑傑克，早期在台灣與香港將其譯為「怪醫秦博士」，而這個同時具有高超醫術與超人般智慧的形象，便成為他建構這個偵探的主要意象，因此這個偵探身體同時具備了西方的知識性與日本的文化性，不同的翻譯驅力在此交會，因而展現出複雜的文化翻譯意義。[45]

---

45 這種文化翻譯的特殊性，更同時展現在《錯置體》後來被選入「島田莊司選・亞洲本格聯盟」（島田莊司選　アジア本格リーグ），翻譯成日文出版，日文書名為《錯誤配置》，於2009年出版。

　　正如諸岡卓真所注意到的，偵探秦博士在《錯置體》中，其實是沈默的（諸岡卓真，2011：132-134），他不僅在小說已經進行到一半才登場，而且在查案過程中，大多數時候都是謊稱自己是偵探、實則是助手角色的小李在發言，直到解謎，卻又是透過兇手的來信揭開謎底，偵探的「聲音」在這整本小說中，都被其他角色的「聲道」所取代，也因此偵探的存在已經開始出現虛化的現象。

　　從這樣的發展，可以看到這個階段台灣推理小說中偵探身體的集體現象，那便是不論是以知識力交會而成的本格偵探，或是強調肉體力的刑警偵探，都不約而同地走向偵探身體的「虛化」。其中，肉體趨向透明而虛化的代表，無疑是鄭寶娟《天黑前回家》（2007）中的偵探羅英範。他原本是刑警大隊長，在緝毒過程中被毒販開車追撞，造成頸椎挫傷和移位、脊髓神經嚴重受損的幾近癱瘓狀況，最後雖然奇蹟式地康復，但其實身體有如玻璃一般脆弱，無法長時間工作（2007：29-30、50）。然而由於台北市農安街森林咖啡館發生大屠殺，共有九人死亡，因此警察局長只好尋求他的協助，以作為他復職的暖身。所以在這本小說中，作者設計了一個沒有肉體力量可以「用腳辦案」的警察，他能夠依靠的唯有抽絲剝繭的邏輯推理能力，以及內在那種對於一切犯罪幾近於黑暗力量的仇恨心理動能。而在這種複雜的心理素質上，正如鄭寶娟在書中透過其他單篇文章所透露的訊息，羅

英範無甯是接近冷硬派偵探的。[46]

　　雖然強調知識力的古典偵探，身體上的動能自福爾摩斯之後便開始被壓抑，但台灣推理小說筆下偵探肉體的透明化，其實與前一階段創作中警察偵探身體與國家機器之間高度的隱喻關係，相當密切。但這樣連結隱喻的書寫，在解嚴之後，被推理作家跨國譯寫的高度渴望所取代，因而展開了向過去無法閱讀到、或是無法實踐的推理書寫典型，展開大規模的取法與譯寫。因此這個階段的台灣推理作家很明顯地捨棄被國家意識型態所監禁的「警察偵探」，而走向偵探的多元身體表述，即便是選擇警察，也打碎警察與國家之間的連結，甚至是質疑警察體系對於真相秩序的無能，以致於必須去仰賴一個從鬼門關回來，肉體動能被虛化的刑警。

　　也因此，我們才能去解釋，自2008年開始徵選的島田莊司推理小說獎，為何催生了寵物先生與林斯諺小說中那樣的偵探身體。在寵物先生獲得第一屆首獎的《虛擬街頭漂流記》（2009）中，出現了一個台灣推理小說前所未有的設定，死亡案件是發生在虛擬世界中，而一切的真相必須在其

---

46 其實從鄭寶娟《天黑前回家》所附錄的其他單篇文章，可以看出她的歐美推理閱讀取向與創作觀，在〈一開始就有一具屍體〉中她特別強調推理小說最重要的價值在於探索人性，她更舉錢德勒、漢密特、凱因（James M. Cain）為例（2007：8）；而在〈古典推理小說的二十誡〉一文中，她遍舉愛倫坡、克莉絲蒂、凱因的作品為例說明范達因的二十誡的必然被打破（237-239）。更重要的是，她在〈一再還魂的小說人物〉與〈硬漢馬洛〉裡，高度讚揚錢德勒筆下的偵探菲力普·馬羅（Philip Marlowe），由此都可以看出她深受冷硬派影響，並以這樣的創作觀去形塑她筆下的偵探。

中才能找到答案。在這樣的故事空間中，偵探身體被「數位化」為虛擬空間中的存在，雖然因為死者在虛擬世界中的死亡帶來現實中的死亡，但因為所有線索都隱藏在虛擬世界，因此現實中的偵探身體不存有任何意義，完全地被擱置，也就是透明化。而偵探雖然在虛擬世界中到處行走，尋找破案線索，但那樣的行走不是肉體上的勞動，而是知識上的線索蒐集，甚至最後破案的關鍵，仍是依靠虛擬世界的專業性知識。是故，《虛擬街頭漂流記》中所呈現的知識景觀，其實是一個現世人類創造，但是能夠獨力運作的人工智慧國度。也因此，推理小說中知識所代表的至高意義，在這個小說中被彰顯，這也就是複審玉田誠所認為的「機械體質」和「生物體質」的科學要素混合之作（2009：5），也符合島田莊司二十一世紀本格在最新科學上追求的要旨（島田莊司，2003b：131-141），而這也是《虛擬街頭漂流記》之所以得到首獎最關鍵的原因。

　　而在林斯諺投稿第二屆島田莊司推理小說獎的作品《無名之女》（2012）中，也同樣創造出一個具有高度科幻感的世界。小說中男主角因為女友被署名「假面」的人綁架後進行了換腦手術，因此以另一個女子的身體重新出現。然而最後真相大白，男主角以為自己所生存的2006年，其實只是一個被刻意保留的懷舊島嶼，實際上已經是百年後的2106年，而他曾經求助的偵探林若平，其實是假面所扮演，刻意誤導他的。作為一個本格推理小說，林斯諺大膽地讓謎團跟解謎都是由犯罪者

所提供，偵探身體從一開始就不存在，可說是虛化得不能再徹底了。而且更值得注意的是，這不是一個新登場的偵探，這是作家花了很長的時間經營他的知識力與正當性的偵探身體，卻在這樣的故事中，成為兇手完成犯罪的一環，原本不論是知識力或肉體力所希望建構的偵探身體意義，在《無名之女》中完全被瓦解。也因為如此，這個推理小說徹頭徹尾地成為一個正義性消褪，犯罪者最終勝利的成功復仇故事。

雖然《無名之女》在第二屆只入圍複選，但它與《虛擬街頭漂流記》都得到島田莊司與複審玉田誠的肯定，認為他們在掌握本格推理小說所講求的「人工性」上，有著高度的完成（玉田誠，2012：5-6），也因此可以讓其所創造的虛擬世界，如島田莊司所說的那樣，成為「本格」的邏輯架構（島田莊司，2009a：301），而使得推理小說的跨國譯寫，也同樣達到高度的完成。

但是，《無名之女》透過將推理小說中偵探所具備的能動性完全剝奪，以建構犯罪邏輯上的縝密，將所有的秩序都導向為犯罪服務的方向，使得原本透過各種知識力或肉體力的交會，能夠具有行動主體意義的偵探身體，完全地虛化，而最終將犯罪與謎團導向「不可解決」的地步，取消了「人」在推理小說中所代表的終極意義，而只是假面式的扮演。而《虛擬街頭漂流記》以最新科技所打造的虛擬世界，更是建構了一個新的「非人」的大腦運作的「超理性」主體，也就是超越於一切科學理性之上，純粹化的「人工智

慧」理性，它不受任何人類感性層面的影響，因而可以達到邏輯上的純粹客觀。這樣的一個推理小說世界的設定，所影響的不只是小說中人類親情的倫理學問題被重寫，甚至是一切的價值概念都可以被人工智慧所支配。也因此，雖然寵物先生在書中帶來了新的推理小說知識體系，呈現新的科技型態可能帶來的衝擊。但由於小說中架空了「人」這個偵探知識主體的優先性與唯一性，同時也破壞了推理小說中必然實存著偵探身體的命題──也就是不論是彰顯或壓抑，偵探的身體都有它既存的意義，那是通往推理小說認識論的重要基礎。這個基礎一旦被破壞，偵探的主體該如何存在，該建立在哪裡？是否可以被更高層次、運算更快速的人工智慧所取代？如此推理小說是否勢必只能走向「科幻小說」（science fiction）？這是《虛擬街頭漂流記》與《無名之女》在建構出完全虛化的偵探身體的同時，引發我們需要去思考關於推理小說的認識論，甚至是類型本體論的問題。

一如布魯克斯所說的，將身體銘刻上容易辨識的符號，或是將身體符號化，成為現代敘述文本中重要的任務（Brooks，1993：26-27）。而推理小說家在服膺這個任務上，有著豐富的成就，透過身體形式的各種對決，創造出各種出神入化的謎團，形塑各式迷人的偵探身體，跨國翻譯與傳播了大量的現代知識。也因此，推理小說的在地實踐，不僅是一種大眾文類的跨國生產，更是一種關於現代身體意識的生產。而這樣的生產，也誘發著我們去追問與探究，並在

論述中進行身體的再生產。

　　戰後台灣推理小說中偵探身體的形成，從1980年代譯寫日本松本清張，作為國家機器身體延伸存在的警察偵探身體，到世紀之交或瘋癲或文明的知識力偵探身體，以及2000年代中期以後趨近肉體透明化、最後進入數位化的偵探身體，充分展現出世界性的推理小說偵探系譜中，知識力與肉體力對決的曲線，在地化的豐富成果，以及在文體秩序穩固的同時，所產生的偵探類型倫理性危機。

　　透過對於台灣推理小說中偵探身體形成的考察，我們看到的不只是大眾文類在東亞國際間的跨國移動與傳播，更重要的是提供了一個有別以往的，觀看歐美與日本的現代性知識進行跨國生產的視角。台灣作家透過對歐美與日本偵探身體的譯寫，建構出台灣推理小說的內在秩序，那是一個以偵探身體與死亡身體對話的秩序風景，是慾望、權力與知識在其上角力、拉扯與協商的空間，透過知識與身體間力的轉換與移動，台灣作家藉由偵探身體的譯寫，不僅完成了推理小說文體秩序的在地實踐，更為大眾文學類型認識論與本體論的思考，打開了不同的問題取徑與向度。

# 第四章　典律的生成
## ——從「島田的孩子」到「東亞的萬次郎」


我是來台灣找下一個綾辻行人的！[47]


現在，本格推理創作動向正從日本出發，朝著全亞洲拓展。我會盡全力協助，希望能徹底實踐現降臨在我身上的使命。[48]

～～島田莊司

---

[47] 島田莊司2007年4月首次訪台時所言（皇冠文化，2008）。綾辻行人為日本重要的新本格推理小說家，1987年以《殺人十角館》（十角館の殺人）出道，1992年以《殺人時計館》（時計館の殺人）獲得第45回日本推理作家協會獎，後來以「館系列」聞名，可說是日本近二十多年新本格時期最重要的代表作家。由於綾辻行人原為京都大學推理小說研究社的社員，當時與島田莊司有許多互動，因此島田莊司對於綾辻行人以及其後同為該社團出身的作家法月綸太郎、我孫子武丸皆有提攜之功，這也可以從綾辻行人最初版本的《殺人十角館》中，取島田莊司的姓與其筆下名偵探御手洗潔之名，將自己小說中偵探命名為島田潔可以看出。不過後來綾辻表示對於這樣一個有延續性的系列，這樣為偵探命名似乎有所不妥，於是從1988年第三作《殺人迷路館》（迷路館の殺人）開始，綾辻便將偵探更名為鹿谷門實。但日本推理文壇多認為這其實也透露出，在當時綾辻與島田在推理小說的理念上就已開始漸行漸遠。

[48] 出自「第2屆島田莊司推理小說獎徵文活動」收錄之島田莊司發言（皇冠文化出版社，2010）。相關文字在原來的網站上即有所錯漏，在此為求忠實呈現，故沒有特別予以校正。

## 一、日本來的黑船[49]

1853年7月，美國東印度艦隊司令培里（Matthew Calbraith Perry）率領四艘黑色船體的軍艦駛入江戶灣（今日的東京灣），脅迫當時主政的德川幕府開放門戶貿易，結束了日本的鎖國時代，促成了日後明治維新全面現代化的契機，史稱「黑船來航」。四十多年後，隨著台灣被納入日本帝國的殖民版圖，另一種形式的黑船──推理小說，也航向了台灣。

在前面的章節中，已經清楚敘述台灣推理文學的發展，是如何自日治時期開始，透過殖民政權建立的東亞殖民地架構，被納入跨國傳播的網絡中，一步步朝向場域化的過程。而不論是日治時期在台日人、本土文人等多重語系的推理／偵探敘事，到1980年代松本清張成為當時的書寫典律，都可以看到相當清楚的「西方／日本母體→跨國傳播→台灣在地實踐」的軌跡，而且顯然日本知識體系的介入，尤為深遠。甚至到了1990年代後期開始，正如我在第二章中以冷言《上

---

49 本章將涉及包括島田莊司《占星惹禍》（1988）、《占星術殺人魔法》（2003）、〈狂奔的死人〉（2006a）、《異想天開》（1998）、《奇想、天慟》（2007a）、《斜屋犯罪》（1999、2007b）、《眩暈》（2006b）、《魔神的遊戲》（2005b）、《螺絲人》（2008），與凌徹〈反重力殺人事件〉（1998）、〈幽靈交叉點〉（2006），以及既晴《魔法妄想》（2000a）、《超能殺人基因》（2005b），還有冷言《上帝禁區》（2008a）、寵物先生《虛擬街頭漂流記》（2009）、林斯諺《冰鏡莊殺人事件》（2009）、藍霄《錯置體》（2004）等作的關鍵內容或謎底，特此說明。

帝禁區》為例所討論的身體秩序譯寫現象，由於新世代作家對於「本格推理」敘事型態的欲求，因此具有高度浪漫主義特質的島田莊司作品，成為他們取法的最主要對象，也造就了島田莊司在2000年以後的台灣推理文學場域，能夠有與江戶川亂步（江戶川乱步）、松本清張等量齊觀的大師級地位，這點從島田莊司訪台時的盛況，便可看出。

2004年以後，由於翻譯推理小說在台灣的蓬勃發展，出版社紛紛邀請有知名度的國外推理作家訪台，台灣頓時躍升為推理小說國際傳播版圖的一環。像是歐美名家勞倫斯·卜洛克（Lawrence Block）、傑佛瑞·迪佛（Jeffery Deaver）、約翰·康納利（John Connolly）分別於2004、2006、2007訪台，其中卜洛克於2011年1月又二度來台，可以說備受讀者熱愛。而Jo Nesbo（尤·奈斯博）、法蘭克·西萊斯（Franck Thilliez）、蕾娜·萊道拉寧（Leena Lehtolainen）同時於2012年國際書展期間訪台，可見此類型在台灣的受歡迎程度。日本作家方面，包括有栖川有栖（2004）、貴志祐介（2004）、夢枕獏（2006）、島田莊司（2007）、綾辻行人（2007）、恩田陸（2008）、乙一（2008）、柄刀一（2009）、東川篤哉（2012）、京極夏彥（2012）、伊坂幸太郎（2013）等，都引發讀者的熱烈參與。但在其中，最驚人的還是要屬島田莊司，在他2007年4月首次訪台時，竟創下在誠品書店信義店簽名長達五個小時的盛況，而多位台灣新

世代的推理作家、評論者都出席了島田莊司的座談簽書會。[50]

其實從日本推理小說發展史的角度來看，島田莊司可以說扮演的是一個「本格推理命脈」的銜接者與協力者的角色，尤其展現在他對1987年以後新本格推理世代的鼓勵與提攜。但在實際的創作理論與實踐的開創性上，他與新本格作家其實仍有著極大的差距，真正對新本格的發展有重要貢獻的，還是以綾辻行人、有栖川有栖、折原一為代表。然而在2007年他來台期間，主辦單位皇冠文化的宣傳上，竟為他冠上了「日本推理之神」的稱號，當然在日本推理文壇引發了議論，卻可見他在台灣推理讀者的心目中，有著不可抹滅的地位。[51] 甚至到了隔年4月，在台灣擁有島田莊司獨家中譯版權的皇冠文化，更與日本文藝春秋、中國當代世界出版社／青馬文化、泰國南美出版社合作，舉辦台灣有史以來第一個跨國合作的大眾文學獎「島田莊司推理小說獎」，獲得首獎

---

50 當時出席的台灣推理作家包括藍霄、既晴、凌徹、呂仁、寵物先生，「MLR推理文學研究會」包括我本人在內的評論家如紗卡、心戒、曲辰、顏九笙，還有傅博、杜鵑窩人、冬陽、夜瞳、夏空、Clain等評論家或網路推理社群的重要代表。

51 他在台灣造成的轟動與影響，引起日本推理文壇的注目。如在2007年講談社BOX部為島田莊司企畫出版讀者最愛的島田莊司短篇精選集《島田莊司very BEST10》，特別請來十位推理作家選出他們心目中最喜歡的五篇島田短篇時，相當重要的新世代推理作家清涼院流水，便特別提到台灣給島田的「推理之神」稱號（KODANSHA BOX，2007）。此外，2009年位於東京池袋的推理文學資料館（一般財団法人　光文文化財団　ミステリー文学資料館）舉辦的島田莊司特展，館長權田萬治的訪問中，也特別提到島田莊司在海外引起的迴響（権田萬治，2009：3）。

的作品將可以同時在台灣、日本、泰國、中國出版不同的譯本。經過半年的初、複審後，最後由島田莊司在三本最終決選作中選出第一屆首獎，並於2009年9月4日，由島田莊司來台揭曉並頒獎。同時，島田莊司也為由皇冠文化與國立台灣文學館所舉辦的「密室裡的大師——島田莊司的推理世界特展」揭幕，而這是台灣文學館所舉辦的第一位外國推理作家的特展。

當然，由於島田莊司在日本出道的時間點，剛好是在以松本清張為核心的社會派開始頹圮，對於本格推理形式進行再思與「重喚」的關鍵時刻，因而以其浪漫本格的獨特風格，而備受矚目。其中較為特殊的是，他陸續發表的推理小說理論「本格Mystery論」（本格ミステリー論）與「21世紀本格」，除透過自己的創作實踐外，也試圖號召年輕作家與舉辦文學獎來推廣他的主張。

「本格Mystery論」主要以他1989年出版的《本格Mystery宣言》（本格ミステリー宣言）為代表，裡面他闡述了小說這個文類有著寫實與神話兩個源流，因此繼承自寫實傳統的松本清張式社會派推理小說，是屬於「應用推理小說」。而真正推理小說的本格（正宗）型態，應是繼承自愛倫坡（Edgar Allan Poe）〈莫爾格街兇殺案〉（The Murders in the Rue Morgue，1841）的神話系譜，成功結合高度「幻想性」謎團、及具有為了解決謎團的精緻邏輯（形式）的「本格Mystery小說」（島田莊司，1989：21-61）。在這個基礎

上，島田莊司進而思考本格推理進入新世紀後應有怎樣的型態，提出了「21世紀本格」。在2003年出版的《21世紀本格宣言》的許多篇章中，他將愛倫坡〈莫爾格街兇殺案〉的重要性再更推進一步，強調他的劃時代意義在於運用了當時19世紀新興的科學鑑識知識，與小說中神秘的幻想性謎團達到了完美的混血（2003b：131-141），也因此，他主張應該透過新世紀最新科學的原理與知識，去創造出具有創新意義的「21世紀本格」（2003b：142-146）。

　　然而從日本推理小說史的發展來看，相對於江戶川亂步、橫溝正史、松本清張等具有「經典地位」的作家，島田莊司是否能與他們並列，其實尚未被普遍認可；[52]且他對日本當代年輕世代作家的影響性，以及他小說創作理論得到的迴響，仍是有其侷限。從實際引進台灣的日本推理小說來看，他的中譯作品數量其實也不及赤川次郎、松本清張等作家，但為何他在台灣還具有這麼大的影響力？而且在台灣沒有任何管道正式而完整地翻譯引進他的創作理論的狀況下，他仍成為許多台灣新世代的推理作家如藍霄、凌徹、既晴、冷言等仿效的對象，而紛紛在作品中挪用其敘事手法來向他致敬，以致於都成為「Shimada Children／島田的孩子」[53]。更

---

52 這點從推理文學資料館2009年舉辦的島田莊司特展中，將展題訂為「疾走的本格推理騎士！」（疾走する本格ミステリーの騎士！），就可以看出日本對於島田莊司的定位，仍未取得真正穩固的經典性，與台灣的「推理之神」封號仍有相當程度的差異。

53 「Shimada Children／島田的孩子」此一概念，是借用自2000年以後出現日本學

有甚者，台灣的老字號出版社皇冠文化，更直接舉辦一個以他來命名的文學獎，而且在第一屆的成功經驗後，又擴大合作版圖到歐洲來舉辦第二屆，而讓他的影響力及這個系譜更加延續。

因此，本章將透過兩方面，來考察近二十年來島田莊司在台翻譯、傳播與譯寫實踐的歷史脈絡，並釐清台灣的新世代創作者，如何在台灣的推理文學場域進行島田莊司的再生產。一方面探究島田莊司的推理小說在怎樣的時間點，如何開始並介入台灣推理文學場域的重構過程，並形成「典律」。尤其是他小說中所具有的「本格」特質究竟為何？與他的本格理論之間存在著怎樣的連結？而在台灣沒有實質引進與介紹他理論的狀況下，這些新世代作家又如何透過他的早期作品進行「本格」的在地想像與實踐，在台灣進行島田式本格推理的再生產，而形成島田莊司的在台系譜。

另一方面，我也將透過對被島田莊司選入「亞洲本格聯盟」的藍霄《錯置體》，以及第一屆「島田莊司推理小說獎」（以下簡稱「島田獎」）的得獎作與決選入圍作的討

術界與評論界中的新興論述「春樹的孩子」（春樹チルドレン／Haruki Children）。這個稱謂被用來指陳在作品中所呈現的世界觀、感覺結構與文體，明顯受到村上春樹影響的年輕作家們，具有強烈的系譜性。包括吉田伸子與豐崎由美等人，都曾對伊幸太郎、金城一紀、本多孝好、市川拓司等作家的「春樹チルドレ／Haruki Children」身分提出討論（大森望、豐崎由美，2004）。而學者藤井省三也在其論述村上春樹在東亞的傳播與接受的專著中，用類似的概念稱呼香港導演王家衛、中國女作家衛慧、安妮寶貝是「村上的孩子」（村上チルドレン／Murakami Children）（藤井省三，2007）。

論，分析這些推理作品如何想像並回應島田的推理小說觀。
得獎作寵物先生《虛擬街頭漂流記》（2009）在怎樣的實踐
層面上符合了島田的「21世紀本格」理論，以致於最終能夠
得到青睞。但是在這樣直接介入台灣推理文學場域的過程
中，島田獎及其典律對在地的創作將造成怎樣的影響？作家
將如何在新書寫理論的想像與落差之中，造成島田莊司在台
系譜內部的矛盾與危機，然而卻也在同時，尋覓出一條可能
的超越道路，發展出具有挑戰類型秩序的前衛在地敘事。

## 二、橫濱來的名偵探：島田莊司在台灣

　　1947年出生於廣島縣福山市的島田莊司，畢業於武藏
野美術大學商業美術設計系，1981年以《占星術殺人魔法》
（占星術殺人事件，以下簡稱《占星》）入圍江戶川亂步獎
決選出道，作品中最知名的是以御手洗潔與吉敷竹史為偵
探的兩個系列。島田莊司在日本雖有廣大的讀者群，也曾以
《被詛咒的木乃伊》（漱石と倫敦ミイラ殺人事件，1984）
入圍過直木獎與吉川英治文學新人獎決選，並連續8年入圍
日本推理作家協會獎決選，但最終都沒有獲獎，因此有「無
冕的帝王」稱號。直到2008年，由光文社所主辦的「日本推
理文學大獎」（日本ミステリー文学大賞）將年度獎頒給了
他，終止了這個稱號。島田莊司提攜後進不遺餘力，除綾辻
行人、法月綸太郎、我孫子武丸等新本格作家外，2007年他

也在自己的家鄉開始舉辦「島田莊司選　薔薇的城市福山推
理文學新人賞」（島田莊司選　ばらのまち福山ミステリー
文学新人賞），而2008年開始台灣也舉辦了「島田莊司推理
小說獎」。

　　雖然島田莊司1981年就出道，但他第一次被引進台灣，
則要到1988年皇冠文化在「日本金榜名著」書系中以《占星
惹禍》之名出版他的處女作。正如本書第二章中討論的，在
《占星》這本作品中，島田莊司以梅澤平吉手記中的女體與
星座重組狂想，加上六名少女的屍體殘缺與日本國土秩序的
對應之謎，還有占星師偵探御手洗潔特異獨行的形象，充分
展現他在謎團與詭計上的華麗與幻想性，以及邏輯性解謎的
本格推理風格（島田莊司，2003a）。

　　隨後自1993年到1997年間，《推理》雜誌也陸續翻譯刊
登島田莊司的短篇，但似乎刻意選擇他不那麼本格，更符合
《推理》雜誌主力作家群所崇尚的，如松本清張那樣具有寫
實性與社會性、甚至偏向於描述犯罪過程的作品，像是〈瞭
望塔謀殺案〉（展望塔の殺人，1985）、〈穿白短褲的女
孩〉（発狂する重役，1984）、〈乾渴的都市〉（渇いた都
市，1985）、〈土地的殺意〉（土の殺意，1987）、〈賣毒
的女人〉（毒を売る女，1986）等。[54] 當然透過這些作品，

---

[54] 〈瞭望塔謀殺案〉刊載於《推理》107期（島田莊司，1993）；〈穿白短褲的女
孩〉刊載於《推理》121期（島田莊司，1994）；〈乾渴的都市〉刊載於《推
理》123期（島田莊司，1995）；〈土地的殺意〉刊載於《推理》148期（島田
莊司，1997a）；〈賣毒的女人〉刊載於《推理》157期（島田莊司，1997b）。

島田莊司的知名度不斷累積，也逐漸成為各大網路討論區的熱門話題（藍霄，2009a）。（參見表二）

**【表二】《推理》雜誌島田莊司作品刊載表**

| 台灣刊登雜誌期數／時間 | 台灣作品譯名 | 譯者 | 日本原作品名 | 日本原刊登刊物／時間 | 類型 |
|---|---|---|---|---|---|
| 103期 1993.05 | 紫電改研究保存會 | 傅君 | 紫電改研究保存会 | 《別冊文藝春秋》第171号（1985.04） | 短篇 |
| 107期 1993.09 | 瞭望塔謀殺案 | 傅君 | 展望塔の殺人 | 《小説宝石》1985・初夏特別号 | 中篇 |
| 121期 1994.11 | 穿白短褲的女孩 | 林敏生 | 発狂する重役 | 《小説宝石》1984・初夏特別号 | 短篇 |
| 123期 1995.01 | 乾渴的都市 | 傅君 | 渇いた都市 | 《小説新潮》1985.12 | 中篇 |
| 148期 1997.02 | 土地的殺意 | 王淑絹 | 土の殺意 | 《小説現代》1987.2 | 短篇 |
| 157期 1997.11 | 賣毒的女人 | 董炯明 | 毒を売る女 | 《小説新潮》1986臨時增刊 SUMMER | 中篇 |

而作為相關企業，林白出版社也在1995年出版的《日本推理小說傑作選2》中收錄了島田莊司的〈某騎士的故事〉

（ある騎士の物語，1989），以及在1996年出版他的短篇集《來自天國的鎗彈》（天国からの銃弾，1992）。這些作品雖然也具有較奇想性的謎團，以及邏輯性的推理過程，但顯然未能真正滿足讀者的「渴求」，因為就如既晴所說的，島田對台灣讀者最大的魅力，在於他「總是能創造出嶄新的怪奇謎團」（既晴，2003：8）。因此1996、1997年間，網路上陸續出現由讀者自行翻譯的作品，如凌徹在網路bbs推理連線版（tw.bbs.literal.mystery）上，發表他翻譯的《出雲傳說7/8殺人》（出雲伝説7/8の殺人，1984）首章（既晴，2005d：3）、〈數字的某風景〉（数字のある風景，1984），或是私下與其他同好分享〈奔跑的死者〉（疾走する死者，1985）、〈線鋸與Z型〉（糸ノコとジグザグ，1985）等篇。[55]

其中像是〈奔跑的死者〉，講述的就是在一個爵士樂迷的颱風天聚會中，聚會的11樓公寓無故突然熄燈，屋主絲井先生的妻子項鍊就此失竊，消失的嫌犯久保卻在13分鐘後，被電車撞死在自犯罪現場步行要花費15分鐘才能到達的淺草橋車站鐵道上，而且這還不包括從停電的公寓下樓，以及進站需要花費的時間。後來警方勘驗之後，竟發現嫌犯早已

---

[55] 以上篇名的翻譯，為求忠實呈現當時讀者所認知的狀況，因此保留當時凌徹所翻譯的篇名。其中〈奔跑的死者〉（疾走する死者）在日本被收錄在短篇合集《御手洗潔の挨拶》（1987）中，2006年皇冠文化出版中譯本《御手洗潔的問候》時，將該篇名譯為〈狂奔的死人〉（島田莊司，2006a）。

被勒死身亡，因此整起事件最大的謎團便是，為何在颱風天
中，會有狂奔的死者一路向鐵道跑去（島田莊司，2006a）。

顯然這樣充滿奇想性的謎團，才是讀者真正喜歡的「島
田之味」，因此1998年林白便出版《異想天開》（奇想、天
を動かす，1989）[56]（以下一律簡稱《奇想》），這部有如華
麗謎團大放送的經典之作，充分展現島田莊司的小說魅力：
北海道雪夜鐵道上將火車抬起飛翔的白色巨人、火車上神秘
的舞蹈小丑、廁所中憑空消失的小丑屍體、暴風雪中盛開夜
櫻樹下赫然現身的白骨、穿梭在淺草卻因為十二日圓消費稅
而刺殺前花魁老闆娘的吹口琴流浪漢，組合成一個迷離而神
秘的謎團幻境。而1999年台灣英文雜誌社出版《斜屋犯罪》
（斜め屋敷の犯罪，1982）（以下簡稱《斜屋》）中，更
出現了一座充滿著異樣斜度、孤獨地佇立在北國的死亡舞台
「流冰館」，因為建築物內部結構所形成的一條隱形殺人通
道，造成了神秘死亡事件的發生，但與偵探御手洗潔進行對
決的最大嫌疑犯，竟是一具名為傑克的人偶，這讓島田那充
滿幻想性的謎團之光閃耀到極致，擴大讀者的想像界限。

透過《奇想》跟《斜屋》的引進，讓台灣讀者在原來
《占星》就逐步奠定的基礎上，對島田式謎團幻境的認識更
趨完整。尤其是因為這三本小說中所呈現出來的許多特色與
元素，其實是1980年代以降只能讀到松本清張、夏樹靜子、

---

56 1998年時林白出版社將書名《奇想、天を動かす》翻譯成《異想天開》，但2007
　年皇冠文化再版時將書名改譯為《奇想、天慟》（2007a）。

森村誠一、西村京太郎、山村美紗、土屋隆夫等寫實性導向
作品的台灣讀者所不曾體驗過的。像是《占星》與《斜屋》
中狂氣肆溢的奇職怪業偵探御手洗潔，便與過去常見的刑
警、私家偵探等偵探形象大異其趣；而《占星》與《奇想》
中引導出複雜性謎團與解謎的手記與作中作，也與寫實性推
理小說中單純提供訊息的信件擔負著不一樣的任務；至於
《斜屋》中為殺人目的而建造的建築物，也超越了過去單純
的犯罪舞台意義，成為島田莊司幻想性華麗謎團與殺人詭計
的「裝置」。

　　也因此，由於這三本推理小說帶來了前所未有的新奇感
受，再加上凌徹、既晴等具有創作者身分的網路意見領袖加
持，在推理創作者與讀者的社群中，形成這三本儼然是島田
莊司經典代表作的認知結構。並且透過這幾本小說中，島田
莊司為了創作出有別以往的「本格推理」，所賦予的新興元
素，包括「華麗多層次的幻想性謎團」、「手記／信件／小
說中的小說（作中作）等異質文本」、「為殺人而建造具有
封閉空間型態的館」、以及如御手洗潔般「智慧過人的浪人
偵探身體」，都提供了台灣創作者認識「本格」形式的關鍵
取徑。

　　即便是2003年以後，皇冠文化重新出版島田莊司的作
品集，他的代表作如《被詛咒的木乃伊》、《北方夕鶴2/3
殺人》（北の夕鶴2/3の殺人，1985）、《異邦騎士》（異
邦の騎士，1988）、《黑暗坡的食人樹》（暗闇坂の人喰

いの木，1990）、《水晶金字塔》（水晶のピラミッド，
1991）、《眩暈》（眩暈，1992）、《異位》（アトポス，
1993）、《魔神的遊戲》（魔神の遊戲，2002）、《螺絲
人》（ネジ式ザゼツキー，2003）、《摩天樓的怪人》（摩
天楼の怪人，2005）等陸續被翻譯引進（參見表三），其中
許多小說更承載著島田莊司後來所發展出的新創作觀點。但
對台灣這些有意成為「島田的孩子」的新世代作家來說，最
初那三本所呈現出來的本格元素，仍具有高度的支配性，成
為在他們進行在地實踐時，最重要的學習參考點，直到2009
年第一屆島田莊司推理小說獎揭曉時，才真正產生新的變
化。而這一連串的演變過程與背後的驅力，我將在下兩節分
成兩階段詳細論述。

**【表三】島田莊司作品在台翻譯出版表**

| 台灣出版年代 | 台灣作品譯名 | 日本原作品名 | 日本原出版年 | 譯者 | 出版社 | 類型 |
|---|---|---|---|---|---|---|
| 1988 | 占星惹禍 | 占星術殺人事件 | 1981 | 陳明鈺 | 皇冠文化 | 長篇 |
| 1996 | 來自天國的鎗彈 | 天国からの銃弾 | 1992 | 黃鈞浩 | 林白 | 短篇集 |
| 1998 | 異想天開 | 奇想、天を動かす | 1989 | 林敏生 | 林白 | 長篇 |

| 1999 | 斜屋犯罪 | 斜め屋敷の犯罪 | 1982 | 劉子倩 | 台灣英文雜誌社 | 長篇 |
|---|---|---|---|---|---|---|
| 2003.07 | 占星術殺人魔法 | 占星術殺人事件 | 1981 | 郭清華 | 皇冠文化 | 長篇 |
| 2003.12 | 異邦騎士 | 異邦の騎士 | 1988 | 郭清華 | 皇冠文化 | 長篇 |
| 2004.04 | 北方夕鶴2/3殺人 | 北の夕鶴2/3の殺人 | 1984 | 郭清華 | 皇冠文化 | 長篇 |
| 2004.09 | 被詛咒的木乃伊 | 漱石と倫敦ミイラ殺人事件 | 1984 | 董炯明 | 皇冠文化 | 長篇 |
| 2005.02 | 黑暗坡的食人樹 | 暗闇坂の人喰いの木 | 1990 | 董炯明 | 皇冠文化 | 長篇 |
| 2005.02 | 透明人的小屋 | 透明人間の納屋 | 2003 | 郭清華 | 麥田 | 長篇 |
| 2005.05 | 魔神的遊戲 | 魔神の遊戲 | 2002 | 郭清華 | 皇冠文化 | 長篇 |
| 2005.08 | 寢台特急1/60秒障礙 | 寝台特急「はやぶさ」1/60秒の壁 | 1984 | 董炯明 | 皇冠文化 | 長篇 |
| 2005.11 | 出雲傳說7/8殺人 | 出雲伝説7/8の殺人 | 1984 | 郭清華 | 皇冠文化 | 長篇 |
| 2006.06 | 眩暈 | 眩暈 | 1992 | 董炯明 | 皇冠文化 | 長篇 |
| 2006.12 | 龍臥亭殺人事件(上) | 龍臥亭事件 | 1996 | 劉珮瑄 | 皇冠文化 | 長篇 |

| 2006.12 | 龍臥亭殺人事件(下) | 龍臥亭事件 | 1996 | 劉珮瑄 | 皇冠文化 | 長篇 |
|---|---|---|---|---|---|---|
| 2006.12 | 御手洗潔的問候 | 御手洗潔の挨拶 | 1987 | 郭清華 | 皇冠文化 | 短篇集 |
| 2007.03 | 龍臥亭幻想(上) | 龍臥亭幻想 | 2004 | 黃瓊仙 | 皇冠文化 | 長篇 |
| 2007.03 | 龍臥亭幻想(下) | 龍臥亭幻想 | 2004 | 黃瓊仙 | 皇冠文化 | 長篇 |
| 2007.07 | 斜屋犯罪 | 斜め屋敷の犯罪 | 1982 | 劉珮瑄 | 皇冠文化 | 長篇 |
| 2007.09 | 高山殺人行1/2之女 | 高山殺人行1/2の女 | 1985 | 杜信彰 | 皇冠文化 | 長篇 |
| 2007.12 | 奇想、天慟 | 奇想、天を動かす | 1989 | 珂 辰 | 皇冠文化 | 長篇 |
| 2008.03 | 水晶金字塔 | 水晶のピラミッド | 1991 | 羊恩媺 | 皇冠文化 | 長篇 |
| 2008.06 | 異位 | アトポス | 1993 | 周素芬 | 皇冠文化 | 長篇 |
| 2008.09 | 摩天樓的怪人 | 摩天楼の怪人 | 2005 | 郭清華 | 皇冠文化 | 長篇 |
| 2008.12 | 螺絲人 | ネジ式ザゼツキー | 2003 | 周素芬 | 皇冠文化 | 長篇 |
| 2009.04 | 犬坊里美的冒險 | 犬坊里美の冒險 | 2006 | 郭清華 | 皇冠文化 | 長篇 |
| 2009.06 | 俄羅斯幽靈軍艦之謎 | ロシア幽靈軍艦事件 | 2001 | 詹慕如 | 皇冠文化 | 長篇 |

| 2009.08 | 開膛手傑克的百年孤寂 | 切り裂きジャック・百年の孤独 | 1988 | 郭清華 | 皇冠文化 | 長篇 |
|---------|---------------------|----------------------------|------|--------|----------|------|
| 2009.08 | 利比達寓言 | リベルタスの寓話 | 2007 | 詹慕如 | 皇冠文化 | 中篇集 |
| 2010.01 | 羽衣傳說的回憶 | 羽衣伝説の記憶 | 1990 | 陳嫻若 | 皇冠文化 | 長篇 |
| 2010.05 | 伊甸的命題 | エデンの命題 | 2005 | 詹慕如 | 皇冠文化 | 中篇集 |
| 2010.09 | 飛鳥的玻璃鞋 | 飛鳥のガラスの靴 | 1991 | 婁美蓮 | 皇冠文化 | 長篇 |
| 2011.03 | 死者喝的水 | 死者の飲む水 | 1983 | 劉姿君 | 皇冠文化 | 長篇 |
| 2011.09 | 淚流不止 | 淚流れるままに | 1999 | 羊恩嫩 | 皇冠文化 | 長篇 |
| 2012.03 | 御手洗潔的舞蹈 | 御手洗潔のダンス | 1990 | 王蘊潔 | 皇冠文化 | 短篇集 |
| 2012.09 | P的密室 | Pの密室 | 1999 | 郭清華 | 皇冠文化 | 中篇集 |
| 2013.03 | 御手洗潔的旋律 | 御手洗潔のメロディ | 1998 | 婁美蓮 | 皇冠文化 | 短篇集 |

## 三、島田的孩子們：島田莊司在台系譜的階段性生成

　　台灣中生代推理作家藍霄，曾在2004年發表〈島田莊司對於台灣推理小說創作與閱讀的影響〉一文，在其中他提出

相當重要的觀察：

> 如果從台灣近期年輕一輩的推理創作來看，「魔法妄
> 想」「重力違反殺人事件」「列車密室消失事件」
> 「白襪」「霧影莊殺人事件」「羽球場亡靈」「零下
> 十七度C」「風吹來的屍體」……等等，不管是偵探
> 個性的塑造，情節的節奏，構想的奇特性，文章的佈
> 局，實在不能忽視，島田莊司的新本格理念直接間接
> 對於本土推理創作的影響。（藍霄，2007）

藍霄這一段對於島田莊司系譜的「點名單」，已然勾勒出自
1990年代中期跨入21世紀，台灣本土推理創作的發展曲線，
甚至他所點名作品的作家，尤其是既晴、凌徹、林斯諺、冷
言，幾乎構成了2000年之後台灣推理創作的核心版圖。

雖然林佛兒創刊的《推理》雜誌，在1990年代中期因
為他不再擁有林白出版社的經營權，造成《推理》影響力急
遽下降。但對既晴、凌徹這批1970年代以後出生、閱讀《推
理》長大的新世代創作者來說，他們最早發表短篇小說的
場域，還是集中於《推理》雜誌。如既晴就發表了〈考前計
畫〉（1995）、〈復仇計畫〉（1996）、〈鳶歌〉（1997）
幾個短篇，[57] 而凌徹也發表過中篇小說〈列車密室消失事

---

57 既晴早期發表於《推理》的幾篇短篇分別如下：〈考前計畫〉128期
　（1995.01）、〈復仇計畫〉136期（1996.02）、〈鳶歌〉147期（1997.01），後
　均收入《獻給愛情的犯罪》一書（既晴，2006）。

件〉（1996）。[58] 只不過在既晴與凌徹這幾篇最初的小說
中，尚看不出島田莊司小說的影響；像既晴的三個短篇都是
以校園為題材，謎團與詭計都相當的樸素，不僅沒有名偵探
的存在，犯罪動機也總是與青年男女的情愛有關，嫌疑犯及
案件關係人更重複出現在不同作品中，具有高度的現實感。

　　因此要論及島田莊司的小說要素，真正進入台灣在地創
作者的語境，則要到1998年開始，而且多是從「幻想性的謎
團」與「智慧過人的浪人偵探」出發。在其中，凌徹可以說
是先行者之一，他所發表的〈反重力殺人事件〉可以說是目
前可見的首例。[59] 小說雖然也是以校園為背景，但核心謎團
是「飛行研究社」的社長被發現陳屍在農田中的廢棄三層樓
凹字形建築物，然而前一晚竟有目擊者看到死者身體四肢展
開有如X形，匪夷所思地漂浮在該棟建築物的凹字形中庭。
因此偵探所要面對的難題，除了社長死亡的真相外，還有這
個身體漂浮之謎。而凌徹在小說中所創造的偵探方揚，雖然
還是個學生，卻也同時是個獨立性高、喜歡到處流浪，稍微
具有神秘感的「浪人偵探」。方揚後來成為凌徹筆下的系列

---

58 凌徹發表〈列車密室消失事件〉時是以亞特為筆名，發表於《推理》143期（凌
　徹，1996）。

59 〈反重力殺人事件〉便是藍霄〈島田莊司對於台灣推理小說創作與閱讀的影
　響〉一文中所提到的〈重力違反殺人事件〉，之所以篇名上有差異，根據凌徹
　所言，是因為當初他投稿《推理》時，原本以〈重力違反殺人事件〉為名，但
　發表時被更改篇名為〈反重力殺人事件〉，藍霄應是尊重作者而以原初篇名為
　據，然因為本章在討論時以刊載之版本為主，因此仍援用發表時的篇名（凌
　徹，1998）。

偵探，雖然浪人色彩不再那麼強烈，但其遭遇到的案件仍然非常詭譎離奇。像在凌徹2006年的〈幽靈交叉點〉中，方揚所面對的挑戰，是一個發生在台北市的巷道交叉口，機車騎士與迎面而來的汽車穿越而過，卻毫髮無傷的「幽靈列車」事件，可說是幻想性十足的謎團，當然一如島田莊司的所有小說一樣，最後當然必須有邏輯性的解謎。該篇小說後來還經由推薦，翻譯成日文刊登於日本的推理雜誌《ミステリーズ！》上。[60]

　　當然除了凌徹之外，若要說到對於島田莊司徹底的接受，那絕對不能不提既晴。既晴的轉變則是出現在1999年投稿《中國時報》「第三屆時報文學百萬小說獎」的第一本長篇《魔法妄想》，雖然最後在文學獎鎩羽而歸，但透過網路的力量，他自行印刷了一百冊精裝本，並邀請凌徹與《推理》雜誌出身的評論者杜鵑窩人撰寫解說。在解說中，凌徹便開宗明義的指出，《魔法妄想》中的核心謎團與詭計：一具站立的無頭屍體，其實便是試圖立足於島田莊司《占星》無頭詭計的顛峰上，試圖「使幻想性與邏輯性能統一在異常空間的旗幟下」（凌徹，2000：294）。的確透過幻想性謎團的設計，便能掌握到島田推理小說理論的核心，因為在島田的〈本格Mystery論〉一文中，他不僅將新時代的本格推理小

---

60 凌徹〈幽靈交叉點〉原發表於《Mystery Vol.1》（凌徹，2006）。後經由日本東京創元社榮譽顧問、也是日本新本格重要推手之一的資深編輯戶川安宣推薦，刊登在《ミステリーズ！》（凌徹，2008）。

說命名為「本格Mystery小說」，更認為它是來自於「神話的系譜」：

> 人類就是這樣透過某種宗教儀式從神那裏獲得了故事，這就是今日小說的始祖。

> 從神那裏所得到的這些故事當然是超越了日常、常識，帶有某種幻想的色彩。擁有特殊靈感的說故事的人在內部的夜晚的世界裡，傾聽神的聲音，編織出了故事。他所敘述的夜晚、森林、街道和在晨光之下具有明確輪廓的現實世界，保持著遙遠的距離。（島田莊司，1989：37-38）

他以被譽為是推理小說始祖的愛倫坡〈莫爾格街兇殺案〉為例，認為它的價值在於透過幻想性而生產出推理小說的基本型態：

> 以幻想小說為母體，從此誕生了新型態的小說。這種形式的小說之所以有著不可理解的幻想風味，全都有其相對的理由。讀者以邏輯的思考推理、找出那究竟是什麼理由，以此找出事件的真相和犯人。（島田莊司，1989：39-40）

> 我認為現在被總稱為推理小說的作品中，分為由幻想
> 小說長出新芽，分支出來的愛倫坡風格的偵探小說；
> 以及受到前者影響從寫實主義的系譜出現的犯罪推理
> 小說，也就是有兩種演化路線完全不同，平行存在的
> 流派。（43）

> 對於今後的mystery乃至推理小說，我希望想要創作
> 「本格」的作家能夠帶有某種一貫性創作作品。若是
> 要讓密室、消失的列車或房子、人物、街道，謎樣的
> 幻之女、名偵探這種奇怪現象或是人物出場的話，因
> 為這屬於神話系譜的mystery，所以作品中一定需要某
> 種幻想風味。（54）

透過這樣的主張，島田莊司一方面把他所認為真正「本格」
的推理／Mystery，與松本清張那種寫實主義導向的系譜區
隔開來，而昭示出一種「未來」的方向。二方面他將自己建
構出來的本格理論中的「幻想性」，上溯到推理這個類型的
「原點」，也就是愛倫坡所奠定下來的法統，以建構其正當
性。因此，「在開頭有著幻想的、充滿魅力的謎團，以及具
有為了解決謎團的高度邏輯（形式）的小說」（島田莊司，
1989：55），可以說是島田式本格的真諦。

　　而我們可以看到在既晴《魔法妄想》中，不僅依照著
上述的重點以進行創作，創造出幻想性極高的「換頭魔法」

謎團，他更試圖去掌握從島田莊司小說中體會到的其他重要風格，包括透過以「高雄市某醫院精神科醫生與病人的對話」，這種具有「代言」性質的「異質文本」做為小說開場，以及讓主述者杜裕忠有如島田《占星》的梅澤平吉一般，在首章中不斷表明著自己彷彿被魔鬼附身。更重要的是，既晴創造了一個異常性直逼御手洗潔，首次登場就是在精神病院、而叨叨不絮近似於瘋癲的偵探陳小江：

> 「我一定是被醫生討厭了才會遭到這種對待！他好像早就想把我趕走了，但我的病還沒好啊，怎麼可能出院？可是，從你一進來到現在，已經有兩個多月囉，我天天不斷和你講話，不過這還是我第一次告訴你我當初心情不好呢。沒把醜話說在前頭，這就表示我起碼還具備一點社交的能力。另外，我不是也一直試著表現友好的態度嗎？我從第一天就向你自我介紹，還告訴過你我的興趣、嗜好，但你卻一點反應也沒有，而且我想你一定全都不記得了吧？難道你真的是一個心中只有自我的人嗎？……」

> 「其實你的心情我多少也能夠體會啦，當你很熱切地告訴別人自己心中的想法，卻撞上他們冷眼相待的大釘子，甚而更嚴重，居然被當成瘋子，滋味的確不太好受。比方說像我，我一直在設法說服治療我的醫

生，我真的是一個名偵探，可是他打死就是不相信，
因為他根本就不願意承認世界上有名偵探，而且正是
在他眼前啊。」

「不過我也知道，只要我一直堅稱自己是個名偵探，
他就會以為我的病情毫無改善，然後就不會逼我出院
了……可是，我本來就沒有說謊啊！是他一直不肯相
信嘛。」

「然而，存在主義的看法太悲涼了，不是嗎？沒錯，
人確實是無法感受到別人的體驗，這是人無法掙脫的
限制。但這並不直接就等於人和人永遠無法交心。最
起碼人類就發明了手勢、語言和文字來溝通……」
（既晴，2000b：247-249）

陳小江在整篇小說結構的中段登場，以及近似狂人的形象，
都與島田《斜屋》中偵探的登場如出一轍。御手洗潔不僅一
出現就胡言亂語說兇手的確就是人偶傑克，更嚴重的是他在
屋內開始大放厥詞，彷彿暴走一般：

「嗨，各位，讓你們大家久等了。我就是御手洗！這
是人力，人力造成墮落，使人偶站起來，這顯然是從
槓桿原理演變來的。這叫做Jumping Jack Flash，也就

是出場一次就鞠躬下台的傀儡人偶。這真是令人悲哀的幻影。為了在他的棺木入土前，跪地表達敬意，我特地千里迢迢飛來這北國之地。」

「年底快到了吧？哎呀，東京到處都已經開始大拍賣。抱著購物袋的歐巴桑互相推擠，可是這裡卻像另一個天地般安靜。不過，真可憐，等到正月四日，各位就必須回到最前線了。但到時應該不愁沒故事回去說給別人聽了，因為我相信三天之內解決這個案子，這一定會是非常特別的經驗。不過，屍體有兩具就夠了。各位不用再擔心了。我來了以後，不會再有人變成冰冷的屍體。為什麼呢？因為我已經知道兇手是誰。」

「各位都是當事者，對這個刺激的案件，應該也都思考過。但若你們以為那具人偶只是個整年呆坐在三號房的木頭人，我勸你們最好戴上眼鏡。那可不是普通的木頭，它是兩百年前的歐洲人，穿越了兩百年的時空來到這裡。各位對此應該深感光榮。兩百年前的人，可不是這麼容易見到的，因此它可說是個奇蹟。隨著暴風雪在高空飛舞，越過玻璃窗窺視房間，把刀子插入人類心臟這種事，比各位用手觸摸眼前的茶杯還簡單。藉著從千年沉睡甦醒的魔術，它的存在正是

為了演出這個事件的一幕，才得到上天賜予的生命，扮演最重要的角色。……

「機械使人類過得更輕鬆？這個口號真是假惺惺。與此相比，房屋仲介的那種『距離車站三分鐘，三十分鐘抵達市中心，充滿綠地的絕佳環境』等誇大廣告，可信度還比較高呢。我們千萬別受這玩意矇騙，產生優越感，把雜務都交給機械。如果一小時就能抵達北海道，各位也看到了，就會被命令今晚就趕來，也不管人家還有別的工作要做。結果變得比以前花三天才能到北海道的時候還忙，連讀書的時間都沒了。這真是無聊的騙局。再過不久，警察先生鐵定能在自動販賣機買到犯人了。可是到那時候，犯人也正在投入硬幣買屍體。」（島田莊司，1999：225-228）

在此我之所以大篇幅的去引述陳小江與御手洗潔兩位偵探的言行，目的便是要凸顯兩者的趨近，以及既晴這樣的書寫方式背後，其實存在著台灣推理作家試圖對日本本格推理所具有的文體秩序，進行跨國挪移譯寫的意義。

在本書的第二章中，我已經詳細討論過死者身體秩序的跨國譯寫，如何成為台灣推理小說在地實踐中，完成本格推理小說所需要「文體秩序」的重要策略。而屍體錯位所帶來的謎團，所呈現出來被破壞的秩序景觀，勢必召喚出第三章

我所討論的偵探身體秩序的回應。

　　也因此，雖然在島田與既晴的小說中，謎團原本已經揭露出一個充滿著高度幻想、甚至有時如同夢境般非理性的世界景觀，但由於御手洗潔與陳小江兩人的介入，而顯得真相的秩序更為混亂。但其實，這些都只是故事的表象，瘋癲偵探身體的存在，是為了迎向小說終局的解謎，也就是讓謎團所展示的顛倒錯亂的世界秩序，最後仍可以被扶正。在島田的《占星》那裡，御手洗潔的占星術知識讓他能夠戳破兇手的故佈疑陣，但隨著作者的需要，御手洗潔的知識能力必得開始無限制的擴張，而成為超人般的智慧，一如在《斜屋》中的那樣。為取得一種掩飾性的煙幕，也可說是身體內在秩序的平衡，必須以小丑般的瘋癲行徑表象於外，最後則透過解謎而完成小說的文體秩序。

　　而在既晴煞費苦心的以高雄為地景的本土推理創作《魔法妄想》中，之所以挪移了一具自橫濱而來的瘋癲異質身體，其目的便在於，透過這個瘋癲氣質偵探身體的介入，而讓小說中原本具有高度幻想性的謎團，在充滿著理性與瘋癲衝突的異質身體衝撞下，導向利於偵探登場的舞台。也就是讓陳小江原本就住在精神病院被監禁的身體秩序與經驗，能成為他與真兇──杜裕忠的精神科醫生李敢當對決的重要武器，賦予其偵探知識裝備上的合理性。但顯然的，只有幻想性的謎團與瘋癲偵探，對於既晴來說仍是不夠的，因此他才在《魔法妄想》的敘事上，安排了與《占星》相似的結構，

開場讓杜裕忠敘述自己有如被惡魔附身的精神狀況，接著目睹狗頭人身的惡魔換頭魔法，而在小說的最後，也讓犯人以近於自白的方式，娓娓道來犯罪的因由，可以說是相當徹底的敘事挪移。唯有透過這樣的方式，才能夠真正將本格推理的文體秩序給譯寫過來，然後去回應如既晴自己在《魔法妄想》的序中所說的，以及島田莊司所昭示的，推理小說始祖愛倫坡所奠定下的推理敘事法統。

　　然而這樣的一種推理創作的正當性，在《中國時報》第三屆「時報文學百萬小說獎」以推理小說為徵文主題的結果揭曉時，顯然遭受嚴重的挑戰，並造成推理場域相當巨大的震盪。由於台灣首度有以百萬的高額獎金徵選長篇的推理文學獎，因此像吸引了許多《推理》雜誌出道的中生代作家包括思婷、余心樂投稿，新世代的既晴跟冷言也分別以《魔法妄想》及《零下十七度C》參加徵獎，但最後皆鎩羽而歸。正如我在第一章中已詳細論述的，由於既晴的《魔法妄想》的洩漏謎底「爆雷」事件，引發了網路推理迷的反彈，以及對評審及主辦單位資格與正當性的質疑。而其中更重要的是，在整體評選標準傾向於要求「文學性」、「文字的精鍊性」以及對於「本格」明顯的排斥的狀況下，《魔法妄想》中原本在作者書寫過程中，刻意譯寫島田莊司「文體秩序」因而大篇幅開展讓偵探暢所欲言的反覆「推理」過程，以及追求幻想性謎團而選擇的精神病患、心理醫師、魔法等設計，卻都變成《魔法妄想》的敗筆（魏可風，2000）。面對這樣的

結果，既晴也憤而表示：「投稿參加這個獎，我根本是在對牛彈琴！」、「現在的台灣推理，唯有擺脫商業行銷，才有可能飛躍到與世界推理小說並駕其驅的前線！」、「不要認為台灣推理創作很弱，台灣出版業界的層層關卡已經鎖死了任何超越不用功的編輯所能理解的範圍的新概念創作了。」（既晴，2000b）因此毅然決然走自己的路，並自費出版《魔法妄想》在網路上販售。

　　時報百萬小說獎的爭議，其實體現出來的是布迪厄（Pierre Bourdieu）所言「文學場域」（literary field）內部的權力爭奪問題。當台灣推理文學場域的運作，進入了一個重新組構的階段：原本高舉以松本清張為核心的日本知識體系典律的林佛兒，因為失去了經濟資本（economic capital），也就是林白出版社的主導權，造成《推理》雜誌的式微，以及他在推理場域的隱遁與逐漸邊緣化，而被繼起詹宏志的歐美推理史觀所取代。但詹宏志透過「謀殺專門店」以及臉譜出版社的規劃，帶入的還是具有菁英文學傾向的觀點，而第三屆時報文學百萬小說獎，其實是延續了這個觀點，讓主流文壇的勢力一步步的佔據推理文學場域中的重要權力位置。而既晴《魔法妄想》所點燃推理小說美學標準的衝突，其實反映的正是網路推理社群對於主流文學場域意圖侵犯並主導推理文學場域規則的焦慮。

　　只是相較於林芳玫曾經分析1970年代台灣文學場域中由純文學所主導的主流文壇與大眾文學之間的衝突，是因為瓊

瑤跨越了場域的界線，侵犯了純文學場域，因此被知識菁英所批判（林芳玫，2006：103-118）。20世紀之交的台灣推理文學場域，出現的則是另一批新世代的讀者，因為透過網路這樣新的媒介，能夠直接獲得西方及日本的推理知識，因此累積了諸多的文化資本，反過來質疑與批判純文學作家、評論家與主流媒體霸佔推理場域的核心位置，這次被侵犯的反而是大眾文學場域的運作邏輯。

當然既晴也就透過網路這個管道，經由《魔法妄想》的新書發表會的契機，串連起網路上的推理讀者社群，累積出他的社會資本。進而成立「台灣推理俱樂部」、舉辦「人狼城推理文學獎／台灣推理作家協會徵文獎」，並在以恐怖小說《請把門鎖好》獲得第四屆皇冠大眾小說獎，快速累積他的象徵資本（symbolic capital），造就他在推理文學場域中的主導位置，促成出版社的翻譯出版計畫，以及小知堂文化「Mystery Eye」書系、明日工作室「明日便利書」的本土推理出版。

既晴表面上是開創出屬於「台灣」的推理文學場域，建構出「本土推理」的書寫版圖，但其實是透過這樣的過程，將島田莊司的「本格」推理美學，建構為台灣推理文學場域的書寫典律。既晴除將自己的《魔法妄想》更名為《魔法妄想症》（2004），在小知堂「Mystery Eye」書系作正式的商業發行外，他在後續創作中，更徹底地實踐島田莊司的「本格Mystery論」。不論是第二部推理長篇《網路凶鄰》中三位

沈迷上網的女性死於身體被焚燬的怪異火災，卻在陳屍的房內均找到上吊使用的白色吊繩，且在她們死前都收過夾帶著女子自殺恐怖影片的e-mail（2005c）；或是第三部長篇《超能殺人基因》中出現死於台灣921地震的基因工程學（Genetic Engineering）王教授，被懷疑死前在埔里培育出具有漂浮能力的超能基因嗜血怪嬰，而六年後同樣在埔里的玄螢館內外發生了連續殺人事件，詭異的是兇手可能有讓屍體漂浮的能力（2005b）。兩部小說延續著島田「幻想性」謎團的實踐，但更進一步的是，既晴在《超能殺人基因》中沿用了島田在《斜屋》中所採取的「為殺人而建造具有封閉空間型態的館」的概念，也再利用了王教授的手記這樣的「異質文本」，營造出謎團的多層次複雜性。

而且一如島田所「指示」的，作為「神話系譜」的推理小說，作品中的幻想風味是不可或缺的，「若是覺得平成的東京太過乏味，那麼就必須找出以他國都市、地方鄉村、回到以前的時代等等的對策。」（島田莊司，1989：54）因此在既晴的《超能殺人基因》中，不僅以純樸的埔里為事件的舞台，更將台灣鄉土中發生的死亡事件，連結上1980年法國亞維農（Avignon）附近普羅旺斯（Provence）山區小鎮聖雷米（Saint Remy）所發現的少女連續死亡事件；以及前一年發生在德國巴伐利亞（Bavaria）地區台灣人童凱洲涉及的盜墓事件（2005b）。台灣推理作家在小說中書寫跨國案件，其實早在日治時期就已出現，更遑論1980年代活躍的林佛兒、余

心樂、葉桑等作家，只是當時的小說中之所以涉及國外，往往是案件相關人士在故事發展過程中出奔海外——如林佛兒《島嶼謀殺案》（1984b）的香港、馬來西亞；或是原來主角的生活空間就在外國——如余心樂《推理之旅》（1992）的瑞士、葉桑〈遺忘的殺機〉（1992）的日本。但鮮有如既晴是作為故事敘事的起點，將外國「預設」為謎團的核心，且讓其散發出強烈神秘不可解的幻想光芒。

　　而既晴對於島田的這樣的「精神血緣」，其實也延續到同樣自人狼城文學獎出身的冷言身上。就如同冷言公開在部落格上承認的，自己在首部長篇《上帝禁區》中，不僅採取了如同《占星》一般的屍體錯位詭計（冷言，2008b），小說更安排了以台灣雲林的林內鄉雙子村（地方鄉村）為背景，一個在該村世居兩百多年，但在1964年發生死亡事件的家族悲劇（回到以前的時代）作為主要謎團。除此之外，他更實踐了島田推理小說幻想性元素中的重要代表，讓偵探群在重新回到村落去調查時，碰上該家族主人林紀年，頭部被重擊死於四周都是水的田中小屋，也就是「密室」：

> 「密室殺人」是只屬於從幻想小說分支出來的mystery的元素。也就是說，只要作品中出現「密室」那麼就一定會有mystery的故鄉——幻想小說——會有的幻想風味的筆觸。〈莫爾格街兇殺案〉正是如此。作家會被要求必須準備與其對應的道具和筆法。（島田莊

司，1989：43）

其實「密室」對冷言來說是非常重要的元素，從早期的短篇〈風吹來的屍體〉（2004）到後來的長篇《上帝禁區》與《鎧甲館事件》（2009），無一不涉及「密室」詭計。當然短篇與長篇由於篇幅的差異，可以運用的元素也有所不同，因此在挪用島田本格理論的觀點進行譯寫時，也會有程度上的差別。在短篇中，冷言便只是單純的以幻想性的謎團作為開場，再搭配上一個密室詭計，單純的對島田進行譯寫；但在兩本長篇中，他便需要謎團的幻想性複雜化，以更完整的文體秩序作考量，甚至加入其他日本推理作家如橫溝正史、綾辻行人的慣用元素，才能更高度的達成整體的文體秩序譯寫。

當然，透過這樣的過程，這些「島田的孩子」聯手穩固了台灣推理小說場域的運作，讓島田莊司所昭示的「本格」書寫之道，成為重要的美學標準，並且具有主導力量。然而在這些譯寫過程中，其實是在地的作家單向地透過島田小說的中譯本，去體驗那種幻想性與邏輯性的結合之道，想像島田的理論精華。但當這些台灣新世代推理作家實踐島田莊司理論的小說作品「成果」，與島田真正「邂逅」時，又會得到他怎樣的回應？他們真的能夠符合島田的期待，榮耀他們心中的「推理之神」嗎？當2007年開始島田莊司「親履」台灣這塊將他奉若神明的土地時，他又如何直接的介入台灣推理文學場域的運作？他是作為一個「認證者」？還是又帶來

了新的理論架構？而這些「島田的孩子」是否真的具有血緣的合法性？這些問題必須透過另外三個其實也在島田莊司系譜中的作家藍霄、林斯諺跟寵物先生的例子來看。

## 四、東亞的萬次郎：島田莊司在台系譜的轉折

或許我們必須承認，在冥冥之中，歷史其實有它自身的啟示性隱喻，在島田莊司的台灣系譜發展上，也存在著這個狀況。島田曾在1992年發表過一部具有高度幻想性的小說《眩暈》，內容延續著《占星》的概念，以一部手記作為核心謎團。手記中記述著1983年一位住在鎌倉海邊稻村崎公寓休養身體的年輕人三崎陶太，由於遇上強盜殺人事件，致使照顧他的河內香織與父親的秘書加鳥猛雙雙死亡，而他在逃出求援時，赫然發現外界已然變成太陽黯淡、建築頹圮，居民都變成怪物的世界末日荒原。他回到公寓後，竟動念模仿曾閱讀的《占星》內容，把兩具性別各異的屍體切割成兩半，並將香織的上半身與加鳥的下半身，組合成一具女上男下的美麗新人體；而當他唸誦復活咒文之後，這具人體竟然真的復活了。而1989年深夜，同一座公寓五樓的守靈儀式中，未亡人松村富子遇到一位帶著女性氣質的俊美男性前來弔唁，卻不由自主被吸引而任其挑逗慾望，最後被丈夫的上司撞見，俊美男性逃逸而消失在電梯中。然而經由御手洗潔的推理，發現原來手記的主述者之所以會看到如世界末日的

荒原景象，是因為他的電影明星父親旭屋架十郎和秘書加鳥
發展了同性愛關係後被加鳥威脅，因此打算殺害加鳥，而在
「南國」印尼雅加達的海邊製造出一個虛構的家園，安排了
一個跟鐮倉稻村崎公寓一樣的殺人舞台，並將兒子三崎陶太
轉移至此作為目擊者，而手記中的強盜事件兇手其實正是父
親旭屋，真相是被組合的人體並未真正復活，唯一滿足的是
原本身體殘缺的三崎陶太對身體的想像與慾望（島田莊司，
2006b）。

這有如台灣推理創作者的血緣鏡象，希望能在南國接
續著《占星》中的復活魔法，召喚出能夠向島田莊司致敬的
美麗本格推理「身體」，但位處南國的島田的孩子，並不知
道原來自己身處的已然是過時的殘缺幻影，當父親真正到來
時，將會帶來真相。一如《眩暈》的結局一樣，孩子發現想
像的美麗新身體根本不存在，原來自己的身體仍是那麼地殘
缺。

2007年4月9日，島田莊司終於踏上這個將他「奉若神
明」的南國土地，舉辦他的《龍臥亭幻想》（2004）新書座
談暨簽名會，會議由既晴主持。自2003年皇冠文化規劃出版
島田莊司作品集，重新再版《占星》並更改譯名為《占星術
殺人魔法》，既晴儼然成為島田莊司的代言人，為他的每一
部中譯作品撰寫導讀。[61] 雖然台灣最早進行島田莊司理論跟

---

61 唯一的例外是麥田於2005年出版的《透明人的小屋》（透明人間の納屋），由
　於這是島田莊司應日本講談社規劃的青少年推理書系Mystery Land（テリーラン

小說翻譯的作家是凌徹，但顯然後來既晴的寫作更徹底的將島田奉為圭臬。加上既晴身為皇冠大眾小說獎得主，作品幾乎都在皇冠文化出版，有著密切的合作關係；又如前述他也掌握了台灣推理場域的主導位置，並將島田莊司的本格推理書寫理論，建構為推理場域內的主導美學與邏輯。因此當島田莊司來台時，既晴具有高度的「正當性」，去擔任相關活動的主持人。島田莊司不僅公開宣示希望能以自己的力量，促成東亞各國推理小說的交流與連結，並期盼能夠在台灣找到第二個綾辻行人，他很樂意給台灣有志於本格推理小說的創作者意見，更透露他已經收到既晴的小說，稱許若以既晴文質彬彬的長相與氣質，在日本文壇一定會相當受讀者歡迎。作為島田的孩子，既晴似乎已經得到君父的認可，並且讓在場的台灣讀者都具有一個明確的想像：既晴作為下一個綾辻行人，似乎指日可待。

但這一切似乎在2009年，發生了重大的轉變。首先是島田莊司在日本跟講談社合作，於2009年推出的「島田莊司選亞洲本格聯盟」（島田莊司選アジア本格リーグ）書系，選擇了藍シャウ《錯誤配置》，也就是藍霄2004年的長篇小說《錯置體》，作為書系的首作，也意外讓《錯置體》成為戰後台灣第一本翻譯成日文在日本出版的長篇推理小說（藍シ

ド）之邀，於2003年所撰寫出版的，而該系列是以整個系列的方式授權給麥田出版，因此是島田莊司作品自2003年再度於台灣問世後唯一不由皇冠文化代理出版的小說。

ャウ，2009b）。但何以會選擇在《推理》雜誌出道，受到松本清張小說啟蒙的中生代作家藍霄的作品？而不是完全依照島田本格理論，亦步亦趨跟隨著島田步伐的既晴？

2009年島田莊司再度為了小說獎頒獎及展覽來台，雖然在當時出版的展覽特刊上仍能見到既晴的文字，而趁勢推出的島田作品《俄羅斯幽靈軍艦之謎》（ロシア幽靈軍艦事件，2001）與《開膛手傑克的百年孤寂》（切り裂きジャック・百年の孤独，1988）中仍是由既晴導讀，但由於自島田第一次來台後，皇冠文化便開始邀請傅博撰寫總導讀，因此既晴退居次位。而且因為島田莊司推理小說獎才是該次島田來台的重點，因此得獎者寵物先生自然成為媒體與讀者最關注的對象，但很顯然既晴已然不是要角，在主辦單位為島田舉辦的幾場公開活動中，都直接由口譯主持，而相關的特展系列講座演講，除了既晴之外，也邀請了其他的講者，已經不再是如以往「獨尊」的狀況。[62]

這一切改變的原因，或許可以從島田莊司推理小說獎的結果中得到解答。在入圍最終決選的三部作品中，其中兩位作者是同為既晴所創辦的「人狼城推理文學獎」得獎出道的，分別是林斯諺《冰鏡莊殺人事件》（2009，以下簡稱《冰鏡莊》），與寵物先生《虛擬街頭漂流記》（2009，以

---

62 特展系列講座共舉辦三場演講，分別是9/19冬陽「島田世界的樸實與華麗」、9/26陳國偉「魔神疾走的異邦──島田莊司的身體空間學」、9/27既晴「島田莊司的御手洗潔系列」。

下簡稱《虛擬》），以及推理界的新面孔，不藍燈的《快遞幸福不是我的責任》（2009）。這三部作品是經由詹宏志、景翔、玉田誠的複審後，再由島田從三部作品中選出一名首獎。三位複審的背景中，詹宏志原本就是在台灣知名的重要文化人與趨勢家，1997年以後也成為台灣推理文學場域中歐美推理小說的引介者與評論家，一直具有重要的影響力。而景翔身為翻譯家與影評人，並自第二屆人狼城推理文學獎開始，一直到轉型成台灣推理協會徵文獎，都持續擔任該獎的決審。至於台灣讀者較陌生的玉田誠是日本人，因為長期在日本的部落格上介紹台灣推理文學的發展，而與島田莊司熟識，並對其近期的理念相當瞭解。因此在這三本決選作由三人各自撰寫的推薦序中，便可看出其實各有所好：詹宏志對於《快遞幸福不是我的責任》中發展出前所未見的、屬於台灣在地的敘事腔調感到驚喜（詹宏志，2009b：5-8）。而景翔認為《冰鏡莊》中以八件不可能的犯罪作為謎團，內容多元豐富而紮實，能在傳統的基礎上發揮高度「創意」，是精彩的本格推理小說（景翔，2009：5-7）。玉田誠則是對《虛擬》給予高度評價，直指它因為融合了虛擬世界與人工智慧這些科幻要素，將其結合進本格推理的各種技巧，「使本格推理進化成兼具『機械體質』和『生物體質』的混合文學」、「成為二十一世紀美麗的『混合維納斯』」，是足以跟日本推理匹敵的「二十一世紀本格推理的指標作品」（玉田誠，2009：4-5）。因此較為敏感的讀者都已能夠從這些

話語中察覺，《虛擬》因為符合島田所期待的本格推理新方向，必然能夠在這個獎脫穎而出。

也就在這個地方，歷史的弔詭與隱喻，全部迸發開來。島田彷彿他處女作中的梅澤平吉一般，一直都在期待透過具有創造力的「接肢」與「接體」，創造出能夠帶領本格推理前進的「混合維納斯」，用他的最新話語來說，就是所謂的「21世紀本格」。雖然台灣沒有出版他的相關理論書籍，但其實台灣讀者與創作者已經可以從翻譯的小說作品中，察覺到他的改變。一方面，科學開始成為島田小說中不可或缺的存在，從1992年《眩暈》開始，島田就已經藉由御手洗潔與東大古井教授針對DNA與腦科學的討論，展現他對先端科學的興趣（島田莊司，2006b：82-114）。到了2002年與2003年，他分別出版的《魔神的遊戲》（魔神の遊戲）與《螺絲人》（ネジ式ザゼツキー），則是以腦科學作為鑰匙，去解開《魔神的遊戲》中罹患精神疾病的藝術家所畫出有如《舊約聖經》中末世景象的「未來的記憶」、以及《螺絲人》中童話作家的作品《重返橘子共和國》中隱藏的死亡記憶兩個謎團。而在2005與2007年出版的中篇合集《伊甸的命題》（エデンの命題）與《利比達寓言》（リベルタスの寓話）中，分別收錄的同名短篇，則是以複製人與網路作為題材。而皇冠文化也從2005年初，開始陸續引進這些作品。

這些小說中的謎團，不僅僅是幻想性的進化，實是以「最新科學」這樣的「人工裝置」為出發點，融合幻想性與

科學知識，所創造出能夠支撐謎團與小說世界觀的「21世紀本格」（島田莊司，2003b：131-141）。因此，當科學成為謎團的核心而建立新的文體秩序時，當然需要一個相應秩序的偵探身體，因此御手洗潔也就從橫濱馬車道前進紐約，從占星師變成「世界的御手洗潔」──美國哥倫比亞大學的腦科學教授。在這個過程中，既晴其實也有在導讀勾勒出這個線索，然而他更在乎島田在題材上的脈絡，以及先端科學與謎團「幻想性」間的關係，似乎只能察覺這個改變的現象，而沒有把握到真正的本質。

而這一點從島田對於寵物先生得獎作的美譽，也可以看出。《虛擬》將故事設定在2020年的台灣，一個以2008年台北西門町為藍本所設計的虛擬世界商圈「VirtuaStreet」，有一名登入（log in）的使用者橫死其中，而造成了現實中的死亡，因此設計師大山和小露便試圖找出真相。與過去台灣的推理小說最大的不同是，由於死亡案件是發生在虛擬世界中，而一切的真相必須在其中才能找到答案，在這樣的故事空間中，偵探與犯罪者的身體被「數位化」為虛擬空間中的存在，所有線索都隱藏在虛擬世界，因此現實中的偵探身體不存有任何意義，完全地被透明化。而針對這一點，島田在評語中寫道：

> 這部作品可以說是同時引用二十一世紀最新科技資訊與現代鬼怪故事的作品。本格推理的文藝復興運動，

就是立志回歸到愛倫‧坡小說原點，也是我一直以來
提倡的「二十一世紀本格推理」，而這個作品正好呼
應了這個想法（2009a：300）。

在島田來台頒獎的相關演講中，他一再地重複提到在愛倫坡
撰寫〈莫爾格街兇殺案〉的1841年，日本近代史上非常重要
的中濱萬次郎，在出海捕魚時遇到暴風雨而漂流到無人島，
後來被美國的捕鯨船救起，這是日本第一次與世界（西方）
遭遇，後來他也成為日本幕府末期黑船來日後，締結日美
親善條約重要促進者。島田莊司以此為喻，重申回到愛倫坡
的原點的主張，因此他希望在台灣找到的是「21世紀的萬次
郎」。[63]

但《虛擬》之所以能脫穎而出，更重要的是它真正把握
了21世紀本格的精髓，它不僅展現了對於世界未來圖景的思
考，更重要的是以最新科學作為本格的邏輯架構：

現代人頻繁往返於連線與離線的世界之間，以日本的
情況而言，目前正面臨了虛擬世界侵蝕現實世界的情
形。……《虛擬街頭漂流記》傑出的地方，在於清楚
地劃分了這兩個世界，而這個「劃分」本身，正是支
持本格推理的詭計的部分。然而電力複製的虛擬世界

---

63 同樣的觀點，他也在自己監修的MOOK《本格推理世界2010》（本格ミステリ
ー・ワールド2010）中重申（島田莊司，2009c：4-16）。

> 所支撐的不是「謎團」部分，而是「本格」的邏輯架
> 構。（島田莊司，2009a：300-301）

　　而相較於同樣是決選入圍作的《冰鏡莊殺人事件》，林斯諺這位高舉著延續美國古典推理巨匠艾勒里昆恩（Ellery Queen）解謎傳統的作家，卻似乎為了寫出一本足以被島田認可的作品，因此創造出一個「為殺人而建造具有封閉空間型態的館」。這座「冰鏡莊」座落在花蓮山中，以60度角的扇形存在，因為兇手的安排，成為無人能夠進出的「暴風雨山莊」，以進行連續殺人。但其實真相並不複雜，整個冰鏡莊其實是一個正圓，以依靠山壁的假象作為核心旋轉，因此造成了之前的死者與犯罪痕跡消失，雖然在謎團上充滿了奇想，但以此也晉身島田的孩子系譜的他，卻得到島田相當嚴厲的評語：

> 如果《冰鏡莊殺人事件》是在綾辻先生的「館系列」
> 之前，或在拙作《斜屋犯罪》之前出現，那麼毫無疑
> 問的，這部作品應該就是本獎的得獎作。然而現在本
> 獎期待的，應該是可以領導日本現狀，給予其他創作
> 者有效啟發的作品，而這個作品卻沒有這樣的特質。
>
> ……然而，假設這是在「館系列」風潮初期或最鼎盛
> 時期問世的條件下作評論，那麼我要說本作品帶出謎

團的手法，其魄力與創新都稍嫌不足。……

很遺憾的，這個作品中的謎是以前出現過的，而且是
已經形式化的東西，結果，這個作品無法當然地帶
給讀者太大的驚奇。……也顯示出過度沿襲前例的狀
況。（島田莊司，2009b：315-316）

也就是對島田來說，林斯諺在這本小說中的謎團與詭計，其
實都是「過時」的，即便是放在當時剛發展的歷史時空，這
本小說也不夠有新意，這等於是徹底否定了這本小說向島田
致敬的心意，但也突顯出這個獎所造成的想像落差。其實林
斯諺從出道作〈霧影莊殺人事件〉就開始以暴風雨山莊為題
材，後來的第二本長篇《雨夜莊謀殺案》（2006b）也屬此類
推理小說，但《冰鏡莊》很明顯的是作者依照自己對島田的
想像，在自己擅長的基礎上，加上他所認知島田美學特色，
以符合想像中的島田莊司推理小說獎的評審標準。

　　同樣的狀況，也出現在島田莊司與大學社團座談時，讀
者對他的提問：在該次投稿的參賽作中，有一部作品是以蘇
建和案的冤罪為題材，以島田對1976年發生於福岡的秋好英
明殺人事件所造成冤獄的高度關注，甚至與其通信寫成《秋
好英明事件》（1994），為何同為冤罪題材的參賽作無法獲
得青睞？而島田當場的回答是，他認為該篇小說所陳述的狀
況，無法讓他感受到冤罪的成立。雖然可能因為參賽作翻譯

的關係，或是對於台灣司法史的陌生，也可能是作品本身並不成功，因此讓島田作出這樣的回答。但究其根柢，島田在這個文學獎中，想要尋找的不是自己的「分身」，不是回應他寫過的謎團形式與題材的作品，真正的關鍵還是在於他念茲在茲的創作理論──「21世紀本格」。[64]

因此從這個角度，回頭來看島田在日本講談社編選的「亞洲本格聯盟」，何以選擇了藍霄而非既晴，或許就可以得到解答，關鍵就在於既晴的作品無法符合21世紀本格的方向。綜觀既晴的小說，多半都能掌握島田在1980年代晚期發展出來的「本格Mystery論」，尤其在幻想性與邏輯性的結合；但對於「21世紀本格」從最新科學來找出路這點，似乎就相當有限。雖然他在《超能殺人基因》中也試圖安排基因研究作為謎團的素材，來進行對島田的譯寫；但「超能基因」所帶來的，僅在於兇手極可能具有漂浮的能力，因此營造出小說謎團的幻想性與不可能的犯罪設定而已，這個已經相當靠近「最新科學」的基因題材，卻仍沒有辦法如寵物先生《虛擬》中的虛擬世界一樣，成為「『本格』的邏輯架構」。

另外從既晴一直以來替皇冠文化所撰寫的島田莊司小

---

64 也許正因為主辦單位與島田莊司都意識到參賽者的認知問題，因此第二屆徵稿時，特別將原來隱藏在「參加資格」網頁中的〈島田老師對本格推理的定義〉予以凸顯，並加入〈對華文本格推理創作的期待〉文章，將本格推理的概念作更清楚的說明，但其實內容已經包含了「21世紀本格」的觀點。詳參「第2屆島田莊司推理小說獎徵文活動」（皇冠文化，2010）。

說導讀來看，似乎也可見端倪。在《眩暈》的導讀中，他著重的是島田小說中呈現的「世界末日之夢」所實踐的幻想性（既晴，2006），未注意到這時已經啟動的腦科學討論；而到《螺絲人》的導讀中，他才稍微提及島田在2005年接受《皇冠》雜誌訪問時，提及完成《魔神的遊戲》之後的寫作計畫，是要朝向「腦Mystery」前進，但既晴特別關注的，是其所代表的「神秘性」以及偵探角色的轉變（既晴，2008）。一直要到2010年《伊甸的命題》的導讀中，他真正談到腦科學（Neuroscience）與發生生物學（Developmental biology）在21世紀本格理論中佔有怎樣的重要意義（既晴，2010），似乎才終於「趕上」。

然而在藍霄的《錯置體》中，由於作者身為人工生殖醫學專家，因此選擇將基因及染色體（chromosome），以及「解離性失憶症」（Dissociative amnesia）作為支撐小說中謎團與詭計的重要核心，並且帶入了關於「無精蟲症」（azoospermia）、「陰陽人」（intersexuality）等關於生殖醫學的最新科學，作為支撐整體解謎的基礎。因此，《錯置體》具有所有「21世紀本格」的要素，當然更重要的是這些最新科學也同樣成為支撐「『本格』的邏輯架構」。

但其實考察《錯置體》的文體秩序，的確發現故事的開頭與結尾，與島田《占星》有極為相似之處。《占星》的手記，在《錯置體》中以信件來呈現：故事開頭有著署名王明億的推理讀者來信，敘述自己被所有朋友遺忘且遭同事、家

庭等所有人際關係否定的神秘遭遇，因而要自首七年前犯下的密室姦殺命案，來證明自己的真實存在，並提醒小說中的主角精神科醫師藍霄當年他也涉及此案。但藍霄在命案當時於案發現場附近被襲擊而失憶，因此無法確定遺留在犯罪現場的精液斑是否與自己相符，然而幾天之後，王明億被發現身首異處死亡，但頭顱與身體的DNA卻是分屬不同的人。而這裡面的謎團、密室與概念上被錯位重組的（王明億）屍體，所具備的幻想性，的確都是早期島田本格Mystery理論的重要特徵。且兩書在最後都是由兇手「來信」告白犯罪經過，兇手的詭計都是利用身體切割與錯置、重組的掩護，隱藏自己真正的身份：《占星》是將自己的存活隱藏在屍體的數量裡，《錯置體》則是將自己的存在隱藏在身體表象的性別上。甚至在偵探形象的塑造上，藍霄的系列偵探秦博士，進入2000年以後，在小說中突然在知識身分上快速成長，有如島田筆下世界的御手洗一般：「三十歲就獲得哈佛醫學院雙醫學博士學位，三十二歲獲聘東京大學醫學院腦神經外科專任教授，同時獲聘為台大醫學院腦神經外科客座教授，專攻神經生理及病理，近來在腦細胞修復與重生的研究上獲得學界極大的矚目……」（2005a：194）。因此若要說藍霄也具有島田的「精神血緣」，一點也不為過。當然島田的21世紀本格相關作品，其實完成與引進台灣的時間都在藍霄的相關創作之後，藍霄也沒有日文的相關背景，應該不是那麼容易掌握島田的理論發展。然而他卻因為自己的醫學背景，意

外的實踐了島田的21世紀本格，而在2004年就已遠遠領先其他島田的孩子。

　　相較於2009年才出現的寵物先生《虛擬》，2004年藍霄的《錯置體》，已經在小說中成功地加入了「在地性」，而且在譯寫與建構台灣推理小說的「文體秩序」同時，又解放了這個秩序性。他雖然創造了一具能夠媲美世界推理史上任何一個名探的偵探身體秦博士，然而他卻讓這個偵探在整本小說中，徹底地沈默（諸岡卓真，2011），甚至讓位給「腔口」十足台灣味又惡搞的助手小李來發言。小說從謎團的揭露到解謎，是透過意識型態具衝突性的多重敘事者的聲腔，以及警方文件、證詞、新聞、e-mail等多重敘事文本，在不同章節中接力敘事。甚至在小說第四章中，藍霄讓助手小李跟偵探的地位逆轉，讓助手佯裝著主要偵探角色，顛覆既有文體秩序中的敘事法則，讓偵探的身體「在而不在」。這樣的一種推理小說敘事方式，並無法像雷蒙・威廉斯（Raymond Williams）所說的那樣，能將混亂的謎團分析限縮成秩序的形態，而展現出這個文類所具有的現代性（1989：45-47），反而是將敘事不斷的歧出，謎團不斷的複雜化與開放，展現出結構上多元的拼貼性，並且混淆真實與虛構的疆界，顛覆推理小說傳統上記憶與科學物證的可信性，以及文體秩序的安定性，形塑出不論是屍體、兇手、凶案、記憶、愛情、人生、結構、敘述主體都是「錯置」的饗宴（陳國偉，2004），反而展現出更趨近於後現代的特色。因此要論當代

台灣推理作家的島田系譜中，成功發展出在地性又展現突破的能動性的，藍霄絕對是最成功的一個。

## 五、歐亞大陸的維納斯？

> 從第二屆開始，義大利的Metropoli d'Asia S.r.l.也即將加入我們的行列。該公司會將作品翻譯成義大利文，並在義大利發行出版。……這五家出版社會以豐富本格推理文化為理想，攜手努力，希望能達成同步出版的目標。在成功之後，若能再度推動下一屆比賽，出版機會就不只限於這五家出版社而是以本格推理為關鍵字，推廣於全歐亞大陸。這是一個孕育壯麗夢想的企劃。
>
> ～～島田莊司[65]

島田莊司的小說與理論，跨越東亞國境的政治與文化限制，進入台灣推理小說作家的創作視域，這是一個相當重要的跨國知識傳播與再生產的議題，更是左右台灣推理文學場域生成的重要影響。台灣新世代的推理作家，由於認為從1980年代至1990年代中期的本土推理小說，過於追求松本清張式的社會關懷，使得謎團、詭計與邏輯推理等元素，在推理小說中扮演的層面被嚴重地被弱化，遠離了「本格推理」

---

65 「第2屆島田莊司推理小說獎徵文活動」（皇冠文化出版社，2010）。

的道途，而感到高度不滿，因此產生了實踐真正推理小說「本格」形式的欲求。在尋求本格推理小說文體秩序的過程中，在關鍵的歷史時間點，與島田莊司相遇，他的小說中極為華麗而不可思議的幻想性謎團、充滿魅力的天才偵探、為殺人而建造具有封閉空間型態的館、以及運用手記／信件／小說中的小說形式多元的敘事結構，讓他成為了台灣創作者與讀者「眺望本格」的重要憑藉。

因此當世紀之交，凌徹、既晴、林斯諺、冷言、寵物先生等新世代作家開始進入推理小說創作場域後，便大量師法島田莊司的本格推理風格。他們或透過不可思議的謎團（如凌徹），或以去理性化暴走偵探身體的塑造與魔幻情境的謎團（如既晴），或以分屍詭計作為核心（如冷言），或透過小說中密閉空間與建築物的擬造（如林斯諺），在推理小說的基本形式上進行「本格推理」的實踐。又或者選擇網路虛擬世界的最新科學（如寵物先生），甚至中生代推理作家藍霄在《錯置體》中所援引的腦科學與人工生殖醫學作為小說謎團核心的書寫，都不約而同地在創作概念層次呼應島田莊司所提出的最新「21世紀本格」的一系列主張的寫作策略。正因為如此，這些作家的爭相致敬，造就出島田莊司在台灣近十年來無法撼動的地位，在台灣再生產了島田莊司的系譜，成為了島田的孩子。

但隨著島田莊司來到台灣，直接介入台灣推理小說本格形式的建構過程，透過「亞洲本格聯盟」（アジア本格リーグ）

將藍霄《錯置體》選為台灣本格推理的代表，以及在「島田莊司推理小說獎」中尋找到能夠實踐21世紀本格的「東亞的萬次郎」的寵物先生，使得台灣的島田莊司系譜內部產生了矛盾，甚至是一種崩毀與轉向。這些活躍的新世代推理作家，將如何因應這樣的發展？他們是將開始投入打造立足於最新科學的21世紀本格，還是能夠透過譯寫島田的經驗，理解到其實島田對於愛倫坡的思考，是在日本自己推理小說發展過程中，對負載著在地性／日本性實踐的翻譯現代性傳統的回應，所以能另尋到建立台灣推理小說主體的途徑與出路？

2011年第二屆島田莊司推理小說獎，選出了陳浩基《遺忘。刑警》（2011）、冷言《反向演化》（2011）、以及陳嘉振《設計殺人》（2011）入圍決選，最後由出身自「台灣推理作家協會徵文獎」、同時也是協會成員的香港作家陳浩基掄元。而根據當時皇冠文化特別舉辦的島田莊司訪台講座「如何成為推理小說家」中，陳浩基自己的發言，他提到這部得獎的《遺忘。刑警》，其實是將2009年就完成的五萬字中篇，加上PTSD（Post-traumatic stress disorder，創傷後壓力症候群）的知識作為小說元素，發展成他所認知的「21世紀本格」作品（玉田誠，2011），從這裡就可以很清楚地看出，陳浩基作為一個島田獎的參賽者，是相當有意識地要靠向21世紀本格，以增加自己作品的競爭力。雖然島田莊司認

為《遺忘。刑警》作為21世紀本格的作品，仍有所不足，[66]並在座談中特別強調島田獎不是只能寫21世紀本格的作品（玉田誠，2011），然而相對於另外兩部距離21世紀本格更遙遠的決選作，最後只能鎩羽而歸，表示21世紀本格的理念，其實在這個文學獎中，仍然具有強大的支配力量。

但隨著第二屆小說獎又納入了義大利與馬來西亞的出版社後，原來島田預設的版圖，已經不單純只是東亞，更跨越到歐洲，而讓原來他理念中具有某種東亞主體／共同體的發展可能，反而可能被淡化。這些新發展與衍生的問題，究竟將為台灣推理小說場域帶來怎樣的質變，以及新一波的跨國譯寫與對話？混血的維納斯將往何處去？將如何再進化？蛻變為東亞萬次郎的島田孩子們，究竟是不是真的能夠為台灣，帶回新的推理小說在地化契機，創造出新的文體秩序可能？凡此種種，都將值得我們繼續密切觀察。

---

66 饒富意味的是，在《遺忘。刑警》的日文版出版時的相關評介文章中，日本的文藝評論家笹川吉晴仍是將此書界定為是島田莊司所提倡的21世紀本格作品（笹川吉晴，2012）。

# 第五章 翻譯的在地驅力
## ——身體劃界與空間的再生產

## 一、空間的詩意：推理小說與地理秩序[67]

推理這個文本類型（genre）的發展，自一開始便和空間與地理息息相關，而且不可避免地，又要提到被譽為開創這個類型的愛倫坡（Edgar Allan Poe）。在他那篇不斷被傳誦的經典作品〈莫爾格街兇殺案〉（The Murders in the Rue Morgue，1841）中，便選擇巴黎這個當時歐洲現代都市的代表，呈現出新興犯罪傳說的神秘與奇詭。其後又在〈瑪莉・羅傑之謎〉（The Mystery of Marie Rogêt，1842）展示了無數的犯罪驅力如何隱藏在現代都市的日常暗角，隨時準備創造個體的死亡，就像班雅明（Walter Benjamin）曾指出的，偵

---

67 本章將涉及包括既晴《超能殺人基因》（2005b）、林斯諺《冰鏡莊殺人事件》（2009）、藍霄的《天人菊殺人事件》（2005b）、冷言《上帝禁區》（2008a）、陳嘉振《矮靈祭殺人事件》（2009）、鄭寶娟《天黑前回家》（2007）、紀蔚然《私家偵探》（2011），與張國立《棄業偵探1：沒有嘴巴的貓，拒絕脫罪的嫌疑犯》（2011）、《棄業偵探：不會死的人一直在逃亡的億萬富翁》（2012），以及島田莊司《占星惹禍》（1988）、《占星術殺人魔法》（2003）等作的關鍵內容或謎底，特此說明。

探小說的最初內容，就是在消滅城市中的個人痕跡（2002：109-110）。

的確，正如G・K・卻斯特頓（Gilbert Keith Chesterton）在1902年的〈為偵探小說辯護〉（A Defense of Detective Stories）特別提到的，偵探／推理這個類型其實是最能夠召喚出那些隱藏在都市一磚一瓦的現代文明意象與感受（2004：6-7）。而在其中活躍的偵探，就像班雅明所定義的「漫遊者」（Flâneur），既是客觀的城市之眼，卻也是混入人群中與之竊竊私語的密謀者，但也因此對城市的地理取得了深刻的理解與支配性（2002：99-141）。一如Mike Crang所說的，福爾摩斯（Sherlock Holmes）所在的貝克街（Baker Street）燈光，猶如希望與理性的燈塔（2003：68），映照的是倫敦這座蘇格蘭場警察們無能為力的城市。

隨著推理類型在20世紀的發展，不僅都市成為犯罪者馳騁的失樂園，與自然共存的鄉村也成為各種神秘氣息交織的死亡地景，就像是阿嘉莎・克莉絲蒂（Agatha Christie）自長篇處女作《史岱爾莊謀殺案》（*The Mysterious Affair at Styles*，1920）開始一系列以英國鄉村為原型的創作；或是1927年開始以瑪波小姐（Jane Marple）為系列偵探的故事，更為具體化的故事背景「聖瑪莉米德村」（Village of St. Mary Mead），都是最具代表性的例子。

在上述這些作品中，作家不僅再現傳統社群中既單純卻又暗影重重的人際網絡，有時更連結上文明傳統遺留的神

話傳說。福爾摩斯雖被視為是大英帝國首都倫敦的守護者，但他的長篇名案《巴斯克維爾的獵犬》（*The Hound of the Baskervilles*，1901）也同時是鄉野空間與神話傳說結合的重要代表。而在大西洋彼岸有著「密室之王」享譽的美國作家約翰·狄克森·卡爾（John Dickson Carr），在其以基甸·菲爾博士（Dr. Gideon Fell）為偵探的系列如《女巫角》（*Hag's Nook*，1933）、《連續自殺事件》（*The Case of the Constant Suicides*，1941）等作品中，更是讓湧動在鄉間城堡與監獄的幽靈傳說，依附著世居鄉野的世家大族，成為死亡謎團的序曲。

與此同時，城市又以另一個方式，回到推理小說的世界中，那便是伴隨著1920年代晚期美國經濟大蕭條（Great Depression）而誕生的冷硬派（hard-boiled）。漢密特（Dashiell Hammett）與錢德勒（Raymond Thornton Chandler）聯手讓他們的私家偵探（private eye）山姆·史貝德（Sam Spade）與菲力普·馬羅（Philip Marlowe）潛入殘酷大街（mean street），在光與影的城市秩序間遊走，再現舊金山與洛杉磯的社會與經濟秩序。此後猶如一個不斷增生的系譜，發展出大規模的「駐市偵探」網絡，包括米基·史畢蘭（Mickey Spillane）筆下的麥克·漢默（Mike Hammer）、羅斯·麥唐諾（Ross Macdonald）筆下的劉·亞契（Lew Archer）、羅勃·派克（Robert B. Parker）的史賓瑟（Spenser）、勞倫斯·卜洛克（Lawrence Block）的馬修·

史卡德（Matthew Scudder）、梅西・米勒（Marcia Muller）的秀蘭・麥康（Sharon McCone）、莎拉・派瑞斯基（Sara Paretsky）的維艾華沙斯基（V. I. Warshawski）、蘇・葛拉芙頓（Sue Grafton）的金絲・梅芳（Kinsey Millhone）、蘿拉・李普曼（Laura Lippman）的黛絲（Tess Monaghan）等等，將紐約、波士頓、巴爾的摩、芝加哥、舊金山、洛杉磯連結在一起，將城市的罪與罰安置在想像的秩序之中。

　　而推理小說由西方向東亞傳播，在20世紀大行其道，在空間的書寫上似乎也沿著西方「先都市、後鄉野」的演化曲線，但卻更多了東亞各國發展在地性的重要憑藉。以日本為例，被認為是日本第一篇推理小說的黑岩淚香〈悽慘〉（無慘，1889），就已透過死者被發現陳屍在東京灣邊的築地一帶，以及當時的外國人居留狀況，凸顯了東京的地理秩序。而1920年代江戶川亂步（江戸川乱步）一系列建構日本自身性格的推理小說作品，更忠實地從生活風格與建築等各方面，再現了1923年東京大地震後城市的新地理秩序。一如藤森照信所指出的，從〈兩分銅幣〉（二銭銅貨，1923）開始，到1925年發表的名篇〈天花板上的散步者〉（屋根裏の散步者）、〈人椅〉（人間椅子）等作，江戶川亂步一路選擇從下町到池袋附近的高田馬場、目白等新興郊外住宅區域，來作為故事發展的舞台，從中展現出他的庶民眼光與敏銳的都市意識（2004：127-128）。

　　到了1950年代，出身自神戶的橫溝正史，因為二次大

戰期間被疏散至父親的老家岡山，遂運用地方鄉土的色彩
發展成如《本陣殺人事件》（1946）、《夜行》（夜步く，
1949）、《八墓村》（八つ墓村，1951）、《惡魔的手毬
歌》（惡魔の手毬唄，1959）等經典名作。尤其像在《獄門
島》（1948）、《犬神家一族》（犬神家の一族，1951）、
《八墓村》、《惡魔的手毬歌》之中，橫溝正史大量運用了
在地的民間傳說，結合驚悚的妖異氣氛，重新置換了日本推
理小說的空間視野，將其帶向了權田萬治所說的「田園之夜
的恐怖」（1996：91），也讓日本推理小說找到了有別於西
方的重要在地化途徑。

　　1895年進入日本帝國殖民時期，而被納入東亞推理小
說傳播版圖的台灣，在剛開始嘗試創作這個類型時，便已
有意識地將地理空間寫入小說，像是さんぽん的〈艋舺謀
殺事件〉（1898）、〈苗栗工友被殺〉（苗栗の小使殺し，
1898），便是相當早期就將台灣地景置入書寫的作品。此後
包括山下景光、飯岡秀三、野田牧泉等，更將台北城以外的
基隆、竹圍、嘉南大圳、高雄等地寫入小說，透過這樣具有
高度西方現代性（modernity）意義的書寫，為台灣地理進行
編碼，以納入日本的國土秩序。同時期以古典漢文撰寫推理
小說的台灣文人也不遑多讓，像是餘生〈智鬥〉（1923）將
法國作家盧布朗（Maurice Leblanc）所創造的福爾摩斯與亞
森羅蘋（Arsene Lupin）的對決橋段，挪移到台灣本土上，為
配合故事發展，將基隆港、嘉義市街、八掌溪等台灣地景，

具現在小說之中，呈顯出有別於日人作家的空間意識。

不過與西方及日本截然不同的是，台灣推理小說中鄉土空間，一直要到2000年以後新世代作家所進行的「本格復興」工程，才較具規模的集體出現。雖然1980年代以松本清張為代表的社會寫實路線，成為當時台灣推理文學場域的典律，但是台灣作家的寫實眼光，顯然更關注在社會的偏差與扭曲，而非再現地方風土，即便有藍霄與胡柏源一系列分別以台中與埔里為背景的作品，也僅屬鳳毛麟角。

而在這一波21世紀00年代開始的台灣新推理書寫中，由於有意識地向日本與西方的母體進行譯寫，因而在空間與地理秩序上，產生兩種極為不同的文本生產。一種是以藍霄、既晴、冷言、林斯諺、陳嘉振等人為代表的本格推理創作：犯罪往往連結的是具有奇幻感的鄉野傳說、或是遺世獨立的荒野地景，死亡彷彿是由於遠離文明空間所帶來的懲罰，透過死者身體在鄉野空間中的配置，以及偵探現代身體的介入軌跡，將自然反覆建構為個體恐懼的對象物，鞏固鄉野（自然）與文明對立的意識型態。另一種則是如鄭寶娟、紀蔚然、張國立筆下較具冷硬派風味的推理小說，在其中犯罪往往呈現出無機質的暴力，而流竄與散布在都市的各種重層秩序中，偵探與犯罪者的對決的終點，往往取決於何者的身體能更準確地劃出犯罪驅力的動線，並快速地將都市地理轉換成記憶地理。

這兩種文本中的空間生產模式幾乎「共時」地出現在台

灣，凸顯了幾個重要的現象與問題。其一是鄉野自然空間的
「嚴重遲到」，是否代表著台灣推理小說在空間意識上的發
展軸線，與西方及日本有著巨大的「時差」？或者說，有著
不同的現代性時間軸？其二是台灣在實踐推理這個類型的在
地化過程中，顯然是接受與再鞏固了對於文明與自然牢不可
破的對立意識型態，因而在兩種空間文本的生產中，存在著
對種種身體劃界與地理秩序的再現與想像。而這些問題共同
指向的是，殖民現代性暴力的魅影在台灣仍然驅之不去，因
而大眾文學類型在翻譯與跨越國境時，勢必造成的與本土現
實條件之間的種種拉扯與協商，這樣一個在處理台灣大眾類
型小說在地實踐學術議題過程中，必然無可迴避的的歷史問
題。

## 二、被恐懼的自然鄉土：異域化的死亡地景

在本書的第二、三章中反覆申論的，便是推理小說作為
一個獨立的大眾文學類型，其關鍵便是在於有其自身的「文
體秩序」，這個「文體秩序」往往是透過身體（尤其是屍
體）而開啟，怎樣的屍體將決定案件的走向，以及足以因應
的偵探身體登場，之後整個故事便會朝向「死者身體×偵探
身體」所導引出的秩序發展，而這也就是何以推理小說仍會
發展出本格、冷硬派、社會派、鑑識科學（forensic science）
等不同次類型的原因。

正如桑內特（Richard Sennett）所指出的，身體與空間的關係，將決定人在其中的互動方式（2003：21），因此推理小說中各種身體（死者、犯罪者、偵探）在空間中的互動，是奠基於它們在空間中原本的存在方式。所以作家在創作時所選擇的空間，就饒富意義，勢必隱含著與文體秩序的呼應，甚至最終導向不同次類型的完成。而不同的空間也有其相應的不同地理秩序，以及不同的地緣政治（geopolitics）考量：像是開放的城市空間朝向開放性人際網絡與互動，因此故事的發展軸線勢必先從線索的表象框限偵察範圍，劃定線索所可能朝向的不同軸線順藤摸瓜；甚至在某些城市之中，不同的區域有其階級、族裔、文化屬性，因而這些複雜的因素都將直接反映在犯罪的實體——屍體之上。但若是在鄉野或單一家族的屋宇空間內，因為人際網絡是相對限定的，因此在已框限疆域的基礎上，故事的發展較容易朝向細節化偵察，偵探必須將映照在屍體身上的人際糾葛或文化表徵予以梳理，將關注點投向那些被人為刻意隱藏的環節（missing link）；而此時，小說中的空間往往就會成為謎團的一部份，甚至是安排好的殺人舞台。

　　而2000年以後，鄉野與都市的空間一起進入了台灣推理小說的視界中，顯然各自擔負著不同的「文體秩序」任務。其中，新世代推理作家似乎更著迷於書寫以鄉野空間為背景的推理小說：像是在既晴《超能殺人基因》（2005b）、林斯諺《雨夜莊謀殺案》（2006b）、《冰鏡莊殺人事件》

（2009）、冷言《上帝禁區》（2008a）、《鎧甲館事件》
（2009）、陳嘉振《矮靈祭殺人事件》（2009）等作品中，
都不約而同地出現了處在深山野嶺、遺世獨立的奇詭建築物
或是村落。甚至連1980年代從《推理》雜誌出道的藍霄，也
在《天人菊殺人事件》（2005b）中，以孤懸澎湖外海的天人
菊島，作為小說中重要的犯罪場所。

在這些小說中，都不約而同出現了類似的空間描述：

> 從這裡開始，柏油路變得狹窄許多，坡度也更陡了。
> 虎仔山山麓另一邊的遠處，矗立著一座灰色的高壓電
> 塔，在植滿路旁的櫸樹、榆樹林間，格外顯得突兀。
> （既晴，2005b：46）

> 這一條路深入半山腰，不多時，兩旁出現許多林木，
> 但在昏暗的天候下顯得晦澀不明，猶如伺機而動的
> 妖魅；至於道路本身則是混雜著亂草與小石塊的小徑
> ……（林斯諺，2006b：32）

> 從有限的視野望出去，他們似乎在一片密林裡頭，遠
> 方可以看見連綿的高山，光線有些陰沈……廂型車拐
> 了幾次彎，坑洞的土地讓車身劇烈搖晃，車上的一群
> 人像煎盤上的麵餅被拋上拋下，只差沒三百六十度翻
> 面。（林斯諺，2009：35）

> 我們已經走了一陣子了，這段山路是好幾個一百八十
> 度大迴轉的迴頭彎……說也奇怪，至今都沒看到其他
> 車輛經過，不知道是不是這條山路平常就鮮少人煙。
> （冷言，2009：22-23）

這些敘述，都出現在小說一開始之處，主要角色或偵探因為被邀請或因緣際會下，來到了鄉野，迎接他們的是一棟棟地處偏遠但異常華麗的建築物：《超能殺人基因》中的是座落在埔里虎仔山的「玄螢館」，《雨夜莊謀殺案》的「雨夜莊」位在南橫公路的天池附近（玉山國家公園區域），《冰鏡莊殺人事件》的「冰鏡莊」地處花蓮山區，以及《鎧甲館事件》中建造在九份的「鎧甲館」。

然而角色進入了這些建築物後，鄉野空間在小說中就幾乎消失，而將主要的敘事讓位給建築物內部複雜的空間與設計。除非故事裡有人再死亡，而且是陳屍在屋外，鄉野空間才會再進入敘事之中，就像《超能殺人基因》裡的兇手，因為要將眾人的目光引到館外的洞穴實驗室，誤導眾人想像是來自館外的基因實驗創造出的怪物所展開的殺戮，所以故佈疑陣讓第一個死者陳屍在館外，而將故事的空間場景繼續延伸到埔里鄉間。然而即便如此，好山好水的埔里在小說中，因為突然發生了大地震，而露出了這樣的表情：

> 夏季晝長夜短，但在埔里的深山中，晚間七點一到，

> 天色就像是魑魅群聚般瞬時無光。……館外一片闃
> 暗，由於天空雲層密佈，連一點星光都見不著。埔里
> 全鎮恐怕也都停電了，半小時前突然降臨的大地震，
> 讓這座深山搖身一變成為詭譎神秘的異度空間。（既
> 晴，2005b：55）

既晴在短短的段落中，兩度以「天色就像是魑魅群聚般瞬時
無光」、「這座深山搖身一變成為詭譎神秘的異度空間」的
敘述來凸顯鄉野的神秘詭異。同樣的在林斯諺《雨夜莊謀殺
案》的前述引文中，也同樣出現了「兩旁出現許多林木，但
在昏暗的天候下顯得晦澀不明，猶如伺機而動的妖魅」（林
斯諺，2006b：32）的描述，顯見對於這幾位新世代的推理作
家而言，深山、密林與彎曲的道路，加上透著妖異的詭譎氣
氛，就是他們對於鄉野的既定想像。

　　然而不論是埔里虎仔山、南橫公路天池、花蓮，甚至是
名聞國際的九份，其實是有著不同地理表情，各自因為其豐
沛的自然資源或文化價值，而被官方開發與定位為行銷國家
的觀光景點。但這些地理空間，卻在這些作家的筆下，有著
高度的同質性，而被純粹化為「地點」的象徵意義存在。關
鍵的原因，就在於這些作品是有意識地要挪用推理小說中的
「暴風雨山莊」這個次類型去書寫，正如林斯諺自己在《雨
夜莊謀殺案》序言〈自序：冷雨・暗夜〉中所說的：

> 所謂暴風雨山莊，意指案發場景因各種因素而對外封
> 閉，形成一廣大的「密室」；有可能是深山中的豪
> 宅、海中的孤島、空中的飛機……等各式各樣的封閉
> 場所。以這種模式進行的小說會有種無形的壓迫感，
> 因嫌犯人數固定，命案接連發生，產生一種人心惶惶
> 的緊張感瀰漫於情節間。（2006b：14）

的確，包括《超能殺人基因》裡因大地震受困，《雨夜莊謀
殺案》的大雨造成山壁崩塌斷絕出路，以及《冰鏡莊殺人事
件》裡主事者刻意將眾人困住，都是相當程度運用了「暴風
雨山莊」的敘事模式。《鎧甲館事件》雖然不是暴風雨山
莊，但所有的死亡都是因鎧甲館的設計而致，因此也是立基
於封閉性的概念。

　　正因為要製造出這樣的封閉性，因此需要鄉野作為背
景，來建立其合理性，方能打造一個能夠輕易殺害死者、擺
置屍體製造謎團，卻又能夠隱蔽犯罪者，以利偵探登場，同
時滿足三種身體在場的舞台。選擇這些地點，只是為了合理
化這些建築物的偏僻及「與世隔絕」，彷彿這些隱藏著殺機
的「山莊」與「館」，一旦只要建築在人來人往的都市中，
所有的機關與陷阱便會曝光，這些將與作為「思考機器」的
偵探身體對決的「死亡機器」就會無法運轉。

　　就像是《冰鏡莊殺人事件》裡的冰鏡莊一樣，從一開
始就是被建造來作為殺人工具的。偵探與眾人一開始所見的

扇形建築空間，其實只是整體圓形建築物的六分之一，另外隱藏在山壁空殼內的六分之五，是為了隱藏犯罪的軌跡與動線，製造謎團與詭計所用。正是因為成功的設計，使得犯罪者與只能搭乘輪椅的共犯，能夠行動自如，這種異想天開的建築設計，的確很難隱身於人口稠密的城市中。

　　而且在這些建築物提供的犯罪手法中，「密室」扮演著相當吃重的角色。在推理小說的歷史脈絡中，被譽為始祖的愛倫坡，便已在〈莫爾格街命案〉中創造出不可解的密室犯罪，此後更被歐美與日本的作家相繼發揚光大。然而密室所具有的空間意義，不僅只是製造神秘性與不可思議而已，更重要的是，密室的存在，其實支配了小說中所有身體的行動。

　　密室的出現，最直接的得利者，便是犯罪者。密室創造了一個屍體與密室空間的想像關係，隔絕了犯罪者與屍體，確保了犯罪者身體不在犯罪現場的證明，但也同時隔絕了偵探與屍體；偵探雖然明明跟犯罪者同處於「密室之外」的空間中，然而卻無法辨識出犯罪者身體的真實存在，此時犯罪者是與其他一般人（關係人跟可能的下一個死者）共存，隱藏在一般的身體性之後。偵探身體要抵達犯罪者身體的面前，必須要繞過密室所創造出來的兩道障礙：先連結偵探身體跟死者身體之間的話語關係，再釐清死者身體可能指向的犯罪者身體方向。因而，在這樣的推理小說中，透過建築物的設計，與內部不同形式的密室相互搭配，造成空間敘事生

產的複雜化與多向性。

　　然而前述的封閉性，不僅展現在以單一建築物為核心的謎團中，即使空間開放到整個島嶼或鄉村，仍然能以其他的方式運作。像在藍霄的《天人菊殺人事件》中，第一個殺人事件發生在台中的B大學醫學院解剖室，不料卻引發了第二個發生在澎湖群島中，「從赤崁碼頭出海約三十分鐘航程，通過險礁嶼和白沙嶼連線之後再過去的」（藍霄，2005b：162）無人荒島的殺人事件。當然兩個案件有所關連，但之所以要把場景轉移到天人菊島上，必定就是要將犯罪的「謎團」與「解謎」，限定在孤立的島嶼空間，以及在其上進行集訓的B大學棒球社人際網絡，這是由空間所帶來的極致約束。

　　而在冷言的《上帝禁區》與陳嘉振的《矮靈祭殺人事件》中，由於故事的舞台並非侷限於單一的建築物，在空間相對開放的狀況下，於是「地方性」的文化元素，就被引渡到小說中，成為連結在謎團與解謎兩端，那根繫住真相的繩索。《上帝禁區》的故事緣起於1964年發生在雲林縣林內鄉山區的雙子村的連續分屍案，在四十年後因為被當年承辦的退休警官施田重啟調查，再度引發後續一連串的殺人事件。由於當年的案件與雙子村林家息息相關，因此故事與推理的軸線，也自然扣緊林氏家族與參與偵辦的偵探群，以及雙子村內被隱藏的地方歷史與風土祕密。《矮靈祭殺人事件》裡的事件則是起因於苗栗縣東北部南庄的賽夏族人苑俊亮，因

為不顧族中長老的反對，在既有的南、北矮靈祭之外，為政治人物推動成立的原住民文化遊樂園「台灣遊樂原」，籌備第三個矮靈祭，引發一連串的殺人事件。由於犯罪牽涉到苑氏家族與賽夏族的文化禁忌，第一個死亡甚至就發生在矮靈祭的祭屋當中，因此故事與推理軸線也是緊貼著地方性的家族與文化衝突。

　　「傳說」在這兩部小說中，都提供了犯罪者身體存在的庇護：《上帝禁區》中林家曾經進行複製人實驗失敗，而造成五具殘缺屍體的傳說，一如在本書第二章中指出的，冷言完全譯寫了島田莊司《占星術殺人魔法》（占星術殺人事件，1981）的屍體錯位謎團，目的就是要讓當年犯罪者真正的動機，以及死者的身體存在都得以隱藏。而《矮靈祭殺人事件》中的觸怒矮靈會被koko taai抓走的傳說，讓祭屋中的雙屍命案，被連結到禁忌懲罰的超自然解釋，掩蓋掉單純物理性犯罪的思考可能。

　　不僅如此，冷言與陳嘉振還不約而同地也安排了密室「加碼」，讓地方性與密室適度結合，創造出《上帝禁區》中林紀年陳屍的「水田密室」，以及《矮靈祭殺人事件》裡苑俊亮與苑奕申死亡的「竹製祭屋密室」，都是各自運用雲林與苗栗所分別具有的農家地景與原住民宗教地景。但這兩個密室也同樣發揮前述的身體區隔功能，讓犯罪者可以暫時隱藏，為他們爭取到更多的時間，來繼續後面的犯罪。當然，相對於建築物取向的鄉野空間，這兩本作品中的鄉村有

著較多正面的書寫：像是《上帝禁區》中描寫到偵探群在小路上遇到水牛，還下車協助路旁的農夫將陷入稻田的板車推回路上（冷言，2008：66-67）；而《矮靈祭殺人事件》中多次提到向天湖的寧靜美好，成為小說中人物共同的心靈歸宿。

　　然而，這些鄉野的美好日常，終究只是犯罪前的寧靜，雙子村跟南庄終究仍是因為犯罪所帶來的屍橫遍野，成為令人恐懼的死亡異域，而且相當程度印證了兩個村落中原本就存在的傳說。《上帝禁區》的雙子村今日之所以又再繼續發生慘案，源自於林豐年當年的瘋狂行為，而他的存在，正是這個標榜著擁有雙胞胎DNA的神秘村落所造就的，孕育出這樣一個血脈的神秘力量，正是它所處的自然鄉間。同樣的，《矮靈祭殺人事件》南庄中存在的高度支配力量，是原住民深厚的宗教信仰，指向的是禁忌的超自然力量，因而才演化成諸多的傳說，但隨著苑俊亮的頭部連體嬰兄弟──罹患「繼發性侏儒症」苑俊瑜的出現，卻更印證了賽夏族關於雙胞胎不祥的預言，以及他們所帶來的殺戮，而讓這個恐怖的源頭，也同樣指向了鄉野背後的自然，成為當代台灣推理小說所生產的鄉野空間，難以割離的隱喻。

## 三、重複謄寫的文明都市：身體化的空間秩序

　　一如台灣的新世代推理作家致力於在小說中生產鄉野

空間，另一批從純文學領域出發，或遊走在大眾文學場域邊界的作家，卻更有意識地在他們的作品中，生產在地都市空間，而且清一色的都是台北都會。雖然像藍霄、既晴不是沒有以台中與高雄為背景的小說，然而那些作品中，城市不僅沒有明確的空間感，故事其實也與城市之間相當疏離，抽換成世界上哪個城市似乎都可以成立。但是在鄭寶娟《天黑前回家》（2007）、紀蔚然《私家偵探》（2011）、張國立《棄業偵探1：沒有嘴巴的貓，拒絕脫罪的嫌疑犯》（2011）（以下簡稱《棄業偵探1》）與《棄業偵探：不會死的人，一直在逃亡的億萬富翁》（2012）（以下簡稱《棄業偵探2》）中，不僅細緻地再現了現實中的都市空間，也成功地打造出作品的在地性，生產出屬於台灣推理小說的都市地理秩序。

在這幾部具有西方冷硬派風格的作品中，並不會出現在鄉野空間登場的知識份子型天才偵探。《天黑前回家》是傷重癱瘓奇蹟復原的刑警大隊長羅英範，《棄業偵探》系列是離開媒體工作轉行的私家偵探馬可；較為接近的可能要屬《私家偵探》裡辭去大學教職轉業的私家偵探吳誠，然而他的專業只在戲劇領域，與那種建立在科學與邏輯的知識力偵探身體，有著相當大的差距。同樣的，在這些小說中也不會出現死者陳屍在詭異的建築物中，或是頭顱消失、身體裂解等需要召喚知識力偵探身體的案件。因為它們要挪移且實踐的，並非本格推理小說的文體秩序，所以死亡相對帶有濃厚的日常感，當然也會出現像《天黑前回家》那樣，九位死者

在森林咖啡館中同時被槍擊的異常暴力，但那種暴力並非伴隨著自然的神秘力量而來，而純粹只是人為的結果。因此，正如前一節開頭所述，開放的城市空間朝向的是開放性人際網絡與互動，是故偵探必須透過城市地理秩序的遭遇與召喚，將屍體所指向的線索透過空間的連結來偵察，因此在這類文本中，**空間是隨著偵探移動而生產**出來的。

像是在這幾本小說中，出現一些有趣的「巧合」，那就是偵探們居住地理位置的「趨向性」：張國立筆下的偵探馬可，住在溫州街的國宅，總是會到緊鄰的泰順街買豆漿；而鄭寶娟筆下的偵探羅英範剛好就住在泰順街上，他則是常去溫州街，探望咖啡館命案中罹難刑警崔守義的女友高瑜，後來兩人為追查案情還一起行動。紀蔚然筆下的偵探吳誠，雖然住在另一頭的臥龍街，但其實與馬可、羅英範居住之處，在行政區上都隸屬於台北市的大安區，而分居西北、東南的方位，隔著一個台灣大學相對。從小說中，我們可以看到這個區域對偵探來說，是日常而舒適的：

> 既然起床，去買報紙和早餐，好久沒吃燒餅油條，騎車到泰順街，有家開了幾十年的老豆漿店。……鑽進溫州街小巷子再轉進泰順街，先買早飯，給活祖宗一個飯團、一杯熱豆漿，給自己一套燒餅油條、一個蘿蔔絲餅、一塊馬拉糕、一杯熱豆漿、三份報紙。（張國立，2011：46-47）

> 國曆新年假期剛過，大人上班小孩上學，城市又逐漸
> 恢復它正常的節律，白日裡住宅區深巷中一片安和，
> 偶爾有輛撞錯路的摩托車在巷底迴轉，引擎的嘶吼聲
> 分外刺耳。（鄭寶娟，2007：128）

> 臥龍街和辛亥路三段交界一帶位屬大安區邊陲的「死
> 區」，穿過辛亥路就是第二殯儀館。……如今死區卻
> 是我的栖居之地，不僅房租便宜、鬧中取靜，乃大隱
> 於市的絕佳藏處。而且，它隱含置之死地而後生的象
> 徵意義。在大安區公所辦妥戶籍遷移，立於和平東路
> 與新生南路交界，我強烈感受一種消逝人間、入了鬼
> 籍的解脫。（紀蔚然，2011：30）

雖然這三位偵探各自的身分經歷與當下處境都有所不同，但
他們都居住在長期被視為文教區的「城南」地區，顯然可以
說這是他們的「舒適區」（comfort zone）。自日治時期開
始，當時的殖民政府在都市規劃時，便將城南建構成文教區
域，因此將彼時的台北帝國大學設立於此；1945年以後，國
民政府延續這樣的空間屬性，大量的軍公教眷屬都居住在這
個區域，也造就現在的文化景觀（陳正祥，1997）。三位作
者其實都具有純文學作家與文化人的身分，選擇城南作為偵
探安居的地方，顯然有其指標性意義。

的確，一如Mike Crang所言，偵探作為城市空間的詮釋

者，將其地理秩序呈現出來：「城市有如一場意義與表意的暴動，其中的細節對福爾摩斯來說代表豐富的訊息，但我們卻無法在缺乏協助下，解讀這座城市。然而，福爾摩斯能去任何地方，來去自如，從一團混亂中找出規律。貝克街（Baker Street）的燈光猶如希望與理性的燈塔。福爾摩斯是『認識論的樂觀主義』的化身，是城市能藉理性之力而得以詮釋與理解的希望與機會。」（2003：68）偵探從自己的所在地出發，踏上與城市空間對話的旅程，透過偵察與漫遊，再現其內在的肌理與秩序。

　　所以我們看到，偵探透過他的身體，以步履串連起城市新興的生活方式與地景。台北市近年一路向東發展，高級商業與文化地景多集中於此，《天黑前回家》的羅英範與高瑜便約在具有文化菁英氣息的敦化南路誠品書店，即使接近子夜，書店內仍然「人影雜沓、燈火輝煌，不復夜的蕭索。」（鄭寶娟，2007：52）而馬可常常光顧好友阿仙開設的咖啡館「TERMINATOR CAFÉ」，地點也位於「忠孝東路一個不起眼的小巷子內，兩側全是老舊的四、五層公寓，不過這幾年一樓陸續租給店家，新的色彩與各式搶眼的門面設計，使老巷內散發出淡淡的低低調現代感。」（張國立，2012：23）隱身東區小巷中的咖啡館，不僅象徵著都市因應於地價水漲船高，集體出現的商業轉向與都市更新，更重要的是呼應東區巷弄內從1990年代之後便興起的「個性店」，一如朱天文經典作品《荒人手記》中所吟誦的由無數店名組成的城

市版圖（1994：163-164），即使物換星移，至今猶存。

　　咖啡館的確是現代都會中最具代表性的資本主義空間，它以各種型態、方式被嵌入都市版圖之中，星羅棋布，因應於不同生活型態的個體而存在。也因此，它成為都市中的個人，不論是困於繁忙的工作身體，或是舒緩於家務的家庭身體，暫時脫離日常節奏的寄託之所。正如《天黑前回家》裡「森林咖啡館」的常客邱亮吟在罹難前所寫的散文〈天黑前回家〉所陳述的，作為一個家庭主婦，能夠到咖啡館與朋友交換閱讀心得與寫作，不僅是其平庸生活中值得珍視的變奏，更是她天黑前趕回家準備晚餐的動力來源（鄭寶娟，2007：61）。而這九屍命案所代表的，正是都市中不同個體對於咖啡館的不同需要，所匯聚成的意外悲劇。

　　的確，由於咖啡館所具有的「中立空間」偽裝性，因此它往往成為各種嚴肅與通俗意識型態折衝的場域，適合各種資訊絮語在此拼貼、交換（金儒農，2008：41），所以也成為偵探與委託人見面、獲取情報，甚至偵察監視的「暫留空間」。羅英範與高瑜和林姓姊妹約在「X氏綜合醫院」後面的咖啡館，得到了嫌犯貓語人重要的資訊（鄭寶娟，2007：145）；吳誠雖然在家掛出私家偵探招牌，但實際上是在和平東路三段與富陽街交界的「咖比茶咖啡」接案子，為了偵察，他則屢次在東區八德路台視附近的IS Coffee向關係人邱宜君問案（紀蔚然，2011：18、104）。

　　而張國立筆下的馬可，更是讓台北市的咖啡館徹底發揮

其應有的功能：在超過三十年的「鄉村咖啡館」接受了劉導演委託賀蘭的案子，偵察時和老宇約在中山北路二段的蔡瑞月跳舞咖啡館（張國立，2011：17、82）；而在《棄業偵探2》裡接受李易委託，偵察連續死亡案件時，不是和老宇在廣州街的咖啡館見面，就是在龍山寺對面的咖啡館外盯梢，甚至當李易逃命四處躲藏時，他們也約過SOGO復興店的九樓咖啡店（張國立，2012：57、213、248）。透過這些文本，偵探串接起城市不同型態的咖啡館空間，其所在地理區域指向的政治經濟結構與意義，不論是早期開發區域的龍山寺與新興東區連鎖咖啡店的對比，或是忠孝東路上並存的個性咖啡的文青象徵與SOGO的發達資本主義隱喻。甚至偵探身體穿越了歷史與資本主義交錯的軌跡，在蔡瑞月跳舞咖啡館馬可旁觀著被遺忘的記憶重新再現，然而卻無法單純地重新恢復歷史文化建物的純粹物質性存有，只能依存於資本主義邏輯，以與蔡瑞月舞蹈社無關之咖啡館重新建構。**城市的失憶與記憶，同時在偵探身體的移動中既喧囂卻又同時無聲著。**

在此我們不禁想到史密德（David Schmid）對錢德勒筆下的冷硬派偵探菲力普·馬羅的分析，他認為馬羅能夠在其所在的城市空間中，洞察當代政治地理學家索雅（Edward Soja）所指出的經濟秩序（economic order）—— 一個工具性的錯綜複雜結構（an instrumental nodal structure），然而與福爾摩斯的超個人主義態度相較，馬羅是以復仇的姿態與此結構相連結（Schmid，1995：243）。就前述討論的三位台灣冷

硬派偵探而言,可能最接近馬羅的是羅英範,然而他的復仇是一種對犯罪的恨意,是因為自己從身體被犯罪摧毀的地獄中重生,所帶回來的復仇烈焰。但馬可跟吳誠採取的是一個相對溫和的,對經濟秩序拒絕,頂多只是嘲笑的態度;他們接案子的原因或結果還是回到個人自身,馬可是浪漫化的男性情誼作祟,而吳誠是一種犬儒式的自我實踐。

然而,這些偵探的確是透過他們的身體,主動地回應其政經地理秩序,與其說他們是被動的詮釋者,很多時候他們更是班雅明定義下具能動性的翻譯者。班雅明認為理想的翻譯者其實是通過自己的再創造把囚禁在作品中的語言解放出來,他以圓為比喻,認為翻譯就像是一個圓的切線只在一個點上同圓輕輕接觸,然後便按照既定方向往前無限延伸,譯作透過無限小的點上輕輕地觸及原作,隨即便在語言之流的自由王國中,按照忠實性的法則開始自己的行程(Benjamin,1988:80)。對於偵探來說,他們其實正是在城市空間的羊皮紙上,透過與不同地點的遭遇,不斷地協商與定義,在再現的基礎上對城市進行重新的劃界,以自己的身體反覆重寫城市的地理秩序。

四部小說都將偵探的家設定在城南區域,《天黑前回家》、《棄業偵探1》卻都將殘忍的犯罪現場設定在城北中山區內的農安街與中山北路三段。《棄業偵探1》的委託人羅蘭因為過氣所以住在老舊的城區西門町一帶, 後來因為被以前

的男友接濟馬上往東搬到新興的高房價區內湖。[68]又如《棄業偵探2》中的目擊者流鶯HANA，接客與居住的區域，都在最有歷史的艋舺龍山寺附近；但當馬可要跟HANA約會探取機密時，安排的卻是忠孝東路三段上的法國餐廳法樂琪。同樣的，逃亡中的李易寧可冒著生命危險，也要跟馬可相約共享的美食點水樓與Solo Pasta，也是在高檔餐廳聚集的東區。在這些設定中，充分展現作家對於台北市地理秩序的編派，若以台北火車站為中心，那麼北方與西方，顯然是老舊落後略帶危險的區域，但南方與東方，則相對的新興與穩定，兼具日常與高級消費的可能性。

然而這其中也可能存在著差異，對同一地點的不同「翻譯」。位於松山區的民生社區同時出現在三部小說中，卻有著迥異的意義：在《天黑前回家》裡，它是犯下九屍命案的殘忍兇手筱又新的住處，但在《私家偵探》中，它卻是偵探情感的聯繫，吳誠媽媽居住的地方；然而到了《棄業偵探2》，民生社區卻是不斷在逃亡的準被害人李易的家。偵探家屬、犯罪者、準被害人同時在這個地點上交會，賦予此地特

---

68 從張國立對羅蘭居住地前後的描述，很明顯地可以看出台北不同區域的經濟秩序差異。在西門町的舊家是：「這棟舊公寓大樓座落在西門町靠近淡水河的角落，下面幾層有幾家緊閉玻璃門的貿易公司，也有電影公司和試片間，聽得到敲鍵盤的聲音，見不到人。七樓以上全隔成小套房出租，可能房客雜，有人不肯繳管理費，走廊上連燈也沒亮。」而內湖的新家則是：「民權東路六段靠隧道口的一棟新建大樓內，她以前一個男朋友投資了好幾棟房子，短期內不想脫手，說到了二○一二前會再漲幾成。」（2011：18）

殊的地理秩序：因為它是極具日常性的住宅群，因此既可以是一般人的家，但也是適合犯罪者掩蔽自身的好居所。

　　同樣的，偵探作為一個有能動性的翻譯者介入空間，的確會為地方帶來新的表情與意義。這裡面最大的顛覆，無疑是吳誠將臥龍街與辛亥路交界、這個接近第二殯儀館的邊陲「死區」，定義成雞犬相聞的樂居之所，偵探積極介入這個空間，翻轉其傳統定位，積極地賦予新秩序。在此不僅有熱情的建鑫機車行老闆阿鑫，甚至不遠的臥龍街派出所還有親切的制服員警小胖，彷彿這是都市中被遺忘的樂土，原本人們想像的鄉野才應該有的良善面貌。在《私家偵探》的故事前半部，作者成功地讓吳誠重新定義了這一帶的地理秩序；然而到了後半部，紀蔚然便激進地讓六張犁從起初建構的都市鄉野，轉瞬就變成三起連續殺人案件的人間煉獄，最後更進逼到偵探身上，再度變異其空間屬性與意義，而讓此地充滿了秩序的重層與衝突。

　　創造出這樣的衝突，究竟紀蔚然想表達怎樣的空間意識，他對於城市，或者說六張犁這個看似邊陲但原本秩序穩定的城市綠洲，究竟想要藉偵探身體進行怎樣的對話？還是說，這仍然必須回歸到偵探身體原本就具有的力的移轉與對決問題，也就是偵探身體驅力的拉扯與對決，及其背後召喚的文明意識型態問題？而究其根本，其實這一切都必須回歸到類型的母體秩序中去討論，當台灣的書寫者在譯寫他們心目中的文體秩序與空間秩序時，究竟他們希望在自己的在地

實踐中，生產出怎樣的意義空間，以及他們是否能在認知西方與日本推理小說空間隱含的「文明VS.蠻荒」二元思考的同時，意識到自己的偵探身體介入城市／鄉野空間的策略，極可能驅動「文明VS.蠻荒」此二元思考邏輯在台灣的再生產。

## 四、翻譯的在地驅力：大自然與小地理的對峙

台灣的推理小說發展，一直以來都是在「西方─日本─台灣」的跨國傳播架構下形成，並透過對西方與日本的譯寫，打造出台灣推理小說的場域邏輯與文體秩序。因此空間生產的問題，也必然要放在跨國的脈絡下進行思考，不論是從文本內容或是作者自白，都可以看出，這些小說家在空間的敘事上，顯然都是有其譯寫的目標對象。[69]

在鄉野空間的生產中，顯而易見的，西方古典推理（classic mystery）中的英國鄉村，以及日本橫溝正史式的幽閉鄉野，都是對台灣作家來說重要的啟發對象。然而在西方的歷史發展中，正如英國著名的推理小說家詹姆絲（P. D. James）所說的：1930年代的推理小說之所以會專注於田園背景的中產階級生活，力圖打造一個祥和寧靜的英國，是因為當時英國本土尚未從一次世界大戰所造成的社會混亂與家

---

69 冷言曾在《上帝禁區》的序中特別提到，小說中的場景設定，他是刻意運用推理小說常見的場景，不論是《上帝禁區》還是《鎧甲館事件》都是如此，而在《上帝禁區》的人物設定上，採用了橫溝正史小說中常見的設定（2008a：3）。

庭悲劇中復原，而失業、疾病與經濟蕭條的問題相當嚴重；再加上法西斯勢力的擴張，在倫敦東區已經開始挑動激烈衝突，英國人面臨另一場戰爭就要開始的威脅。因此人們渴望找到一個世界中的「永久安全區域」，而秩序性的大眾文學至少提供了這樣令人安心的寄託（James，2009：81）。但其實在21世紀的台灣，並不具備這樣的欲求，而且在這些作品中，鄉野其實是作為恐懼地景而出現的，與英國的田園牧歌有著本質上的差異。也因此，台灣作家顯然是更接近橫溝正史的。

不論是冷言自報家門地點出了《上帝禁區》與橫溝正史的關係，或是沒有明言的陳嘉振《矮靈祭殺人事件》，顯然是從謎團、詭計、傳說的附會殺人、傳統文化、大家族設定等個個層面，將橫溝正史小說的文體秩序徹底地譯寫了。因為就像權田萬治指出的，橫溝正史小說的世界主要描繪的是在現代化衝擊下，仍殘留封建制度與風土民俗的地方鄉間，在其中面臨崩解危機的世家大族，所引發的財產爭奪（1996：91）。而鄉野的陰暗與恐怖，其實是來自於那些封閉的人際關係，以及由鄉土文化建構起來的文化結界，而當這些被視為傳統的力量受到現代化的挑戰時，反而更緊密地連結起來，以鄉野自然為母體，成為能夠跟現代化抗衡的「恐懼他者」。

然而現代從哪裡來？在《超能殺人基因》、《雨夜莊謀殺案》、《鎧甲館事件》、《冰鏡莊殺人事件》中，正是

那些矗立在荒野之中的奇詭建築物，作為現代的啟動點。以鄉野為背景的小說不僅是受到橫溝正史的啟發，這些暴風雨山莊導向的創作，其實更是從島田莊司與綾辻行人那裡得到的教養。[70] 綾辻行人曾在其已成為經典的出道作《殺人十角館》（十角館の殺人，1987）中藉由角色的對話指出，真正合乎推理小說的現代主題就是「暴風雨山莊」（綾辻行人，2007：17），也就是說對綾辻行人及其提倡的新本格小說而言，這樣的形式是推理小說中不可或缺的現代性象徵。

的確，就像既晴筆下那些與埔里在地格格不入的「玄螢館」，以及創造超能殺人基因怪物的科學實驗室，絕對是完美的現代性隱喻，正是它們企圖進入鄉野空間，改變自然與地理秩序。但顯然的，它們並不算成功，建築物以其現代文明的隱喻介入，開啟了一種對話可能：也許是對自然和諧的一種擾亂，甚至創造出虛假的、依附在自然之上的恐懼。但此時仍僅只是開啟對話，建築物的存在並無法真正定義自然，因為它們與土地並沒有產生真正的連結，也沒有造成太多改變，因此仍是孤立於鄉野，它們的神秘來自於與鄉野空間的衝突，但無法對自然進行任何新的定義，直到具有文明性的偵探身體介入為止。

日本新本格推理小說家法月綸太郎，曾在〈初期昆恩論〉（初期クイーン論）中討論西方古典推理大師昆恩

---

70 冷言在《上帝禁區》的序中，也同時自陳受到綾辻行人的啟發（2008a：3）。另外這些新世代作家與島田莊司的關係，請參閱本書第四章的討論。

（Ellery Queen）的早期作品時指出，推理小說的邏輯性，其實取決於偵探如何理解事件，他引用「哥德爾不完備定理」（Gödel's incompleteness theorems）中關於一個定理如果運用其內在邏輯將無法證明其本身之不完備的思考，來說明如果小說內部存在著偵探所不知道的證據，那麼偵探其實是無法發現的；所以也就是說，偵探所尋找到的真實，其實是一種「後設的解答」（2007：186-191）。而小說家同時也是日本當代最重要的評論家笠井潔，則延續這個思考，以昆恩後期的小說為核心進一步討論「偵探與事件的關係」。尤其是其中常出現關於犯罪者將偵探的出現考量進犯罪計畫中的情況，引發「偵探本來就是事件的一部分」、「如果沒有偵探，就不會有事件了」的問題，辯證偵探的倫理危機：「為何偵探可以扮演神的角色來決定出場人物的命運呢？」（1998：212-219）。

　　但其實在這些討論之前，更早出現的另一本新本格的經典之作《姑獲鳥之夏》（姑獲鳥の夏，1994）中，相關的問題便已被京極夏彥所點出了。他筆下的名偵探京極堂（中禪寺秋彥）也曾經運用量子力學（quantum mechanics）的測不準原理（uncertainty principle），來強調只有在觀測者觀測的瞬間，其所觀測對象的形狀與性質才能確定，也就是說，在觀測前該對象是不具被正確的形狀的，甚至不代表它存在。透過這樣的理論，京極堂不斷試圖提醒具有助手性質的好友關口巽，介入者將對事件的走向造成影響，甚至直言說

出「有些事件沒有偵探就不會發生」（2007：62-63、137-138）。這其實也是呼應著法月綸太郎與笠井潔的相關思考，偵探的介入與否，對於事件的發展有著巨大的影響。

從這個角度來看本章所論述的空間生產，以及背後的文明與野蠻的意識型態與秩序界定問題，將可以提供我們極具啟發性的思考與辯證。當偵探尚未介入事件之前，自然仍是和諧的，也就是即使是因為自然的力量將人殺害，那也無法定義自然是蠻荒不文明的；但正是因為偵探的在場，才以現代文明中最核心的科學理性驅力，定義與再鞏固了自然的野蠻。而台灣這幾位作家筆下的偵探，其實都是具有高度現代性的文明身體，來自於非地方／都市／現代性組織（學院、警察系統），不論是林斯諺的哲學家偵探林若平，或是既晴筆下能辦靈異案件的張鈞見，即便是冷言筆下的施田、梁羽冰這樣的退休或現任警察，也非地方警察，而是都市的刑警，似乎唯有透過這些現代性母體的延伸，自然中的黑霧才能被解明。自然被當作恐怖的源頭，或是生產／孕育恐怖的子宮，最後唯有智慧上的超人，也就是神探才能夠解決。當然，神探仍然需要身體的存有，來將他們的智慧與理性「載運」到蠻荒的自然鄉野，而無法像所謂的「安樂椅神探」（armchair detective）般，可以不依靠身體移動、僅透過資料蒐集便能遠距離破案。

這些具現代性的偵探身體，幾乎都是從一開始就介入了空間的生產，他們尚在建物之外的鄉野空間時，先是以眼光

建構自然的恐怖；而在進入建築內部的空間後，自然的妖魅先是籠罩建物，使得謀殺隨著他們的到臨而啟動。但不過多久，偵探的身體便會透過在建築物內的移動與解謎，將理性之光照耀全景，而此時，建築物的內部空間因為偵探身體的「即物」，被施予的理性所定義，因而被確定了秩序，成為真真正正的文明移植物。然而建築物之外，自然蠻荒仍然存在，被科學理性區隔在外，因為偵探身體不會真正進入自然荒野，他們在鄉間旅行的終點就是建築物內部，就是一個個的暴風雨山莊；隨著他們的離開，建築物被確定了文明的秩序，而自然也就因為偵探身體的「不即物」，而被定義且僵固成恐怖而不文的存在。

　　延續著偵探身體介入空間生產的觀點，我們也將發現台灣以都市為背景的推理小說，其實仍是沿著西方與日本的冷硬派傳統來的，只是台灣偵探身體與都市空間的對話方式，相較來說更貼近日本。簡而言之，冷硬派從西方到日本，在空間意識上明顯地從駐市的全景守護到都市中的小地理，也因此偵探在城市空間的跨越度上也有所不同。漢密特、馬羅、史卡德為了辦案常常穿越他們的城市，然而像在日本冷硬派的經典代表作大澤在昌筆下的《新宿鮫》（1990）中的鮫島刑事，因為轄區的關係，基本上還是以新宿為核心。當然隨著《新宿鮫》發展成一個系列，偵探的守備範圍也會跟著擴大，然而這樣的一種「小地理」的敘事傾向，造就出後來日本許多以都市為背景的非冷硬派作品所沿襲的傳統。

像是馳星周以新宿歌舞伎町為舞台的《不夜城》（1996）系列，還有石田衣良以池袋為核心的《池袋西口公園》（池袋ウエストゲートパーク，1998～）系列；以及近來非常受到歡迎的東野圭吾「加賀恭一郎」系列的《新參者》（2009）、《麒麟之翼》（麒麟の翼，2011），便是以日本橋、人形町一帶作為偵探活動的主要空間。透過這些書寫，東京被建構成一個有多重細緻表情與地理秩序的城市。

例如在《新宿鮫》的開頭，我們便會看到作者以一種微觀化的敘事，將新宿街道與空間的細節如實再現，讓讀者有如直接嗅到新宿的空氣。所以當鮫島刑事急著趕赴約會時，讀者可以一路從靖國通、KOMA劇場、歌舞伎町廣場、TEC會館，進入新宿風情的核心，而兩旁的小鋼珠、電玩店、居酒屋、咖啡廳、拉麵店、中華料理店、酒店、麻將屋、理容院、地下錢莊等也歷歷在目（大沢在昌，1997），大澤在昌成功地在小說中生產出新宿歌舞伎町一丁目1980年代的獨特空間，更成為當下回顧泡沫經濟時期記憶的重要印記。

而在台灣這幾本以城市為背景的小說中，也存在著這樣的「小地理」敘事傾向，我們看到鄭寶娟、張國立、紀蔚然不約而同地將台北的城南建構成安穩的樂居空間，而讓北向的中山區與西向的西門町、萬華一帶，成為犯罪的不安定區域。因此像在《天黑前回家》裡，第二偵探何岳一在案發的森林咖啡館附近不斷漫遊，試圖探究出犯罪的真相，因而也透過他的身體移動，建構出空間的細節：

　　岳一由中山北路三段轉入農安街，這條街他已重複走
上幾十回了，大部分是白天來的，對街道兩旁的景物
已了如指掌。從中山北路到林森北路的街段，要比從
林森北路到新生北路的街段繁華一些，但不外是些
餐館、服飾店、理髮廳、美容院、便利商店、美式酒
館、咖啡館、賓館等與生存宏旨不大相關的營生，而
且往往一小段時間沒來，某家商舖的營業內容便有了
變化，可能已從寵物理容院變成鮮花店，或由牛排館
變成港式酒樓。……森林咖啡館原本在這段農安街的
尾端，離新生北路很近，自從命案發生後，原址就關
閉起來，乏人問津，大概人人都忌諱在一個鬧過人命
的地方營生罷。（鄭寶娟，2007：86）

真正決定秩序的，是偵探身體在地理的羊皮紙上，重複劃界
所造成的結果。在追求真相的同時，偵探身體不斷地在城市
的肌理上劃界，重複來回，框限安全與危險的畛域，分隔出
不同的地理秩序。班雅明所定義的漫遊者會聽到百貨公司的
櫥窗對著他們低吟，但在偵探的移動中，歷史記憶的光與影
不斷在他們面前閃現，因而他們作為城市空間的翻譯者，也
同時有如班雅明所言的歷史的天使（Benjamin，1988：257-
258），看到的總是斷垣殘壁，在日常的鏡象中看到死亡的幻
影。就像張國立筆下的馬可所看見的世界那樣：「台北市政
府覺得市容不佳，大力推動都市更新，可是都蓋成表情木然

的新大樓，台北人一代一代的傳承記憶就這樣沒了，就全鎖進大理石和保全後面了。」（張國立，2011：64）偵探的身體不但要與空間對話，進行地理秩序的生產，更要跟時間拔河，透過小地理的建構，維繫高度的城市文明。

然而他們在被定義為文明的城市之內，卻也透過身體劃出城市內在與邊界的文明或蠻荒。地鐵對於一個城市來說，是城市秩序安定性的重要表徵，它的存在有如城市的血脈，不僅活化城市的肌理，串接不同地理秩序的區域，讓區域跟區域之間可以被連結，甚至往外幅散到因應城市而生的郊區。但也因為如此，地鐵在穩固城市內部的秩序同時，卻也提供了一個可以向外逃逸的路徑。在《棄業偵探2》中，馬可與李易第一次碰面，就是約在捷運淡水線的雙連站碰面，然而因為李易擔心被發現，因此李易往北搭到北投站下車，馬可甚至「坐到紅樹林再換車回台北。」（張國立，2012：55）到了後來李易真的要逃亡時，捷運再度扮演了重要的角色，運輸逃亡者到達城市秩序的邊界，「我和李易坐捷運到淡水，站前明明有一長排的計程車，李易卻拉著我到馬路對面……車子沿北海岸往三芝去，停在阿仙度假小屋前。」（78）此後便從展開了「三芝→新店→安坑→石門→北投→關渡」的逃逸旅程。當然在這過程中，李易也多次躲回台北市區，利用捷運在各個藏匿點移動，然而透過偵探協助委託人的移動路線，更顯示城市的地理秩序的確由偵探身體所寫定，因而透過偵探也能指出一條逃逸出秩序的路線。

　　但有趣之處也在於此，偵探身體象徵著現代文明，不論是生產鄉野空間的本格推理小說，或是生產都市空間的冷硬派。本格推理中的偵探透過與陌生的地理「邂逅」，突兀且暴力地試圖突破其中牢不可破的地方人際網絡，或是已經累積數百年的信仰結構，以個人身體對抗組織的方式，形成「力」與「力場」的抗衡。因此愈是陌生的荒野，欲能驗證偵探是智慧上的超人，也更能凸顯自然的恐怖與偵探所帶來的現代性力量的有效性。而這點自西方的克莉絲蒂、日本的橫溝正史以來，一直都沒有改變。但在以都市為背景的小說中，反而智慧上的神探是退隱的，更多數的偵探是透過身體與城市的「重逢」，重溫城市的肌理，召喚出隱藏在街角與巷弄間的線索，當然也許他們仍會遭遇到不同形式的組織「力場」的阻礙，透過強力的身體對決逼迫他們退卻或就範，但與本格推理中的偵探相似之處在於，他們都透過身體將真相表述出來，身體所經之處，便是導向真相的路徑。然而，偵探也非全能的，而是有侷限的，是故我們可以看到偵探的身體劃出屬於他們的「小地理」界線，他們能在「可視」的範圍內追查出真相，一旦對象脫出了「可視」的小地理之外，那麼就脫出了「文明秩序」的範圍，也因此，偵探身體所及「以外」之處，就變成非文明的可逃逸路線，因此相對於捷運所能及的城市文明軸線，捷運所不能及的郊區，也就顯得相對「蠻荒」。

　　但即便是在已經鞏固秩序的文明城市中，也可能因為偵

探身體的劃界，而創造出內部差異的蠻荒地景，尤其是當偵探所處的城市，也出現身體化的隱喻之時。《私家偵探》中的偵探身體強烈感知到城市的身體性：「離開信義分局時已是交通尖峰期，正好是台北市區最令人抓狂的時刻。基隆路塞得水洩不通猶似堵住的大腸。」（紀蔚然，2011：256）如果偵探身體本身就產生了不安定的變異，那麼城市的地理秩序就可能也跟著出現衝突。就像紀蔚然自陳的，《私家偵探》「是個追尋自我的故事，就算在找兇手也是追尋自我。林先生、吳誠和兇手都得到同一種病，只是程度和表現不同」，所以他「就讓吳誠的反面、內心最黑暗的地方變成兇手。」[71] 也正因為如此，偵探身體原本最應安居的處所，遭到了巨大的逆襲，身體所佈下的空間秩序被不斷挑戰與顛覆，出現了六張犁連續殺人命案。

雖然紀蔚然對於東野圭吾的《新參者》（2009）有著不太正面的評價，[72]但《私家偵探》卻與其有著異曲同工之妙。東野圭吾在《新參者》中，大膽地選擇過去在日本推理小說中相當少見的日本橋與人形町，作為故事的核心空間，因為這個區域是強烈散發著日常生活實感的區域，與池袋、新

---

71 出自2011年8月19日「《私家偵探》破案調查會暨簽書會」中紀蔚然的發言（coccus，2011）。

72 紀蔚然在「《私家偵探》破案調查會暨簽書會」中，也同時分享他的推理小說閱讀經驗，特別提到當時在台灣剛出版的東野圭吾《新參者》，並語出驚人地強調：「最近有一本書，叫做新參者，不要買」，原因是該書故事很溫暖充滿人倫，所以很無聊（coccus，2011）。

宿、銀座有很大的差異，在現實中很難想像是會發生犯罪之地。而在《私家偵探》中，靠近第二殯儀館的六張犁一帶，雖然被紀蔚然稱之為「死區」，但由於位在城市的邊陲，遠離台北主要的商業區，所以其實也是與犯罪無涉之地。如果說東京與台北因為其高度發達資本主義的象徵林立，而被想像成消費的現代／慾望城市，那麼人形町與六張犁絕對是不包含在那想像的疆界之內。

而從偵探與空間的關係來看，加賀恭一郎之於人形町，與吳誠之於六張犁，其實都是該地區的「新參者」——新來的人。也因此兩位作者都相當有意識地要讓偵探一步步地深入在地的地理秩序中，或者說，透過偵探身體與在地的對話，建構出有利於故事發展的地理秩序。《新參者》的處理方式是讓加賀恭一郎漫遊在人形町的街衢之間，有如闖關遊戲般，解開一個個散佈在人形町小家庭中的日常之謎，方能打通另一個「新參者」，新移居至此的三井峰子的死亡真相。而紀蔚然一開始讓吳誠辦的案子遠離六張犁，但最後卻採取一個極端的內爆策略，讓自己居住的舒適區遭到了劇烈的顛覆，甚至讓自己成為頭號嫌犯，被城市的現代性系統——警察體系給拘禁，最後吳誠才知道，原來真正的目標是他這個六張犁的新參者，前面的連續死亡是犯罪者與他對話的挑戰書。

所以從這個角度來看，因為吳誠從一個前大學教授的知識力身體，轉變為身體力的偵探身體，因此當他介入六張犁的

空間時，他期待這個區域的遺世獨立，而凸顯了六張犁的邊陲性，以及帶有非文明的城市鄉野氣質，一種錯綜著現代的蠻荒感。也就是說，六張犁原本作為台北市的城南地區，具有深厚的文化與歷史，因此具有高度的文明性，但在偵探身體劃界過程中，因為偵探本身對於在地作為「陌生他者」的存在，在重複劃界的過程中，被連帶地他者化，有意識地被生產為鄉野空間，一個去文明的「死區」。然而隨著偵探召喚了犯罪來到六張犁，他又讓這個被他劃界為蠻荒的空間，成為都市中的危險區域，「復活」為具文明性的死亡地景，充分展現出偵探身體在城市空間中的劃界力量與生產性。

當然，這樣的例子也顯現出，空間秩序其實是具有流動性的，即使在同一個推理小說的世界中，由於偵探身體的移動與劃界，可能造就出空間生產背後「文明VS.蠻荒」邏輯的倒轉與挪移。而城市的真身與幻影，也就在這些前仆後繼的空間生產中，不斷地被創造著。

# 結論 越境出走的可能
## ——漫長的告白與告別

　　邱貴芬教授在一篇2012年的文章中，再次提到台灣研究及其學科建制在面臨「全球化」與「中國崛起」兩個浪潮時，如何在台灣文學原本即有的「跨國性」基礎上，從「華語語系文學」（Sinophone Literature）與「東亞」兩個可能的路徑上，去尋求突破（邱貴芬，2012）。[73] 尤其是她認為：

> 作為一個區域主義的「東亞」，是對於「全球化」趨勢的一種回應。無論「東亞」如何被想像，台灣文學研究都是放在跨國的比較框架下來詮釋，除了在地知識，也有宏觀的視野和思考的格局（25）。

　　在很大的程度上，本書的關懷正是在回應這樣的思考：我試圖透過台灣此一西方與亞洲地緣政治上的特殊接點，將

---

[73] 在此之前，邱貴芬已於〈後殖民之外——尋找台灣文學的「台灣性」〉一文中，討論台灣文學如何因應「全球化」的挑戰，思考「台灣性」的問題以尋求進入全球文化場域中的可能（2003）。

台灣大眾文學放置在跨國傳播的脈絡中，觀察西方與日本的
各種具典範意義的知識體系，如何透過「西方—台灣—華
文圈」以及「西方—日本—台灣」這兩道全球大眾文學的
傳播軸線，「入境」台灣大眾文學與文化的場域，打造其
場域的運作邏輯，形塑出各種充滿異（譯）質性的次場，
以進行後續的在地生產與知識建構。進而思考大眾文學與
文化的在地傳播，如何藉由文化的再編碼而折射為不同異
質次場的主導邏輯；甚至在台灣場域內部的典律化過程
中，藉由文化的再編碼而跨越國境擴散到華文世界的其他
國家。

　　而我發現在台灣大眾文學之中，長期被學術界所忽略
的「推理小說」，其實是最適合發展這個論述框架的類
型。因此面對過去鮮少研究積累的台灣推理小說，我在本
書中進行了三項主要的工作。其一是重新梳理了因為國家
與政治權力的介入，因而多次「斷裂」的台灣推理文學發
展史，建構出了其主要的三個發展階段：（一）日治時期
作為日本推理文學場域延伸的多語言書寫；（二）1980
年代與純文學場域協商、以松本清張社會派為導向的本土
書寫；（三）2000年以後透過身體譯寫進行的跨語際實
踐。

　　作為一個成熟的推理文學系譜，必然立基於一個布
迪厄（Pierre Bourdieu）所定義的具體化「文學場域」
（literary field）。因此我進行的第二項工作，便是釐清

台灣推理文學場域的形塑過程，以及其中參與運作邏輯建構的出版者、翻譯者、中介者（推廣者、評論家、學術研究者）及作家等多重權力位置。並且深入探討關鍵的20世紀之交，台灣推理文學發展如何經歷兩度轉折，從1980年代日本知識體系到1990年代歐美推理史源頭重新引渡，進而完成21世紀台灣推理文學場域的真正獨立。進而探析這其中關於場域運作邏輯與權力的置換，還有隨之而來的場域衝突與分立，以及知識生產與典律建構等種種複雜的問題。

　　第三是作為在跨國脈絡中生成的台灣推理文學場域，勢必需要一個適切的方法論框架，因此面對台灣特殊的斷裂歷史，以及作家因應而產生不斷向歐美與日本等母體進行書寫型態與典律的「重訪」與「譯寫」的種種驅力。因此我透過「文化翻譯」與「文學場域」的理論取徑，建構出「身體」與「文體秩序」的論述框架，以論述推理小說知識體系的跨國移動，如何與在地主流文學場域產生話語的協商與重構，以及權力位置的再分配，開展出文體秩序的在地實踐，促發台灣推理文學場域的生成。在我的論述架構中，身體是尼采（Friedrich Wilhelm Nietzsche）所定義的由「力的關係」所形成；而同時，身體也成為「跨語際實踐」（translingual practice）的「譯徑」。因此交會在身體之上的，是類型及其負載的現代知識在「越境」過程中召喚出來的在地翻譯驅力，以及在地現

實語境中各種政治、文化、社會，甚至是殖民現代性遺緒的力場。

而最終，透過這些「多元的不可化簡的力構成的」死者身體與偵探身體的生產，以及島田莊司典律與身體劃界所帶來的空間秩序的多重再生產，我希望能夠展示台灣推理小說家作為「翻譯者」的能動性與生產性，以及現階段在地實踐已然具有的創造性與超越性潛能。並在此基礎上，思考台灣推理小說未來「越境出走」，進入亞洲與世界的可能。

村上春樹最摯愛且文體受其影響至深的美國推理小說家雷蒙・錢德勒（Raymond Chandler），[74] 在其經典之作《漫長的告別》（*The Long Goodbye*，1953）中有一句名言：「道別等於死去一點點。」（1998：436）對於經歷了漫長的向譯寫母體「告白」，召喚典律的跨國移動與在地實踐的台灣推理小說，已經屆臨了需要開始思考如何「告別」的時刻了。對於歐美與日本母體的眷戀、依賴，不論是島田的孩子，還是東亞的萬次郎，甚或是六張犁的新參者，終究是必須透過發展屬於台灣的死亡書寫、身體／文體秩序與敘事美學，累積出那「死去一點點」的在地龐大書寫景觀，予以「創造性」的生產而真正地告別。

---

74 村上春樹在多次的訪問中，都提到他對於錢德勒的喜愛，2008年他接受譯者葉蕙的訪問時，也再度提到這件事，詳參葉蕙〈去見 村上春樹〉（葉蕙，2008）。

　　台灣推理文學的發展，如今正好遭逢一個最好的時代。自2004年開始就在台灣書市大行其道的翻譯推理小說，更在最近三年（2010～2012）都拿下博客來網路書店年度暢銷排行榜的第一名。像2010年是史迪格‧拉森（Stieg Larsson）的《直搗蜂窩的女孩》（*Luftslottet som sprangdes*），2011和2012年則是由S‧J‧華森（S.J. Watson）的《別相信任何人》（*Before I Go to Sleep*）所蟬聯；而在排行榜該類的前十名中，推理相關的類型更常常佔二分之一以上。[75] 從市場對這個類型的接受與歡迎程度來看，台灣從沒有過這麼好的時代，這麼具有高度跨國性的時代。

　　而且，台灣作家所創作的本土推理小說，其實已經進入了這個多向的跨國脈絡，開始「轉口」翻譯小說，且「輸出」台灣的作品。除了透過島田莊司推理小說獎的媒介，能夠傳播到義大利、日本、泰國、馬來西亞外，也已經跨越了台灣海峽，在中國的《推理》、《歲月推理》、《推理世界》等雜誌上刊登，甚至出版簡體字版的作

---

75 以2012年來說，推理小說就佔了六個名次，除了第1名《別相信任何人》外，其他5本分別是費迪南‧馮‧席拉赫（Ferdinand von Schirach）的《罪咎》（*Schuld*）與《罪行》（*Verbrechen*）、金澤伸明（金沢伸明）《國王遊戲》（王樣ゲーム）、東川篤哉《推理要在晚餐後》（謎解きはディナーのあとで）、史迪格‧拉森（Stieg Larsson）《龍紋身的女孩》（*Man som hatar kvinnor*）（博客來網路書店，2012）。

品。[76] 顯然台灣已經位處於這個推理小說的「世界性」翻
譯驅力網絡之中，並且在以東亞為概念的場域中，佔據
重要的權力位置。因此，台灣推理小說該如何藉由這個
已然浮現的「優勢」，透過更明確而有效的策略，躍上
亞洲甚至是世界的舞台，成為其他發展推理小說的後起
國家與文化體「告白」的對象，這將是台灣推理小說的
新使命。

---

78 包括藍霄、既晴、林斯諺、冷言、寵物先生的作品都已有簡體字版的出版。目
前大致的出版狀況請參見表格：

| 作者 | 書名 | 出版社 | 出版年 | 備註 |
|------|------|--------|--------|------|
| 藍霄 | 天人菊杀人事件 | 北京出版社 | 2009 | |
| 既晴 | 网络凶邻 | 作家出版社 | 2006 | 台灣原書名為《網路凶鄰》 |
| | 魔法妄想症 | 北京出版社 | 2009 | |
| | 献给爱情的犯罪 | 北京出版社 | 2011 | |
| 林斯諺 | 冰镜庄杀人事件 | 当代世界出版社 | 2009 | |
| | 雨夜庄谋杀案 | 北京出版社 | 2010 | |
| | 尼罗河魅影之谜 | 北京出版社 | 2010 | |
| | 芭提雅血咒 | 北京出版社 | 2012 | 台灣原書名為《芭達雅血咒》 |
| 冷言 | 上帝禁區 | 北京出版社 | 2011 | |
| | 铠甲馆事件 | 北京出版社 | 2012 | |
| 寵物先生 | 虚拟街头漂流记 | 当代世界出版社 | 2009 | |

　　當然在研究上，也將面臨更多的新挑戰，其中包括邱貴芬教授提到的「華語語系文學」的思考問題，台灣與中國的推理小說，應該被放置在怎樣的脈絡下討論，如何進行比較研究？其中牽涉到的翻譯與權力話語，在地性與異質性的生產機制，又該如何被辯析？仍有許多需要進一步論述之處。[77]而在本書中我尚未能夠處理的，關於科學意識型態、國家機器與權力運作、現代性，與大眾文學中的身體翻譯與敘事，將形成怎樣的對話與生產關係。在我下一階段的研究中，也將會更進一步去探究，並將這樣的方法論框架，擴大到整個台灣大眾文學去進行重新的思考，繼續在學術場域此一「譯徑」中，進行更多關於身體「越境」的論述生產。

---

77 我在〈都市感性與歷史謎境：當代華文小說中的推理敘事與轉化〉一文中，已經試圖從華文小說的比較視角，來探討台灣與中國純文學作家對推理小說形式的挪用，其所凸顯的文類交混問題，以及背後隱含的都市現代感性落差及歷史詮釋的差異（陳國偉，2012）。但我在這篇文章中的初步嘗試，仍是傳統的比較文學思考，希望建構出一個華文推理敘事的比較研究框架，與史書美（Shu-mei Shih）教授所提出抵抗中國中心主義，辯證在地化與異質化的「華語語系」（Sinophone）思考仍然有所不同（史書美，2013），透過華語語系文學的取徑來進行論述台灣與東亞推理小說，我認為絕對仍是大有可為。

# 後記　存有的謎

　　距離我上一本學術專書《想像台灣：當代小說中的族群書寫》（2007）至今，已是七個年頭，這之間我經歷了研究關懷的大轉向，從原來解嚴後台灣純文學小說中的族群論述，到跨國脈絡下的台灣推理小說。我自一個原來因為具有高度政治性、極為喧囂的學術議題，來到泉源隱隱作響、看似一片荒蕪的應許之地，而我的使命，是要努力將它栽植成一畝歧徑花園。

　　學術場域中的朋友總是問我，為什麼會研究推理小說，對常人所不欲見的犯罪景觀感到興趣？雖然我總是回答，因為這是一個台灣研究中長期被忽視，但其實相當值得開發的學術領域；這是我們這代，隨著許多師長們從既有學門、領域走出來為台灣文學研究拓荒的五、六年級年輕學者，必須負有的使命——建構出這個領域的主體性，開創出這個領域豐富的跨國性。

　　然而一如所有的推理小說，背後都隱藏著一個不為人知的謎底，事實的真相是，在這個研究命題中，我找到回應自身生命問題的方式。海德格（Martin Heidegger）曾在《存在

與時間》（*Being and Time*）中說人是「邁向死亡的存有」，推理小說又何嘗不是。它的故事雖然總是從死亡開始，但每個角色的一舉一動，最終都還是要朝向死亡的謎底，推理小說是一種直面死亡、重臨死亡、珍視死亡，並透過死亡的重量照見生命意義、尋找救贖的藝術形式。因此有別於其他文學類型，在推理小說中我們傾聽死者的話語，與死亡交談，尋找曾經的生命真相；不僅是安慰生者，更是給予死亡高度的尊重。

2007年出版第一本學術專書時，父親剛從一場大病中痊癒，那是我生命中他第一次住院。2011年初，我開始著手準備這本書，他二度入院，這次他卻離開了我們，而我也成為一個擁有生命的哀傷內核，必須在未來的日子裡，不斷與之對話、探問生命真相的人。慶幸的是，在推理小說的研究中，我已然體會到，死亡的尊貴之處，唯有在我們「餘生」的存有之中，透過不斷地與自我深度對話，方能尋找到真正的意義。

在完成本書的過程中，最要感謝的是日本工學院大學吉田司雄教授對我在推理小說學術思考上的諸多啟發，另外包括押野武志、坪井秀人、藤井省三、黃英哲、山口守、垂水千惠、白水紀子、諸岡卓真等幾位在日本的學者，以及前推理文學資料館館長權田萬治先生、東京創元社顧問戶川安宣先生、講談社田村良先生、評論家大森望先生、玉田誠夫婦，對我在日本進行研究與發表論文的過程中，給予許多最

直接的建議與協助。

　　此外許多國內外學界的前輩與朋友，包括王德威、廖炳惠、阮斐娜、梁秉鈞、黎湘萍、林大根、金良守、李瑞騰、陳芳明、江寶釵、黃美娥、林芳玫、楊翠、蔡建鑫、張文薰、洪國鈞、陳建忠、須文蔚、吳明益、徐詩思、涂銘宏、黃淑嫻、魏豔、林建光、封德屏等教授，以及論文投稿過程中的諸位匿名審查委員，在此也一併致謝。本書中的許多篇章，在研討會的發表、以及投稿期刊的過程中，他們都給予我許多寶貴的意見與提醒，讓我的論述能夠更嚴謹。此外，他們對於我投入這個領域研究上的許多肯定，提供發表與成長的機會，無論是有形或無形的支持，對我來說都是莫大的鼓勵。

　　而本書中的諸篇章之所以能夠完成，國科會、教育部、中興大學人文與社會科學中心、中興大學文學院、中正大學臺灣人文研究中心等單位研究計畫的支持居功厥偉。蒐集資料過程中包括張麗嫻、陳蕙慧、余式恕、黃羅、冬陽、譚光磊等國內重要出版人，作家藍霄、MLR推理文學研究會的評論家們，提供我許多第一手的歷史現場資料與訊息；還有包括金儒農、林佩珊、陳盈妃、廖師宏、林歆婕、楊勝博、楊若慈、楊若暉、鄭心慧、施佩吟、郭如梅、李文瑄等計畫助理的盡心盡力；以及在我赴日本發表論文時提供翻譯上支援的北海道大學博士生李珮琪、成田大典、井上貴翔，若非他們的熱情協助，這本書不會完成得如此順利。當然，更要感

謝聯合文學王聰威總編輯、羅珊珊主編、蔡佩錦副主編的鼎力相助，以及心戒的封面設計、謝子豪先生書內用圖的重新繪製，讓本書能夠順利出版。

此外，也是最重要的，是中興大學文學院歷任的林富士、王明珂、陳淑卿院長，以及台灣文學與跨國文化研究所的同仁們：邱貴芬、廖振富、李育霖、朱惠足、高嘉勵、汪俊彥諸位老師提供我最大的支持與關懷，若不是因為這個環境提供最大的學術空間與自由，以及豐富多元的學風，我無法在這麼短的時間內，發展出如此突破性的研究。

最後，要感謝我的家人。母親無微不至的關懷，是我在學術場域努力最大的原動力。父親雖然畢生都滯留在半世紀前中日戰爭的離散傷痛中，以致長期對日本懷有難以驅遣的悲懷，但對於我這幾年與日本學術界的緊密連結及多次赴日，卻未曾說過什麼。他讓我知道，父子之情永遠可以超越國族情感，而我在他離去之後，也從沒有一刻停止思念過他。

# 引用書目

## 一、英文書目

Benjamin, Walter. *Illuminations:Essays and Reflection*s. NY:
　　Random House, 1988.

Bourdieu, Pierre. "The Forms of Capital.", In Richardson, J. G.
　　ed. *Handbook of Theory and Research for the Sociology
　　of Education*. trans. by Nice, R. New York: Green Wood
　　Press, 1986, pp.241-258.

——. Randal Johnson ed.. *The Field of Cultral Production:
　　Essays on Art and Literature*. New York: Columbia U.
　　Press, 1993.

Brooks, Peter. *Body Work: Objects of Desire in Modern
　　Narrative.* MA: Harvard University Press, 1993.

Chernaik, Warren. *The Art of Detective Fiction.* NY: Palgrave
　　Macmillan, 2000.

Haycraft, Howard. *Murder for Pleasure*. New York: Carroll &
　　Graf Publishers, Inc, 1984.

James, P. D.. *Taiking About Detective Fiction.* NY : Knopf Pub, 2009.

Jameson, Fredric. "Third-World Literature in the Era of Multinational Capitalism." in *Social Text* 15 (1986), pp.65-88.

Kawana, Sari. *Murder Most Modern: Detective Fiction and Japanese Culture.* Minneapolis: University of Minnesota Press, 2008.

Liu, Lydia. *Translingual Practice: Literature, National Culture, and Translated Modernity—China, 1900-1937.* CA: Stanford University Press, 1995.

Poe, Edgar Allan. *The Murders in the Rue Morgue.* NY: Modern Library, 2006.

Schmid, David "Imagining Safe Urban Space: The Contribution of Detective Fiction to Radical Geography." *Antipode* 27.3 (1995), pp.242-269.

Seaman, Amanda C. *Bodies of Evidence: Women, Society, and Detective Fiction in 1990s Japan.* Honolulu: University of Hawaii Press, 2004.

Shelley, Mary. *Frankenstein.* NY: Dover Publications, 1994.

Silver, Mark. *Purloined Letters: Cultural Borrowing and Japanese Crime Literature, 1868-1937.* Honolulu: University of Hawaii Press, 2008.

Symons, Julian. *Bloody Murder*, third revised edition. New York：Warner Books, 1993.

Thompson, Jon. *Fiction, Crime, and Empire: Clues to Modernity and Postmodernism. Champaign.* IL: University of Illinois Press, 1993.

Walton, Priscilla L. & Jones, Manina. *Detective Agency: Women Rewriting the Hard-boiled Tradition.* CA:University of California Press, 1999.

Williams, Raymond. *The Politics of Modernism: Against the New Conformists.* London: Verso, 1989.

# 二、日文書目

三津田信三，《首無の如き祟るもの》，東京：原書房，2007。

大沢在昌，《新宿鮫》，東京：光文社文庫，1997。

大森望、豊崎由美，《文学賞メッタ斬り！》，東京：PARCO出版，2004。

小鷹信光，《私のハードボイルド──固茹で玉子の戦後史》，東京：早川書房，2009。

中島利郎編，《台湾探偵小説集》，東京：綠蔭書房，2002a。

──，《台湾通俗文学集一》，東京：綠蔭書房，2002b。

中島河太郎，《日本推理小説史　第1卷》，東京：東京創元
　　　社，1993。

──，《日本推理小説史　第2卷》，東京：東京創元社，
　　　1994。

──，《日本推理小説史　第3卷》，東京：東京創元社，
　　　1996。

──，《推理小説展望》，東京：双葉文庫，1995。

北博昭，《二・二六事件全検証》，東京：朝日新聞社，
　　　2003。

甲賀三郎，〈探偵小説の話〉，《台湾警察時報》，通号
　　　173-176（1931.01.15、02.01、02.15、03.01）。

伊藤秀雄，《明治の探偵小説》，東京：双葉文庫，2002。

吉田司雄，〈探偵と小説〉，吉田司雄編，《コレクショ
　　　ン・モダン都市文化 第40卷 探偵と小説》，東京：
　　　ゆまに書房，2008。頁711-723。

江戸川乱歩，〈探偵小説の定義と類別〉，《幻影城》，東
　　　京：光文社文庫，2003。頁21-37。

──，《続・幻影城》，東京：光文社，2004。

松本清張，《随筆　黒い手帖》，東京：中央公論社，
　　　1961。

法月綸太郎，《法月綸太郎ミステリー塾 海外編 複雑な殺人
　　　芸術》，東京：講談社，2007。

凌徹，張麗嫻訳，〈幽霊交叉点〉，《ミステリーズ！》

vol.29，2008.06。頁246-281。

島田荘司，《占星術殺人事件》，東京：講談社文庫，1987。

——，《本格ミステリー宣言》，東京：講談社，1989。

——，《21世紀本格宣言》，東京：講談社，2003b。

——，〈巻頭言 アジアで今、何が起こりつつあるか〉，《本格ミステリーワールド２０１０》，東京：南雲堂，2009c。頁4-16。

高橋修，〈「探偵小説」が隠蔽するもの〉，中山昭彦、島村輝、飯田祐子、高橋修、吉田司雄編，《文学年報1 文学の闇・近代の「沈黙」》，東京：世織書房，2003。頁27-60。

笠井潔，《模倣における逸脱――現代探偵小説論》，東京：彩流社，1996。

——，《探偵小説論〈1〉氾濫の形式》，東京：東京創元社，1998a。

——，《探偵小説論〈2〉虚空の螺旋》，東京：東京創元社，1998b。

——，《ミネルヴァの梟は黄昏に飛びたつか？――探偵小説の再定義》，東京：早川書房，2001。

——，《徴候としての妄想的暴力――新世紀小説論》，東京：平凡社，2003。

——，《探偵小説と二〇世紀精神――ミネルヴァの梟は黄

昏に飛びたつか？》，東京：東京創元社，2005。

──，《探偵小説と記号的人物》，東京：東京創元社，2006。

黃英哲、黃美娥編，《台湾漢文通俗小説集一》，東京：緑蔭書房，2007。

森岡卓司，〈探偵小説と変形する身体——谷崎潤一郎「白昼鬼語」と江戸川乱歩「鏡地獄」〉，吉田司雄編，《探偵小説と日本近代》，東京：青弓社，2004。頁132-162。

綾辻行人，《十角館の殺人》（新装改訂版），東京：講談社文庫，2007。

権田萬治，〈田園の夜の恐怖——横溝正史論〉，《日本探偵作家論》，東京：双葉社，1996。頁91-114。

──，〈島田荘司氏に聞く——『21本格』と最新科学〉，《ミステリ——文学資料館ニュース》第18　，2009.03。頁3。

諸岡卓真，〈編集される推理——藍霄『錯誤配置』論〉，《CRITICA》vol.6，2011。頁132-140。

藍シャウ（藍霄），玉田誠訳，《錯誤配置》，東京：講談社，2009b。

藤井省三，《村上春樹のなかの中国》，東京：朝日新聞社，2007。

藤井淑禎，《清張ミステリ——と昭和三十年代》，東京：

文藝春秋，1999。

藤森照信，〈乱歩と東京空間——街、建物、麻布龍土
　　町〉，《江戸川乱歩と大衆の二十世紀》，東京：至
　　文堂，2004。頁125-132。

寵物先生，玉田誠訳，《虛擬街頭漂流記》，東京：文藝春
　　秋，2010。

## 三、中文小說文本

不藍燈，《快遞幸福不是我的工作》，台北：皇冠文化，
　　2009。

西澤保彥，王靜怡譯，《解體諸因》，台北：尖端，2008。

佐野洋等，林敏生譯，《日本推理小說傑作選2》，台北：林
　　白，1995。

余心樂，《推理之旅》，台北：林白，1992。

余心樂等，《林佛兒推理小說獎作品集（2）》，台北：林
　　白，1991。

冷言，《上帝禁區》，台北：白象文化，2008a。

——，《鎧甲館事件》，台北：馥林文化，2009。

呂仁，《桐花祭》，台北：釀出版（秀威資訊），2011。

杜文靖，《墜落的火球》，台北：五千年出版社，1987。

京極夏彥，林哲逸譯，《姑獲鳥之夏》，台北：獨步文化，
　　2007。

林佛兒，《島嶼謀殺案》，台北：林白，1984b。

———，《美人捲珠簾》，台北：林白，1987。

林斯諺，《尼羅河魅影之謎》，台北：小知堂文化，2005。

———，《霧影莊殺人事件》，台北：明日便利書，2006a。

———，《雨夜莊謀殺案》，台北：小知堂文化，2006b。

———，《冰鏡莊殺人事件》，台北：皇冠文化，2009。

———，《無名之女》，台北：皇冠文化，2012。

思婷等，《林佛兒推理小說獎作品集（1）》，台北：林白，
　　　1989。

既晴，《魔法妄想》，自印，2000a。

———，《魔法妄想症》，台北，小知堂文化，2004。

———，《超能殺人基因》，台北：皇冠文化，2005b。

———，《網路凶鄰》，台北，皇冠文化，2005c。

———，《獻給愛情的犯罪》，台北：小知堂文化，2006。

紀蔚然，《私家偵探》，台北：印刻，2011。

凌徹（亞特），〈列車密室消失事件〉，《推理》143期
　　　（1996.09）。頁220-261。

———，〈反重力殺人事件〉，《推理》159期（1998.01）。
　　　頁214—269。

———，〈幽靈交叉點〉，臉譜編輯部，《Mystery Vol.1》，
　　　台北：臉譜，2006。頁203-271。

島田莊司，陳明鈺譯，《占星惹禍》，台北：皇冠文化，
　　　1988。

——，傅君譯，〈瞭望塔謀殺案〉，《推理》107期（1993.09）。頁224-267。

——，林敏生譯，〈穿白短褲的女孩〉，《推理》121期（1994.11）。頁188-216。

——，傅君譯，〈乾渴的都市〉，《推理》123期（1995.01）。頁220-266。

——，黃鈞浩譯，《來自天國的鎗彈》，台北：林白，1996。

——，王淑絹譯，〈土地的殺意〉，《推理》148期（1997a.02）。頁156-176。

——，董炯明譯，〈賣毒的女人〉，《推理》157期（1997b.11）。頁218-267。

——，林敏生譯，《異想天開》，台北：林白，1998。

——，劉子倩譯，《斜屋犯罪》，台北：台灣英文雜誌社，1999。

——，陳明鈺、郭清華譯，《占星術殺人魔法》，台北：皇冠文化，2003a。

——，郭清華譯，《出雲傳說7/8殺人》，台北：皇冠文化，2005a。

——，郭清華譯，《魔神的遊戲》，台北：皇冠文化，2005b。

——，郭清華譯，〈狂奔的死人〉，《御手洗潔的問候》，台北：皇冠文化，2006a。頁97-170。

──，董炯明譯，《眩暈》，台北：皇冠文化，2006b。

──，珂辰譯，《奇想、天慟》，台北：皇冠文化，2007a。

──，劉珮瑄譯，《斜屋犯罪》，台北：皇冠文化，2007b。

──，周素芬譯，《螺絲人》，台北：皇冠文化，2008。

──，詹慕如譯，《伊甸的命題》，台北：皇冠文化，2010。

張國立，《棄業偵探1：沒有嘴巴的貓，拒絕脫罪的嫌疑犯》，台北：推守文化，2011。

──，《棄業偵探：不會死的人，一直在逃亡的億萬富翁》，台北：推守文化，2012。

陳嘉振，《矮靈祭殺人事件》，台北：超邁文化，2009。

葉桑等，《遺忘的殺機：林佛兒推理小說獎作品集（3）》，台北：林白，1992。

雷蒙・錢德勒（Raymond Chandler），宋碧雲譯，《漫長的告別》，台北：臉譜，1998。

鄭寶娟，《天黑前回家》，台北：麥田，2007。

餘生，〈智鬥〉，《臺灣日日新報》第7753-7754、7757、7759、7763-7765、7767-7770號（1923.09.26-09.27、09.30、10.02、10.06、10.07-10.08、10.10-10.13）。

藍霄，《錯置體》，台北：大塊文化，2004。

──，《光與影》，台北：大塊文化，2005a。

──，《天人菊殺人事件》，台北：小知堂文化，2005b。

寵物先生，《虛擬街頭漂流記》，台北：皇冠文化，2009。

## 四、中文書目

G・K・卻斯特頓（Gilbert Keith Chesterton），景翔譯，〈為偵探小說辯護〉，《布朗神父的智慧》，台北：小知堂文化，2004。頁5-9。

Mike Crang，王志弘、余佳玲、方淑惠譯，《文化地理學》，台北：巨流，2003。

齊格蒙特・鮑曼（Zygmunt Bauman），邵迎生譯，《現代性與矛盾性》，北京：商務印書館，2003。

史書美，楊華慶譯，《視覺與認同：跨太平洋華語語系表述・呈現》，台北：聯經，2013。

玉田誠，〈二十一世紀本格推理的指標作品〉，寵物先生，《虛擬街頭漂流記》，台北：皇冠文化，2009。頁4-5。

──，〈林斯諺《無名之女》解說〉，林斯諺，《無名之女》，台北：皇冠文化，2012。頁4-6。

托馬斯・W・拉克（Thomas W. Laqueur），〈死亡的身體和人權〉（The Dead Body amd Human Rights），Sean Sweeney、Ian Hodder編，賈俐譯，《劍橋年度主題講座：身體》，北京：華夏出版社，2006。頁71-88。

朱天文，《荒人手記》，台北：時報，1994。

江戶川亂步（江戶川乱步），〈偵探大師愛倫・坡〉，愛倫坡（Edgar Allan Poe），杜若洲譯，《莫爾格街兇殺

案》，台北：志文，1997，再版，頁11-30

呂淳鈺，〈日治時期台灣偵探敘事的發生與形成：一個通俗
　　文學新文類的考察〉，台北：國立政治大學中國文學
　　系碩士論文，2004。

李永熾，〈日本推理小說的轉變與綾辻行人〉，綾辻行人，
　　郭清華譯，《殺人黑貓館》，台北：皇冠文化，
　　2002，初版四刷。頁5-10。

李欣倫記錄整理，〈疏離·毀滅·新世代的台北——第三屆
　　時報文學百萬小說獎決審會議記錄〉（上）（下），
　　《中國時報·人間副刊》，2000.12.10-12.11。

杜鵑窩人，〈解說〉，冷言，《上帝禁區》，台北：白象文
　　化，2008a。頁268-270。

——，〈台灣推理創作里程碑〉，台灣推理作家協會主編，
　　《台灣推理作家協會傑作選1》，自印，2008b。頁
　　5-20。

汪民安，《尼采與身體》，北京：北京大學出版社，2008。

林以衡，〈蘭記書局出版與代銷圖書目錄〉，文訊雜誌社
　　編，《記憶裡的幽香：嘉義蘭記書局史料論文集》，
　　台北：文訊雜誌社，2007。頁261-288。

林佛兒，〈主編記事〉，《推理雜誌》第2期（1984.12）。
　　頁10-11。

——，〈主編記事〉，《推理雜誌》第3期（1985.01）。頁
　　6。

——，〈當代台灣推理小說之發展〉，林燿德、孟樊編，
　　《流行天下：當代台灣通俗文學論》，台北：時報文
　　化，1992。頁305-327。

林芳玫，《解讀瓊瑤愛情王國》，台北：台灣商務，2006。

林博文，〈死了一個教授之後——美國媒體眼中的八〇年代
　　台灣〉，楊澤編，《狂飆八〇：紀錄一個集體發聲的
　　年代》，台北：時報文化，1999。頁214-219。

邱貴芬，〈後殖民之外——尋找台灣文學的「台灣性」〉，
　　《後殖民及其外》，台北：麥田，2003。頁111-145。

——，〈翻譯驅動力下的臺灣文學生產—1960-1980現代派
　　與鄉土文學的辯證〉，陳建忠、應鳳凰、邱貴芬、張
　　誦聖、劉亮雅，《臺灣小說史論》，台北：麥田，
　　2007。頁197-273。

——，〈新世紀台灣文學系所面臨的挑戰〉，《台灣文學研
　　究》1：2（2012.06）。頁17-29。

金儒農，〈九〇年代台灣都市小說中的空間敘事〉，嘉義：
　　中正大學台灣文學研究所碩士論文，2008。

既晴，〈我所知道的島田莊司〉，島田莊司，陳明鈺、郭
　　清華譯，《占星術殺人魔法》，台北：皇冠文化，
　　2003。頁3-9。

——，〈林斯諺與蛻變中的台灣推理〉，林斯諺，《尼羅河
　　魅影之謎》，台北：小知堂文化，2005a。頁7-11。

——，〈島田莊司的日本誕生〉，島田莊司，郭清華譯，

《出雲傳說7/8殺人》，台北：皇冠文化，2005d。頁
3-7。

——，〈島田莊司的世界末日之夢〉，島田莊司，董炯明
譯，《眩暈》，台北：皇冠文化，2006。頁3-7。

——，〈島田莊司的奇境夢遊〉，島田莊司，周素芬
譯，《螺絲人》，台北：皇冠文化，2008。頁19-24。

——，〈二十一世紀本格的指標原點〉，島田莊司，詹慕如
譯，《伊甸的命題》，台北：皇冠文化，2010。頁21-
27。

凌徹，〈異常空間的招待〉，既晴，《魔法妄想》，自印，
2000。頁289-297。

唐諾，《唐諾推理小說導讀選 II》，台北：印刻，2002。

——，〈從人的骨頭裡生長出來的故事〉，比爾・巴斯（Bill
Bass）、約拿・傑佛遜（Jon Jefferson），廖建容、
郭貞伶譯，《雕刻人骨》，台北：臉譜，2007。頁
5-16。

——，〈導讀〉，奧斯汀・傅里曼（Austin Freeman），景
翔譯，《微物神探宋戴克》，台北：臉譜，2008。頁
3-15。

——，〈死亡的翻譯人〉，派翠西亞・康薇爾（Patricia
Cornwell），顧效齡譯，《屍體會說話》，台北：臉
譜，2009，二版。頁3-8。

島田莊司，〈第一屆「島田莊司推理小說獎」得獎作品評

語〉，寵物先生，《虛擬街頭漂流記》，台北：皇冠文化，2009a。頁299-301。

——，〈第一屆「島田莊司推理小說獎」得獎作品評語〉，林斯諺，《冰鏡莊殺人事件》，台北：皇冠文化，2009b。頁315-317。

班雅明（Walter Benjamin），張旭東、魏文生譯，《發達資本主義時代的抒情詩人：論波特萊爾》，台北：臉譜，2002。

張大春，〈推理死亡證明書——《芥末黃殺人事件》的詭戲〉，馬波，《芥末黃殺人事件》，台北：時報文化，1992。頁5-10。

理查·桑內特（Richard Sennett），黃煜文譯，《肉體與石頭》，台北：麥田，2003。

陳千武，〈臺灣現代詩的歷史和詩人們：華麗島詩集後記〉，鄭炯明編，《台灣精神的崛起：「笠」詩論選集》，高雄：文學界，1989。頁451-457。

陳平原，《中國小說敘事模式之轉變》，台北：久大，1990。

陳正祥，《台北市誌》，台北：南天，1997。

陳音頤，〈回歸完整與渲染空缺：福爾摩斯偵探故事的雙向敘述驅力〉，《英美文學評論》7期（2004），頁163-207。

陳國偉，〈一個南方觀點的可能：推理小說的在地化考

察〉，2007文學「南台灣」學術研討會，嘉義：國立中正大學台灣人文研究中心、台灣文學研究所，2007.11.04。

——，〈本土推理・百年孤寂——台灣推理小說發展概論〉，《文訊》269期（2008.03），頁53-61。

——，〈被翻譯的身體——臺灣新世代推理小說中的身體錯位與文體秩序〉，《中外文學》39：1＝428期（2010.03）。頁41-84。

——，〈最想念的，同一個花季——呂仁的推理珠玉《桐花祭》〉，呂仁，《桐花祭》，台北：釀出版（秀威資訊），2011。頁3-9。

——，〈都市感性與歷史謎境：當代華文小說中的推理 事與轉化〉，《華文文學》2012：4（2012.08）。頁85-97。

陳瀅州，〈推理小說在台灣——傅博與林佛兒的對話〉，《文訊》269期（2008.03），頁72-79。

傅博，〈認識推理小說〉，《文訊》26期（1986.10）。頁133-140。

——，〈新本格推理小說之先驅功臣島田莊司〉，島田莊司，杜信彰譯，《高山殺人行1/2之女》，台北：皇冠文化，2007。頁3-17。

——，《謎詭・偵探・推理：日本推理作家與作品》，台北：獨步文化，2009。

景翔，〈如魔術方塊般的精巧機關〉，林斯諺，《冰鏡莊殺
　　人事件》，台北：皇冠文化，2009。頁5-7。

黃美娥，《重層現代性鏡象：日治時代臺灣傳統文人的文化
　　視域與文學想像》，臺北：麥田，2004。

黃英哲、下村作次郎，〈戰前台灣大眾文學初探（1927年
　　～1947年）〉，彭小妍編，《文學理論與通俗文化
　　（上）》，台北：中央研究院中國文哲研究所，
　　1999。頁231-254。

黑岩淚香，〈悽慘〉，黑岩淚香、小酒井不木，施金英譯，
　　《日本偵探小說選Ⅰ：黑岩淚香、小酒井不木作品
　　集》，台北：小知堂文化，2003。頁11-66。

楊照，〈「缺乏明確動機……」──評台灣本土推理小
　　說〉，《文學的原像》，台北：聯合文學，1995。頁
　　142-147。

───，〈「時報百萬小說」的絕響─成英姝的『無伴奏安魂
　　曲』〉，《聯合文學》326期（2011.12）。頁96-99。

詹宏志，〈導讀〉，達許·漢密特（Dashiell Hammett），
　　陳秋美譯，《黑獄巢梟》，台北：遠流，2000。無頁
　　碼。

───，《詹宏志私房謀殺》，台北：遠流，2002。

───，《偵探研究》，台北：馬可孛羅，2009a。

───，〈謀殺快遞〉，不藍燈，《快遞幸福不是我的工
　　作》，台北：皇冠文化，2009b。頁5-8。

劉紀蕙，〈「心的治理」與生理化倫理主體──以《東方雜誌》杜亞泉之論述為例〉，《中國文哲研究集刊》29期（2006.09），頁85-121。

德勒茲（Gilles Deleuze），周穎、劉玉宇譯，《尼采與哲學》，北京：社會科學文獻出版社，2001。

鍾肇政，〈美與哀愁的滅亡美學〉，連城三紀彥，鍾肇政譯，《一朵桔梗花》，台北：林白，1985。頁3-7。

藍霄，〈本格推理的美妙滋味〉，冷言，《上帝禁區》，台北：白象文化，2008b。頁5-9。

魏可風記錄整理，〈在思維的鋼索上跳舞〉（上）（下），《中國時報・人間副刊》，2000.03.02-03.03。

鶴見俊輔，邱振瑞譯，《戰爭時期日本精神史1931—1945》，台北：行人，2008。

## 五、網路資料

《狼報》，試刊號6期，2002.02.27，（網址http://www.geocities.ws/mystpaper/paper/006.html，檢索時間：2012.03.31）。

blue.神津恭介（藍霄），〈這個嘛！〉，【謀殺專門店・推理擂台】，2000.03.13，（網址http://www.ylib.com/class/topic3/show2.asp?No=43421&Object=stage&TopNo=14201，檢索時間：2012.03.31）。

coccus，〈[活動紀錄]《私家偵探》破案調查會暨簽書會〉，
　　【coccus的推理空間】，2011.08.24，（網址http://
　　monococcus.pixnet.net/blog/post/27305800，檢索時間：
　　2012.11.06）。

KODANSHA BOX，〈『島田荘司very BEST10』絶賛発売
　　中！　読者投票最終結果　発表！〉，【講談社BOOK
　　倶樂部】，2007，（網址http://shop.kodansha.jp/bc/
　　kodansha-box/shimada.html，檢索時間：2011.09.20）

玉田誠，〈第二回島田荘司推理小説賞レポート in 台北
　　(6)〉，【taipeimonochrome】，2011.09.20，（網址
　　http://blog.taipeimonochrome.com/archives/194，檢索時
　　間：2011.09.30）

甲賀三郎，〈探偵小説界の現状〉，『文学時代』昭和5年
　　4月号（1930年4月），【甲賀三郎的世界】，（網址
　　http://kohga-world.com/tanteisyosetukaigenjo.htm，檢索
　　時間：2013.01.10）

冷言，〈島田莊司老師與《上帝禁區》大合照！！〉，【冷
　　言禁區】，2008b.01.22，（網址http://coolspeak.pixnet.
　　net/blog/post/14603308，檢索時間：2013.04.02）

杜鵑窩人，〈Re:關於評選〉，【謀殺專門店・推理擂台】，
　　2000a.03.08，（網址http://www.ylib.com/class/topic3/
　　show2.asp?No=42608&Object=stage&TopNo=13903，檢
　　索時間：2012年3月31日）。

──，〈失職的評審和主辦者〉，【謀殺專門店‧推理擂台】，2000b.03.13，（網址http://www.ylib.com/class/topic3/show2.asp?No=43397&Object=stage&TopNo=14201，檢索時間：2012.03.31）。

林欣誼，〈詹宏志 情迷偵探小說〉，《新京報》，2009.04.04，（網址http://epaper.bjnews.com.cn/html/2009-04/04/content_341407.htm，檢索時間：2012.03.31）。

哀豔，〈關於此次時報推理小說文學獎〉，【謀殺專門店‧推理擂台】，2000.03.14，（網址http://www.ylib.com/class/topic3/show1.asp?No=14317&Object=stage，檢索時間：2012.03.31）。

既晴，〈這是我的回答〉，【謀殺專門店‧推理擂台】，2000b.03.12，（網址http://www.ylib.com/class/topic3/show2.asp?object=stage&no=43251&TopNo=14201，檢索時間：2012.03.31）。

皇冠文化，〈空前創舉！【島田莊司推理小說獎】正式啟動！〉，【皇冠文化讀樂Club】，2008，（網址http://blog.roodo.com/crown_blog1954/archives/5832571.html，檢索時間：2010.06.20。

──，【第2屆島田莊司推理小說獎徵文活動】，2010，網址（http://www.crown.com.tw/no22/SHIMADA/S2.html，檢索時間：2011.05.20）

——，【第二屆【島田莊司推理小說獎】決選入圍名單揭曉！】，2011，（網址http://www.crown.com.tw/no22/SHIMADA/S2_f.html，檢索時間：2011.05.20）

秋露冬陽，〈Re:我對推理世界的疑惑....〉，【謀殺專門店・推理擂台】，2000.03.14，（網址http://www.ylib.com/class/topic3/show2.asp?No=43666&Object=stage&TopNo=14394，檢索時間：2012.03.31）。

栞，〈《上帝禁區》覓芳蹤 Vol.1〉，【栞の心靈角落】，2008.03.01，（網址http://twinsyang.blog.shinobi.jp/Entry/793/，檢索時間：2013.03.31）。

張殿、楊錦郁，〈租書店系統 暗藏出版春天？〉，《聯合報・產業訊息》，2005.10.31，（網址http://www.starfly.com.tw/starfly/starfly_mediadetail.asp?fid=472，檢索時間：2013.02.01）。

笹川吉晴，〈売られた世界は買い戻せるか〉，【本の話WEB】2012年7月号，2012.06.13，（網址：http://hon.bunshun.jp/articles/-/953，檢索時間，2013.01.10）。

陳國偉（遊唱），〈歡迎來到本土推理後現代——《錯置體》的「錯・置・體」〉，【遠流博識網・推理擂臺】，2004，（網址http://www.ylib.com/class/topic3/show1.asp?No=58309&Object=stage，檢索時間：2011.05.20）

博客來網路書店，《謎詭－日本推理情報誌》，【博客來

網路書店】，2006，（網址http://www.books.com.tw/exep/prod/booksfile.php?item=0010337515，檢索時間：2012.04.20）。

──，〈博客來網路書店．年度排行榜〉，【博客來網路書店】，2012，（網址http://www.books.com.tw/exep/prod/books2008/top/year_quarterly_top.php?year=2012&category=111，檢索時間：2012年12月15日）。

黃羅，〈Re:Re:Re:放榜了！想看全部！^_^〉，【謀殺專門店．推理擂台】，2000.03.03，（網址http://www.ylib.com/class/topic3/show2.asp?No=41849&Object=stage&TopNo=13546，檢索時間：2012.03.31）。

葉蕙，〈去見 村上春樹〉，《香港文匯報》，2008.11.17，（網址http://paper.wenweipo.com/2008/11/17/BK0811170001.htm，檢索時間：2013年3月31日）。

遠流出版社，〈店長的話〉，【謀殺專門店】101推理經典，（網址http://www.ylib.com/hotsale/mystery/headup.htm，檢索時間：2012.03.31）。

鄭依依，〈走向書展：詹宏志推出推理小說的大道理〉，《明報》，2007.07.08，【Sina新浪香港】，（網址http://eladies.sina.com.hk/cgi-bin/nw/show.cgi/217/4/1/117457/1.html，檢索時間：2012.03.31）。

藍霄，〈島田莊司對於台灣推理小說創作與閱讀的影響〉，

原載於《野葡萄文學誌》7期（2004.03），【中時部落格‧blue】，2007.09.05，（網址http://blog.chinatimes.com/blue/archive/2007/09/05/194973.html，檢索時間：2012.03.31）。

──，〈台灣推理小說與我〉，【中時部落格‧blue】，2008a.05.08，（網址http://blog.chinatimes.com/blue/archive/2008/05/08/276796.html，檢索時間：2012.03.31）。

──，〈關於島田莊司「占星術殺人魔法」〉，【中時部落格‧blue】，2009a.03.03，（網址http://blog.chinatimes.com/blue/archive/2009/03/03/178696.html，檢索時間：2011.04.21）

# 各章出處及說明

### 導　論　身體作為方法──台灣推理小說的理論化可能

➤ 初稿宣讀於「第七屆台灣文化國際學術研討會──流行文化在台灣」圓桌論壇，國立台灣師範大學台灣語文學系、國際台灣研究中心、長榮大學台灣研究所、東亞流行文化學會主辦，台北：國立台灣師範大學，2011年9月5─7日。

### 第一章　跨國移動與知識譯寫──台灣推理文學場域的形塑與重構

➤ 原題〈在西方與東亞間擺盪──世紀之交台灣推理文學場域的重構〉，初稿宣讀於「第五屆文學傳播與接受國際學術研討會」，國立東華大學華文文學系主辦，花蓮：東華大學，2012年5月4─5日。並發表於《臺灣文學研究集刊》（NTU Studies in Taiwan Literature）第13期，2013年2月，頁117─148。

➤ 部分內容來自另一篇論文〈本土推理・百年孤寂──台灣推理小說發展概論〉（【台灣推理文學的天空】專輯

導論），《文訊》，269期，2008年3月，頁53-61。

➤ 國科會兩年期專題研究計畫「台灣當代推理文學獎的典律建構與場域形塑」（計畫編號：NSC 100-2410-H-005-030-MY2）第一年部分成果。

## 第二章　被翻譯的身體——跨語際實踐下的身體錯位敘事與文體秩序

➤ 原題〈被翻譯的身體——臺灣新世代推理小說中的身體錯位與文體秩序〉，初稿宣讀於「東亞移動敘事——帝國·女性·族群國際研討會」，國立中興大學台灣文學與跨國文化研究所主辦，台中：中興大學，2008年11月8—9日。並發表於《中外文學》39卷1期（總428期），2010年3月，頁41-84。

➤ 教育部「邁向頂尖大學計畫」（國立中興大學文學院97年度「燎原專案」整合型計畫）部分成果。

## 第三章　力的曲線——邁向無限透明的偵探身體

➤ 原題〈跨國移動與知識譯寫：戰後台灣推理小說中偵探身體的形成〉，初稿以〈国境を越えた知の翻訳：戦後台湾の推理小説における探偵の「身体」の形成〉為題宣讀於「日本台湾学会第12回学術大会」，日本台湾学会、北海道大學主辦，日本札幌：北海道大學，2010年

5月29日。

國科會專題研究計畫「文類移動與跨國生產：台灣當代

> 推理文學場域的知識體系與生成（1997～）」（計畫編
號：NSC 98-2410-H-005-043）部分成果。

## 第四章　典律的生成──從「島田的孩子」到「東亞的萬次郎」

原題〈島田的孩子？東亞的萬次郎？──台灣當代推理

> 小說中的島田莊司系譜〉，初稿宣讀於「第八屆東亞現
代中文文學國際學術研討會」，日本大學文理學部中文
科、慶應義塾大學文學部中文系暨日吉中國現代文學研
究會、東京大學文學部中文科、慶應義塾大學教養研究
中心主辦，日本橫濱：慶應義塾大學，2010年11月3—
4日。並發表於《臺灣文學研究集刊》（NTU Studies in
Taiwan Literature）第10期，2011年8月，頁71-112。

國科會專題研究計畫「文類移動與跨國生產：台灣當代

> 推理文學場域的知識體系與生成(1997～)（Ⅱ）」（計
畫編號：NSC 99-2410-H-005-058）部分成果。

## 第五章　翻譯的在地驅力——身體劃界與空間的再生產

➤ 原題〈翻譯的在地驅力：當代台灣推理小說中的地理秩序與空間想像〉，初稿宣讀於「台灣文學與電影：內外視線的交叉與融合」國際學術研討會，韓國外國語大學台灣研究中心、國立中興大學人文與社會科學研究中心主辦，韓國首爾：韓國外國語大學，2013年5月2—4日。

➤ 國科會兩年期專題研究計畫「台灣當代推理文學獎的典律建構與場域形塑」（計畫編號：NSC 100-2410-H-005-030-MY2）第二年部分成果。


## 結　論　越境出走的可能——漫長的告白與告別

027

# 當代觀典

## 越境與譯徑——當代台灣推理小說的身體翻譯與跨國生成

Cross the Line: Translation and Transnational Establishment of Body in Contemporary Taiwan's Mystery Novels

作　　者／陳國偉
發 行 人／張寶琴

總 編 輯／周昭翡　　　業務部總經理／李文吉
主　　編／蕭仁豪　　　行 銷 企 劃／許家瑋
資深美編／戴榮芝　　　發 行 助 理／簡聖峰
版權管理／蕭仁豪　　　財 務 部／趙玉瑩
人事行政組／李懷瑩　　　　　　　　韋秀英

法律顧問／理律法律事務所
　　　　　陳長文律師、蔣大中律師

出 版 者／聯合文學出版社股份有限公司
地　　址／台北市基隆路一段178號10樓
電　　話／(02)27666759轉5107
傳　　真／(02)27567914
郵撥帳號／17623526聯合文學出版社股份有限公司
登 記 證／行政院新聞局局版台業字第6109號
網　　址／http://unitas.udngroup.com.tw
　　　　　E-mail:unitas@udngroup.com

印 刷 廠／百通科技股份有限公司
總 經 銷／聯合發行股份有限公司
地　　址／(231)新北市新店區寶橋路235巷6弄6號2樓
電　　話／(02)29178022

版權所有・翻印必究
出版日期／2013年8月1日　　初版
　　　　　2018年4月16日　　初版二刷第一次
定　　價／300元

ISBN 978-986-323-058-8（平裝）　　　　　　《本書如有缺頁、破損、裝幀錯誤，請寄回調換》

國家圖書館出版品預行編目資料

越境與譯徑 ： 當代臺灣推理小說的身體翻譯與跨國生成 /
陳國偉著. -- 初版. -- 臺北市 ： 聯合文學, 2013.08
292面 ；14.8×21公分. -- （當代觀典；27）

ISBN 978-986-323-058-8（平裝）

1.推理小說 2.臺灣小說 3.文學評論

863.57                                          102015668